I0822705

Aaïla

❁ ❁ ❁ ❁

DU MÊME AUTEUR
aux éditions San d'Arínje

Aaïla, livre premier, Yss'Bahâr', 2014
Aaïla, livre second, Zar'ouath, 2014
Aaïla, livre trois, Le Narönggath, 2014

ISBN : 978-2-9548623-6-1

Alcide Demarchi

Aaïla

Livre quatre

Orkose

✿✿✿✿

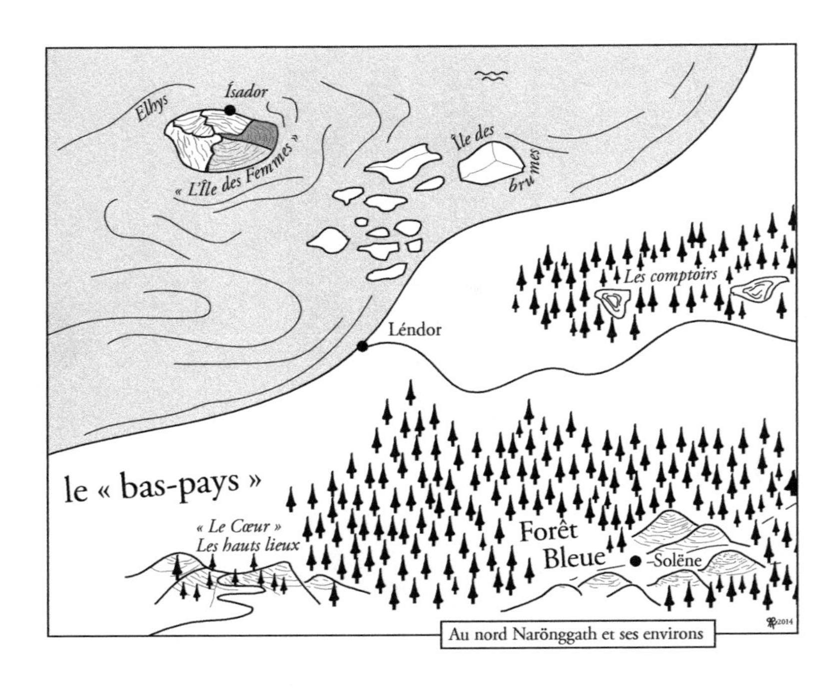

Au nord Narönggath et ses environs

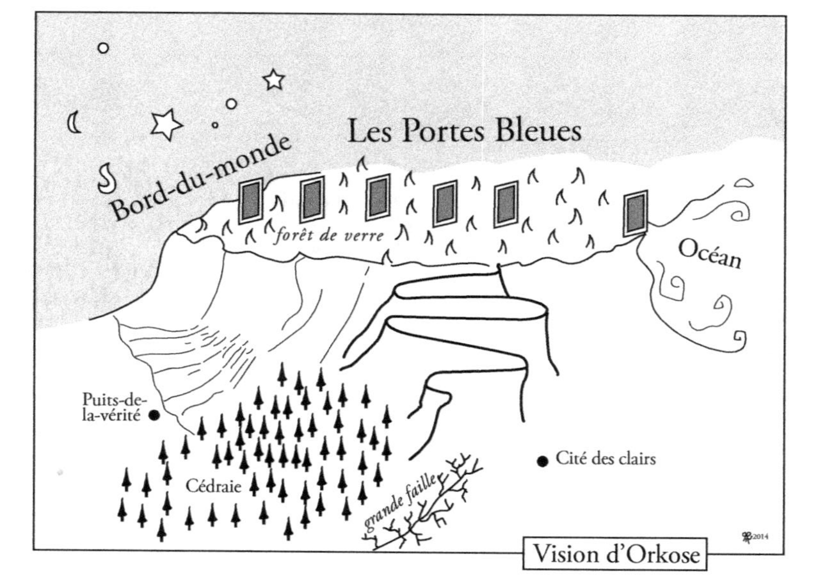
Les Portes Bleues
Bord-du-monde
forêt de verre
Océan
Puits-de-
la-vérité
Cédraie
grande faille
Cité des clairs
Vision d'Orkose

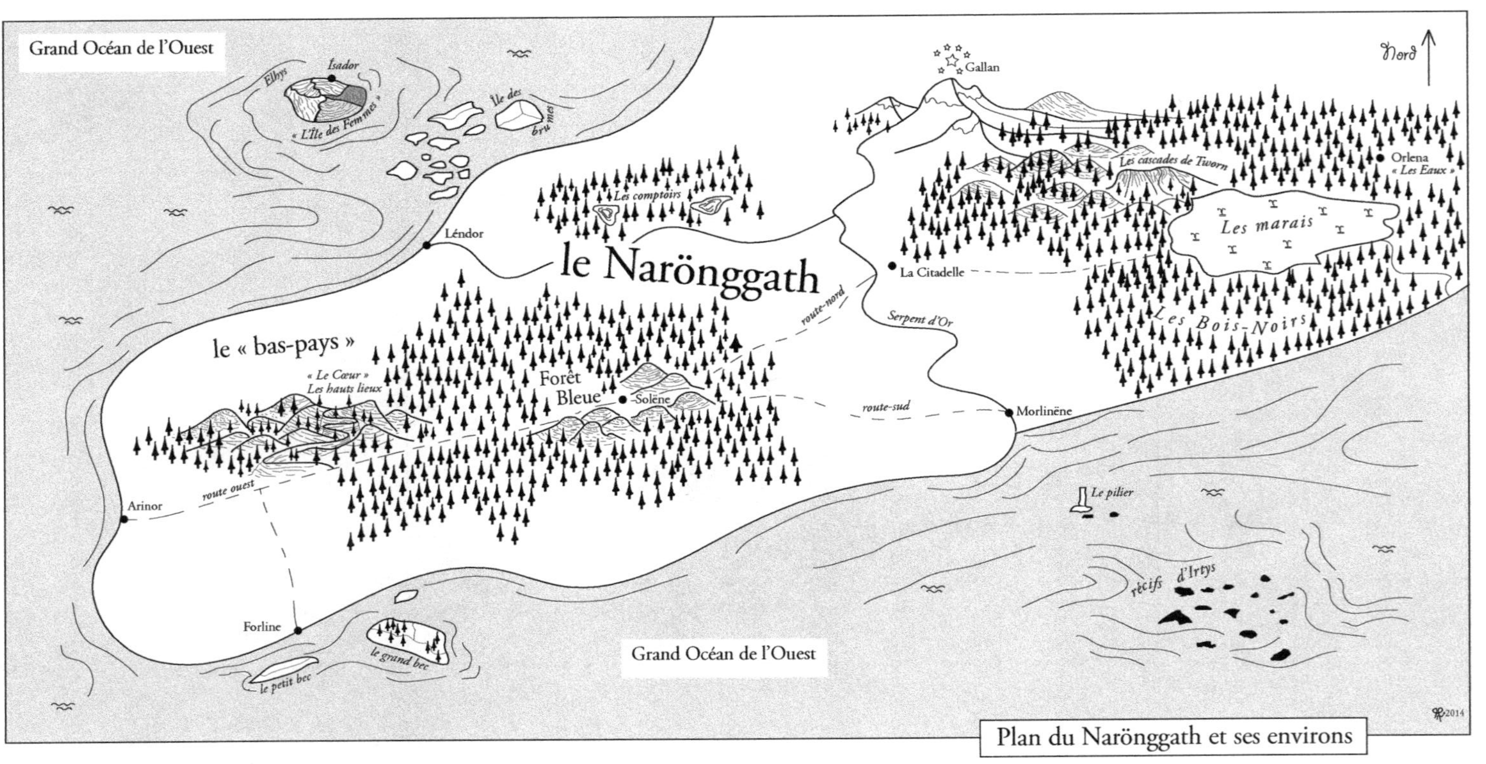

Plan du Narönggath et ses environs

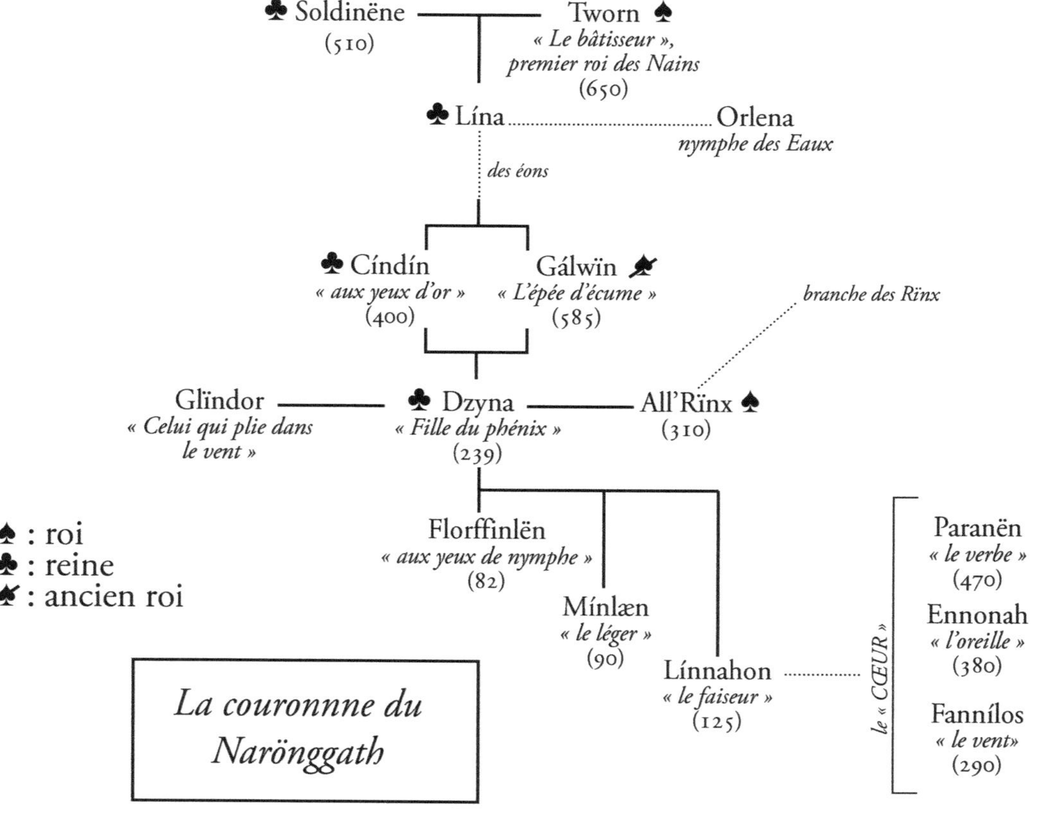

♣ Soldinëne
(510)
Tworn ♠
« Le bâtisseur »,
premier roi des Nains
(650)
♣ Lína
Orlena
nymphe des Eaux
des éons
♣ Cíndín
« aux yeux d'or »
(400)
Gálwïn
« L'épée d'écume »
(585)
branche des Rïnx
Glïndor
« Celui qui plie dans
le vent »
♣ Dzyna
« Fille du phénix »
(239)
All'Rïnx ♠
(310)
Florffinlën
« aux yeux de nymphe »
(82)
Mínlæn
« le léger »
(90)
Línnahon
« le faiseur »
(125)
le « CŒUR »
Paranën
« le verbe »
(470)
Ennonah
« l'oreille »
(380)
Fannílos
« le vent»
(290)
♠ : roi
♣ : reine
: ancien roi
La couronnne du
Narönggath

Résumé du livre troisième.

Durant que le siège de la Citadelle par le roi-morne se prolonge, Zar'ouath et Aaïla partent en direction des marais. *Là-bas, grâce à l'aide imprévue de Dzyna, le mage obtient le miroir ; tandis qu'elle regarde dans le tain sacré, la reine des Nains est tuée. Alors, les* marais *se déchaînent, forcent Zar'ouath et Aaïla à rejoindre au plus vite la sylve des Eaux. En marge du pays des Nymphes, l'homme et l'enfant sont attaqués par ces dernières qui les prennent pour des créatures façonnées par les* marais.

Livre quatre

Orkose

❁ ❁ ❁ ❁

CHAPITRE XLVI

L'ENFANT se retira doucement aux confins de ses rêves. Ce fut une chute lente, lente et cotonneuse. La bulle de son être passa dans des strates onctueuses qui s'ouvrirent sur d'autres strates, plus soyeuses encore, encore et encore. Il lui fallut un temps qu'elle ne put jamais déterminer avant de retrouver la maîtrise de ce qu'elle était, de ce qui la faisait pour commencer à tenter de contrôler tout cela et de s'appartenir.

Elle ouvrit les paupières, ou plutôt elle se vit imprimer une tension vers celles-ci d'un point qui vaguait, esquivait et refusait sa volonté, oscillait comme tenu par des fils invisibles. Elle était là, nu-pieds. Elle ne reconnut pas la robe d'un bleu fort sombre éclaboussé des limbes jaune doré qu'elle portait. Elle se sentait bien. Elle n'avait pas peur. Comment pouvait-il en être autrement ? Ne s'agissait-il pas d'un rêve, d'un beau rêve ? Elle perçut la mélodie d'un courant d'air tiède rouler jusqu'à elle, sur le chemin kaléidoscopique où elle se tenait. Elle clôt les paupières. Les crépitements des dunes de l'Yss'Bahâr' lui revinrent au seuil de sa mémoire. Poussées par les vents, des forêts de sable s'effondraient dans des vallées profondes.

Son regard s'ouvrit, à nouveau.

Des fleurs métalliques poussaient. Leurs pétales s'enroulèrent sur eux-mêmes. Des pollens de fumées multicolores s'en échappèrent. Au front de l'enfant passèrent des taches chaudes. Il y avait plusieurs soleils dans le ciel qui se faisaient la course. Ils donnaient d'étranges ombres aux arbres de lin qui oscillaient non loin d'elle, manières malhabiles des danseuses dont chaque palpitation générait des phalènes aux ailes enduites de poudre couleur rubis. Aaïla se releva, tout sourire, décidée à explorer plus avant cette contrée chimérique lorsqu'un froissement d'étoffe lui fit tourner le visage.

Au début elle ne la reconnut pas. Elle ne l'avait jamais vue aussi nettement, elle ne l'avait jamais vu porter un chapeau. Sa chair paraissait bien réelle, un brin hâlée. La carnation si particulière de ses lèvres et ses joues laissait voir une sudation infime. Elle se rapprocha, tira de nulle part un chapeau qu'elle lui tendit, tout à fait identique au sien avec ces fruits humides qui tintaient quand ils s'entrechoquaient. Ici, dans cette contrée sans nom, les rais solaires étaient délicieux, bien qu'un peu trop forts. La petite se demanda si c'était bien elle qui l'avait désirée dans *son* rêve. Elle aurait fort bien pu imaginer sa robe lamée, l'agencement complexe des vrilles et autres torsades qui flottaient à l'alentour de son chignon. Et puis, elle eut un mouvement de recul tandis que sa paume se portait sur le bijou du Sii'had, absent de sa poitrine.

« La perle n'est pas avec nous, mais où tu dors, Aaïla, lui révéla Elliador.

La petite fronça les sourcils.

– Mais je ne dors pas, pas dans ce rêve ! Elle se tut quelques instants. Où suis-je, à présent, si je ne suis pas là ? Si la perle n'est pas sur moi ?

La princesse d'Ousse fit le tour de l'enfant, comme elle l'eût fait d'une vieille connaissance, d'un être cher par trop longtemps égaré qu'elle craignait de toucher, de blesser d'un transport de cœur, si léger fût-il. Elle serra ses épaules avec tendresse, disposa le chapeau sur sa petite tête. Le parfum tiède de sa chevelure soyeuse s'échappait sous l'action conjuguée des astres ignés.

– Que dirais-tu d'un grand verre de sirop d'orgeat, ou d'un peu d'eau fraîche, le tout agrémenté de lamelles de citrons verts ?

– Il y a de l'eau ici ?

– À volonté, pour peu que l'on connaisse les chemins qui conduisent aux sources et que l'on prenne garde aux dangers. Elle roula des yeux, d'une façon qui se voulut humoristique.

La petite se mit sur la pointe des pieds pour voir par-dessus son épaule, puis elle se ravisa ; c'était absurde.

– Des dangers, ici ? Il ne peut y en avoir, puisque je n'en aie pas voulu.

– Tu n'es pas vraiment dans ton rêve, Aaïla, mais bien avec moi. Ne te souviens-tu pas de ce que je t'ai dit ? Je suis non loin de toi, dans une dimension annexe, toujours. Il m'est plus facile, moins dangereux de communiquer avec toi ici plutôt que dans ton univers, où convergent les sentiers du Temps, qu'il m'est interdit d'arpenter.

– Des dangers ?

Elliador haussa les épaules avec dédain. Elle l'avait fait d'une façon si délicieuse qu'elle ne put s'empêcher de penser à Zar'ouath, à l'attirance éternelle qu'il lui portait. Était-ce ainsi avec Hild ? Le séduisait-elle par sa simple présence ?

– Il y a pas mal de formes abjectes qui hantent ces lieux, dès que l'on s'écarte du bon chemin. Elle soupira. Le flot de sa respiration procurait un soulagement à l'enfant. Tu n'as rien à craindre avec moi, chuchota-t-elle. Je sais les repousser. Je te l'assure. Ils ne terniront pas notre promenade.

– Tu peux les…

Elle mit une main sur sa bouche.

– Ici, je suis *moi*. Rien de ce que j'y fais n'instille, n'influence ton univers, ni aucun autre. »

Aaïla se rapprocha d'Elliador.

Elle fixa ses prunelles où passaient des ombres lointaines, des marbres brisés, seuils de royaumes oubliés, privés depuis trop longtemps d'âmes et de cœur. Saurait-elle les faire resurgir de ces brumes millénaires pour qu'elles s'y promènent ensemble ? Était-ce possible ? Un pli songeur s'insinua au front d'Elliador qui se demanda à quoi elle pouvait penser. L'enfant se mit sur la pointe des pieds puis l'embrassa, incapable de résister à cet élan.

Assises sur les basses branches d'un sycomore, les trois nymphes balançaient doucement leurs pieds menus dans l'air azur, imprimant avec la même régularité d'infimes mouvements au bas de leur cape, quand leurs mollets graciles le rencontraient. Elles étaient fort jeunes. On pouvait le savoir car elles n'avaient pas encore d'ailes, qui poussaient au cours de leur cinquantième année d'existence bien tassée. Dans un élan de coquetterie, certaines avaient mis des bourgeons fuchsia dans leur chevelure. Cela ne les empêchait pas pour autant de voler sur de courtes distances. Leur magie puissante et délicieuse le leur permettait, dès qu'elles naissaient. Leurs ailes n'étaient que des expression d'appendices plus décoratifs qu'usuels. Parfois, elles riotaient sans raison apparente, mettant leurs mains en palme devant leur bouche prune, s'échangeant des secrets qui faisaient des bruits d'eau. Elles se passaient à tour de rôle une longue corne d'un verre transparent où elles avaient recueilli les perles de rosée qui s'étaient accumulées au creux des feuilles, au point du jour. La plupart avait rechigné à monter la garde auprès de cet homme au regard profond, insondable, arguant que le temps se prêtait bien plus à la baignade ou à la musarde la plus passive – pléonasme qu'elles assumaient toutes – qui fût par les layons encore parfumés du passage des hermines au col soyeux.

Au début, elles ne comprirent pas que leurs sœurs eussent si sauvagement blessé cet homme venu des *marais* – s'il fallait en croire – pour, ensuite, le recueillir dans leurs maisons et lui prodiguer les meilleurs soins.

Petite sœur Fallasséhan paraissait en savoir un long chapitre à son sujet. Il lui était redevable de la vie puisqu'elle seule, et Sírkys, avaient mis un terme aux tirs à l'arc de leur patrouille. Quand Fallasséhan leur avait présenté le mage Zar'ouath, le mage des Sept Terres, toutes voulurent se porter volontaires afin de le surveiller. Il semblait que, si les Nains du Narönggath désignaient le mage tel un oiseau de mauvais augure, les nymphes des Eaux le considéraient tout autrement. Où que leur mémoire pouvait remonter, c'était l'étonnante constance de ses actes qui imposait le respect à son égard. Il ne changeait jamais, à quelque époque que ce fût.

Les trois nymphes étaient donc là-haut, à surveiller le mage, à babiller sur l'endroit où pouvait vagabonder son esprit, bien plus qu'à sonder les mouvances des entourages. Zar'ouath portait un bandage conséquent au bras ainsi qu'un autre plus léger à la tête, qui s'entrapercevait sous l'ombre de son chapeau à plume de paon. Il était assis sur une large pierre qui avançait au-dessus du vide. En dessous, un vallon assez profond servait de gîte à une rivière qui y chantait. Là-bas, des ombres fuyaient le jour. Les terres sur lesquelles s'étendait la sylve des Eaux étaient plissées, accidentées. C'était sans doute ce qui faisait le charme de la contrée des Nymphes. Les portions plates étaient pour ainsi dire quasi inexistantes, sauf aux abords des *marais*.

Le mage observa les collines boisées à perte de vue, discernant avec grand-peine les montagnes du Gallan. Çà et là, des volutes de chaleur s'échappaient des sommets des arbres, offrant un aspect inédit à la texture de l'air. Il se demanda dans quel état pouvait bien se trouver la forêt d'Alden, dans l'hypothèse où la Porte tenait encore ; mais elle tenait encore puisqu'il était là et que le Soleil brillait. Une main se posa sur son épaule ankylosée. Il sentit quelque chose passer sur la courbure de sa plume, pareil à un reproche inexprimé.

« Beaucoup me demandent si vous l'avez arrachée à la queue d'un paon. Que dois-je leur répondre au juste ? lui demanda la naine en s'asseyant à ses côtés.

Elle était de la taille d'Aaïla. Ses traits lui rappelèrent ceux de Florffinlën, d'une plénitude presque dérangeante, trop parfaite. Elle souriait.

– Non. Je ne l'ai pas arrachée, ni même coupée.

Il se retrancha un bref instant dans ses souvenirs. Il aimait la précision quand il s'agissait de fouiller sa mémoire. Il avait peur de la trahir. Il n'avait aucune propension au mensonge.

– Elle provient des jardins d'Ousse, reprit-t-il. Il y a fort longtemps, des paons singuliers y vivaient. Ils avaient la fantasque habitude de changer les rémiges et autres longues plumes de leur queue en les abandonnant. Je suis tombé sur celle-ci. Elle m'a plu. Êtes-vous rassurée ?

Fallasséhan opina du chef.

– Je savais bien que vous ne tueriez jamais quoi que ce soit. Les Nymphes ne supportent pas qu'un être soit blessé. Elle jeta un bref coup d'œil aux trois bavardes qui faisaient des danses avec leurs doigts de pêche, s'amusaient à faire choir des gouttes d'eau de leur corne transparente. Elles affirment que si l'on blesse ou tue un animal, cela peut influencer le caractère de leurs futures sœurs, car elles naissent de la lumière et des eaux des rus, ainsi que de l'insondable qui plane dans la totalité de la forêt, déclara-t-elle, traversée par une ferveur profonde. La souffrance d'un être les fait mélancoliques. Mais, je sais que la mélancolie à part importante, dans la psyché humaine.

Elle se tut. Le mage s'était lentement éloigné de son flot de paroles. Il lui parut à la recherche de quelque chose, d'un point qui se dérobait à lui, qu'il espérait sans pouvoir l'atteindre.

– Pardonnez-moi. Je parle toujours beaucoup trop. C'est la proximité des Nymphes. Elles m'ont rendue ainsi, bavarde. Il ne faut pas avoir peur, Aaïla n'est plus en danger. Les points de la morsure disparaissent. Son sang n'a pas été contaminé. Il faut juste patienter un peu, veiller jusqu'à son réveil. Elle attendit pour voir comment il réagissait. Il ne dit toujours rien.

– C'est étrange, dit-elle plus bas, espérant qu'il l'écouterait. Lorsque mes amies l'ont examinée, elles ont toutes fait le même diagnostic. Elles pensent qu'elle a eu peur, ou qu'elle a retenu sa peur trop longtemps lorsque vous alliez dans les *marais*, jusqu'à ne plus pouvoir la contenir, et finalement tomber dans cet état. Elles pensent que son esprit s'est éloigné dans un ailleurs tout proche, juste pour lui donner le temps de se reposer, d'admettre, d'accepter ce qui s'est passé.

– Les nymphes ont vu tout cela, rien qu'en l'examinant ? fit Zar'ouath, enfin tiré de ses pensées.

– Il ne leur est pas compliqué de se rendre compte lorsque quelqu'un est différent. Aaïla est différente.

Il ne répondit pas à son affirmation ombragée de suppositions.

– Ne me craignez point. Je suis là pour vous aider. Personne ne sait pour le miroir, à l'exception de Sírkys, de la petite patrouille de nymphes qui vous ont trouvés, et de moi. Toutes gardent enfoui le secret du miroir.

Elle se souvint de Dzyna, de sa terrible fin, vitrifiée par l'image de Simmar puis dispersée aux quatre vents tel un vulgaire tas de poussières. À y bien songer, elle avait gardé la douleur de cette vision sans l'avoir évacuée. Elle n'en avait reparlé à personne. Aurait-elle la capacité de se reconstruire, comme Aaïla ? Il lui faudrait beaucoup de silence et de solitude sous les grands chênes du pays des Nymphes pour y parvenir.

– Les choses vont-elles si mal au Narönggath pour que la reine vienne mourir dans les *marais*, si loin des yeuses sacrées de l'Yrladiss ? pour que vous soyez là, avec l'enfant ? Nous avons ressenti quelque trouble ici, depuis plusieurs mois, sans en jamais connaître l'origine, jusqu'à ce que des formes hostiles ne soient venues des *marais*. Des nymphes ont disparu, dit-elle plus bas. Beaucoup de nos arbres sont malades. Il a fallu nous défendre. Des patrouilles ont été instaurées, malgré les réticences, car les Nymphes ont de la violence pour se défendre un jugement de déshonneur. Elles circulent un peu partout dans la forêt. Un jour, nous vîmes nettement vu des serpents noirs s'élever aux cieux. C'était au sud du royaume des Nains. Cela est resté des jours entiers figé dans l'air, avant que de se dissiper, enfin. Depuis, la noirceur de cette vision est restée dans notre cœur et l'ombrage. Car des nuages se sont ensuite accumulés au-dessus des plaines, tandis qu'il faisait beau sur les Eaux. Nos nuits deviennent inquiétantes, elles appuient sur nos rêves. Nous avons peur. Nous ne pouvons plus sortir seules, crainte de ne pouvoir retrouver nos amies. Il ne reste que le jour pour apaiser notre âme. Les nymphes dans les arbres vous paraissent peut-être légères, insouciantes et fort volubiles, mais d'autres se cachent et guettent, sans que vous puissiez les repérer.

Il regarda le bord clair de ses pupilles, où les bulles de son émoi allaient. Une mèche voleta sur les tatouages de sa tempe, sceaux éternels de sa fidélité aux Eaux – le chêne et la spirale d'orpins. Sa ferveur et la foi mélangée qui l'avaient menée jusqu'ici lui rappelèrent le visage de son amour. Elliador se tenait autre part tandis que sa foi, son enfant, gisait dans un inquiétant sommeil. Il avait eu plus d'une fois envie de se livrer aux Nymphes, de leur parler sans *a priori* du miroir, de Gálwïn qui avait apprivoisé l'un de leurs rêves pour forger son épée, de la trahison de Fannílos, d'Aaïla et de l'Yss'Bahâr' aux replis infinis qui roulent, quand l'homme tombe et ne se relève plus que pour s'évanouir dans l'air. Fallasséhan connaissait-elle Línnahon, ce nain fascinant qui revenait après des heures d'absence quelque part au profond du *Cœur*, des odeurs mystiques accrochées aux habits ? Il savait qu'il aurait plu à Fallasséhan.

Si les Nains s'alliaient aux Nymphes, ils auraient de puissantes alliées à même de les épauler dans leur lutte contre Tyss, le roi-morne. Mais il y avait *ça*, ce désaccord au sujet de leur naissance, de Tworn et d'Orlena. Au fil des siècles, redoutant de perdre tout ce qu'ils avaient obtenus, tirés de la terre et transformé de leurs mains, les Nains s'étaient mis à l'abri dans des cités gigantesques aux façades bleues, oubliant l'alliance suprême entre Orlena et Tworn, oubliant l'harmonie qui régna, un temps. Quelques nains niaient même cette origine, quand bien même ceux qui entouraient All'Rïnx étaient directement issus des Nymphes des Eaux.

Fallasséhan remua la tête, comme si elle répondait à une question qu'il n'avait pas encore formulée. Elle symbolisait l'alliance, le lien par trop rare qui manquait aux gens du Narönggath afin qu'ils retrouvassent la portion perdue de leur identité.

– Ne croyez pas que les Nymphes resteront là, usant de leur force à l'exclusivité de la protection des Eaux. Si vous leur demandez de l'aide, elles accepteront. Il faut que vous leur parliez, Zar'ouath. Elles n'attendent que cela, elles n'espèrent qu'après cela. Sírkys ne sait que faire pour s'excuser de ce qui s'est passé ; quant à Karëne, elle est tombée dans une inquiétante tristesse depuis qu'elle vous a meurtri au visage. N'êtes vous pas le mage des Sept Terres ? N'avez-vous pas traversé les Âges, intact, pour donner votre vie à cette enfant et accomplir votre tâche ? Relevez-vous, mage. Ne décevez pas ceux qui vous sont chers, ceux qui vous chérissent.

Il perçut les vibrations de son cœur qui changèrent un peu plus la perception qu'il avait d'elle. Il tenta de lui dissimuler le bonheur intime provoqué par ses mots, par sa franchise, mais le chapeau qu'il ôtait pour se passer une main au front ne le trahit que trop. Il fouilla dans une poche, à la recherche de sa pipe, avant de se souvenir qu'elle était restée dans une des sacoches que Kryon portait.

– Cherchez-vous ceci, par hasard ?

Zar'ouath observa l'objet en forme de nuage qu'elle lui tendait, tout sourire, accompagné du petit sac fatigué par les temps qu'il utilisait pour conserver son tabac. Sa salive resta longtemps au fond de sa bouche avant qu'il ne l'avalât. Il craignait que l'une des patrouilles n'eût retrouvé les restes de la jument, que les créatures des *marais* ne l'eussent tuée et dépecée.

– Rassurez-vous. Elle va bien. Du reste, j'étais venue pour elle. Que pourrait faire un mage sans sa monture, quand le Temps, même, espère de lui des prouesses ? »

Il serra sa main avec gratitude, des prémices de perles dans son regard cendré.

Karëne ne s'était guère montrée ces derniers jours, fût-ce à proximité des maisons des guérisons que des rivières et des étangs les plus fréquentés par ses semblables, les nymphes de Eaux. Elle leur préféra les ombres des grands arbres, allant parfois se percher parmi leurs plus hauts balcons pour y pleurer. L'épisode du mage l'avait retournée. Elle s'en voulait de ne pas avoir su se maîtriser. C'était la faute de ces lambeaux de choses que le Soleil avait attirés lorsqu'il lui avait donné naissance. Ils l'avaient faite impétueuse, terriblement obstinée. Plus tard, elle le regrettait de tout son être, s'éloignait et partait se morfondre au plus inaccessible des Eaux.

Puisque sa honte et sa tristesse avaient enfin passé, on l'avait autorisé à franchir l'épaule Ouest qui mène au Grand Chêne. Les maisons destinées à prodiguer les soins étaient bâties là, sous les arches démesurées que faisaient les racines séculaires, baignées par les dorures de l'air. L'impressionnante distance entre le sommet de l'arbre et sa base transformait la lumière en fougères mouvantes et impalpables.

Quand elle s'approcha des mousses vert pâle nichées dans chaque anfractuosité, posées sur chaque pierre, bordant chaque ruisseau, elle sentit le contact du Grand Chêne jouer sur son esprit. Elle attendit où elle se tenait, jusqu'à la fin du minutieux examen de sa conscience. Il était un gardien très puissant des Eaux que peu soupçonnait. Enfin, la tension se relâcha, et elle avança de nouveau.

L'accès aux *maisons* n'était possible qu'aux nymphes capables de voler assez longtemps pour passer la butte, sur quoi se dressait l'arbre. Il y avait bien cent mètres à parcourir et, pour peu que l'on ne fût doté d'ailes, ou d'un remarquable pouvoir permettant de se hisser dans les airs, il était impossible de s'y rendre. Le mage et l'enfant avaient été transportés là-haut dans les bras des nymphes les plus expérimentées en voltiges aériennes. Quant aux naines qui exerçaient leurs dons sur ce promontoire, chacune avait une porteuse attitrée. En l'occurrence, Sírkys menait Fallasséhan quand celle-ci le lui demandait.

Karëne posa son regard vers les hauteurs, sur l'arc ridé, biscornu que faisait une racine monumentale. Elle jaillissait de la terre et plongeait dans le vide, formulant une sorte de spirale. Pour prix d'une brève concentration, la nymphe s'envola. Elle ne fut pas surprise outre mesure de rencontrer quelques sœurs endormies sur des portions plates de ce bras plein de sève, un écureuil blotti contre leur nuque ou bien une chouette, ses grandes paupières effleurant leur front tiède. Les plus jeunes nymphes venaient souvent jusque-là pour sommeiller. La présence de l'arbre les rassurait ; ainsi pouvaient-elles plonger au plus profond de leurs rêves sans être dérangées.

Karëne navigua parmi les entrelacs des racines. Plus haut, il n'y avait plus rien, à l'exception de quelques oiseaux qui nichaient et de rares mandragores qui nimbaient de mystère les ombres épaisses où elles poussaient. Au bord du précipice, elle écarta les bras et joignit ses fines jambes l'une à l'autre pour se réceptionner, sans heurt. Ses habits, sortes d'enluminures crêpelées, argentées et plus fragiles que du fil d'arantèle, roulèrent sur son corps. Ses ailes jouèrent dans son dos en lâchant des notes aigües et elle se posa sous le Grand Chêne. Ici, le fond de l'air était plus doux. Elle passa une main sur sa chevelure, qui se retrouva bientôt tenue par un nœud.

Les bâtisses toutes simples où ses sœurs et les naines prodiguaient leur art étaient juste là, composant un cercle autour du tronc. Une étonnante rumeur affirmait que les pierres de leurs murs avaient été rapportées du Gallan, par une racine souterraine de l'immense chêne. Une autre rumeur affirmait que ce dernier déployait ses pieds démesurés sous toute la forêt des Eaux, et qu'ainsi il savait tout ce qui se passait, que les autres arbres à des centaines de lieues d'ici étaient ses yeux. Il était partout sans qu'on le vît. Cela, elle voulait bien le croire.

Elle progressa sur l'épais tapis moussu, piqué çà et là de minuscules fleurs au calice étoilé.

En ce moment, il y avait quatre égarés *aux maisons*. Par ce terme, les Nymphes désignaient ceux que le Temps avait chavirés dans le tournoiement des secondes. Zar'ouath et Aaïla étaient les deux premiers. Une mère et son enfant avaient été recueillis, aussi; ils venaient des Bois-Noirs, s'en étaient enfuis. Une patrouille les retrouva aux marches des *marais*, où les Bois-noirs avançaient leurs halliers. Ce n'était pas à elle de juger s'ils méritaient, ou non, qu'on leur prodiguât des soins. Le Grand Chêne seul décidait et, de mémoire de nymphe, personne n'avait jamais été repoussé, comme s'il avait le pouvoir de dissoudre la malignité d'un être.

Elle se demandait dans quelle maison Aaïla avait été conduite quand ses oreilles perçurent des bruits de pas étouffés sur sa gauche.

C'était une des plus vieilles naines qui officiait encore aux Eaux. Habillée de la classique robe à capuche, elle tenait un panier d'osier et s'occupait à ramasser des coucoumelles. Énigmatique et compendieuse, elle était née à l'ouest des Comptoirs, sur un îlot qui faisait face à l'Île des Femmes.

Elle se pencha, tira avec minutie la base d'un champignon. Karëne s'approcha d'elle, prête à la saluer, mais sans rien attendre de sa part autre qu'un économe hochement de front, lorsque son visage hâve se porta sur elle, intensément. La nymphe entrevit les diaprures merveilleuses au fond de ses pupilles, témoins des mondes invisibles qu'elle avait su ouvrir à son esprit, vers lesquels elle allait, quand rien ne lui était demandé dans cette partie infime du monde. Elle se redressait de toute sa hauteur avec, au bas du visage, un rictus qui se voulait un sourire.

« Karëne de l'Étang-clair, fit-elle de sa voix caprine en la saluant.

– Petite sœur.

– Qu'es-tu venue faire ici, quand les autres profitent de la lumière, courent et fredonnent dans les éclaboussures du Soleil ? Elle ne la laissa pas lui répondre. Viens-tu pour l'enfant, pour celle qui porte le nom d'Aaïla ? Viendrais-tu amender ta conscience en lui rendant visite ?

– Je ne suis pas venue m'amender, petite sœur, lui répondit la nymphe. J'ai assez pleuré. Je me suis assez nourrie de mon ressentiment, assez morfondue de mon geste.

– Tu es donc plus sage qu'il n'y paraît, puisque tu t'infliges l'éloignement quand tu sens que ce qui va dans ta tête tourne mal.

Elle inspecta le contenu de son panier et coupa le bord d'un chapeau gris pour le goûter de ses dents plus claires que le lait. Elle émit un soupir de contentement avant de se préoccuper de Karëne, qu'elle semblait avoir oubliée.

– La petite est juste-là, dans la maison la plus au nord du berceau. Si tu as de l'amour à lui donner, n'hésite pas à te pencher sur elle. Bonne journée ! » et elle s'en retourna aussitôt.

La nymphe continua son chemin dans la direction indiquée. De-ci delà, elle reçut le salut de quelques naines qui discutaient à voix basse, mais non sans une certaine effervescence, assises en tailleur sur de grosses pierres oblongues recouvertes d'usnées. D'autres exerçaient leurs doigts agiles à la confection et à l'entretien d'habits. Il y en avait pour les nymphes, lumineux et chatoyants, de soie friable et de filigranes moirés. Elle ne s'attarda pas sur celles qui étaient isolées, avec dans leurs yeux la dilection profonde du sens de leur vie, redoutant d'être poussée, à nouveau, dans la mélancolie et le remords.

Parvenu devant la maison, Karëne croisa le regard de quatre de ses sœurs postées sur le seuil, l'arc à l'épaule. Avec le vent léger, omniprésent à cette altitude ; leurs odeurs d'ambrette s'enroulèrent à la sienne, surette.

Sous le conseil de Fallasséhan, Sírkys avait demandé qu'elles restassent ici. Selon la naine, l'enfant était d'une importance capitale, tant pour elles que pour le cours du Temps. Sírkys avait consenti à suivre son point de vue, s'étonnant même que les petites sœurs ne leur fissent aucune critique quand elles étaient venues avec leurs armes.

Le vent passa dans leurs chevelures, les crins bleus noués à la base de leur arme. Elles s'écartèrent devant Karëne, reconnaissant l'attouchement du Grand Chêne sur sa conscience, passeport même de la pureté de son esprit. La porte grinça tandis qu'elle entrait. Elle attendit que les gardiennes l'eussent refermée pour s'imbiber de l'intérieur de la maison, de la conscience qui y vibrait.

Il y avait deux fenêtres qui faisaient des découpes rondes sur fond de ciel bleu. Des nuages paresseux allaient au lointain, nacre de perle à l'insondable blancheur. Karëne se rapprocha du petit lit sur lequel les deux cylindres de lumière convergeaient sous la forme d'un cœur. Aaïla gisait là, dans une robe noire décorée de quelques feuilles argentées. Sa poitrine se soulevait de façon imperceptible. Avec sa chevelure déployée sur l'oreiller, elle lui fit songer à un soleil noir qui se nourrissait de son contraire lumineux, et qui n'existait que par la présence de ce dernier.

Elle se rapprocha encore, décrivant la courbe de ses sourcils bruns qui s'incurvait sur ses arcades. Elle se demanda à quelle époque de l'année, dans quelles conditions une nymphe pouvait naître, et devenir pareille à cette adorable enfant. Une sueur infime perlait sur ses pommettes, que son esprit de nymphe voulut identifier à la traîne d'une comète. Elle s'agenouilla pour mieux observer son visage, le contempler, jusqu'à ce qu'elle distinguât des volutes d'or mauve qui ne pouvaient être vues qu'à cette courte distance.

Elle tourna instinctivement le visage vers la porte, certaine que les autres nymphes sentaient son trouble et s'apprêtaient à entrer. Pourtant, rien ne vint. Alors, elle tendit son long cou de colombe et elle discerna le lacet à son cou. Lentement elle tira dessus, mettant à jour la perle du Sii'had. Elle voulut la toucher, mais une ombre onctueuse tomba sur elle.

Karëne s'immobilisa, noyée par son indécision. Comme elle mettait du temps à relever le front pour voir de qui il s'agissait, la silhouette changea de place et s'arrêta près de la fenêtre de gauche.

La nymphe reconnut aussitôt son visage, bien qu'elle ne l'eût jamais vu.

Les couleurs qui vaguaient dans ses longues ailes lancéolées de libellule faisaient comme des lucioles liquides, des ruissellements multicolores sur la planéité du plafond. Quant à ses mèches diaphanes, elles avaient la froide brillance d'une source d'eau claire.

Orlena sourit à Karëne, pliant son corps de vif-argent d'une façon subtile, que seules les Nymphes identifient comme étant le salut le plus profond qui soit dans leur communauté. Karëne le lui rendit, insinuant cette même ondulation à sa frêle anatomie. Orlena ne disait rien, attendant vraisemblablement qu'elle s'en allât. Karëne recula, mi émerveillée mi stupéfaite de contempler ce qui ne pouvait l'être. Elle sortit sans un bruit. Mais elle ne pouvait que prévenir ses sœurs de sa présence, aussi, Orlena lâcha dans la pièce un sortilège, juste pour lui donner le temps de faire ce pour quoi elle était venue. Il bloquerait la porte et amollirait la détermination de quiconque tenterait de l'ouvrir. Dans les murmures veloutés qu'imprimait sa démarche sur le sol, elle fit le tour du lit et se tint à l'endroit où Karëne s'était agenouillée peu avant.

La respiration d'Aaïla était un chuintement qui n'échappa guère à ses sens, qui percevaient le moindre tremblement. S'inclinant à son tour sur la petite, elle écarta les doigts. Sur sa peau de mercure, des veines infimes et bleues se dilatèrent. Elle apposa ses mains aux joues d'Aaïla. Elle comprit que ses sœurs avaient fait de leur mieux. Malgré tout, quelques gouttes de poison allaient encore, refusant à l'enfant le retour à la conscience. Elle se concentra, hissa son *pouvoir* aux franges de son corps. Un bref instant, la perle du Sii'had bougea et se mit à flotter, comme attirée par la nymphe, mais elle la repoussa d'un geste doux. Elle perçut l'agitation au-dehors, les voix ininterrompues qui se répercutaient tout autour de la maison de soins où personne ne pouvait entrer parce que la porte était bloquée. Elle redoubla ses efforts puis sut qu'elle avait réussi.

Il fallut encore de longues minutes avant que les paupières d'Aaïla ne s'animassent. Puis, ses yeux d'aigues-marines s'ouvrirent sur le flot lumineux de la pièce. Elle n'en fut pas aveuglée. Orlena savait plus ou moins d'où elle revenait, dans quelles contrées lointaines son esprit avait vagabondé.

Aaïla ne reconnut pas cet endroit. Pourtant, elle dut admettre qu'il y faisait bon, qu'un bien-être infini la parcourait, comme jamais auparavant, sauf, peut-être, quand elle s'offrait de longues promenades nocturnes avec Hild, lorsque l'obscurité s'écoule et creuse l'Yss'Bahâr'. Elle tenta de se redresser avec l'aide de ses coudes, mais elle se rendit compte à quel point elle était faible. Sa tête retomba dans le moelleux du lit. Alors, elle s'aperçut de la présence de la nymphe.

Le mage avait donc réussi ? L'avait-il portée hors des *marais*, au pays sylvestre des nymphes des Eaux ? Où était-il, à présent qu'elle avait besoin de le serrer contre elle ? Quelle était cette silhouette de mercure, ce minois qui la dévisageait ?

Elle tenta de s'exprimer, mais sa bouche trop sèche lui refusa toute vocalisation. Orlena s'approcha une dernière fois. Dehors, les voix se faisaient plus fortes. Le sortilège ne tarderait pas à rompre sous l'action conguguée d'autant de volontés. Elle posa un index sur les lèvres d'Aaïla. Et, un liquide suave coula bientôt au fond de sa gorge. L'enfant sut qu'elle avait retrouvé la faculté de parler, mais la nymphe mit la main sur sa bouche en souriant.

Elle se redressa. Son corps commença alors de doucement disparaître. Puis, lorsqu'elle ne fut rien autre qu'un voile évanescent, la porte s'ouvrit à grands fracas. Fallasséhan entra la première, tout essoufflée, suivie par Zar'ouath et Sírkys, en sueur, car elle avait porté la naine sur la longue distance qui séparait le Chêne de la vallée, tandis que le mage avait été porté par trois autres nymphes.

En un réflexe qui amusa et ravit Fallasséhan, Zar'ouath ôta son chapeau, mettant à nu le bandage de son oreille. Puis, quelque chose qui émut profondément toute l'assistance se créa juste-là, entre l'homme et l'enfant qui n'était plus capable de bouger, trop affaiblie.

Il enleva sa cape et la posa sur ses jambes, comme il l'avait déjà fait dans la forêt, quand ils s'étaient échappés des *marais*. La petite retrouva un semblant d'énergie et put tendre ses bras. Il ne remarqua pas le reflet d'Orlena qui mourait dans ses prunelles. Il ne voulait que la serrer tout contre lui, la sentir et répondre à son élan.

Fallasséhan se pencha à l'oreille de Sírkys, lui avouant qu'elle en avait de la chance, cette enfant, qu'un mage tînt à elle à ce point.

CHAPITRE XLVII

LES FRONDAISONS DU GRAND CHÊNE frémirent sous le Soleil, ménageant un bref instant des espaces supplémentaires dans leurs franges, afin que la lumière pût tomber sur tous ceux qui étaient dispersés sur ses racines.

L'assemblée exceptionnelle avait été décidée depuis plus de deux jours ; pour tout dire, les Nymphes et le mage n'avaient attendu qu'après cela. L'homme d'Alden, il était vrai, nourrissait une singulière ardeur à les informer de ce qui se passait dans le Vieux Monde, comme dans le Nouveau. Quant aux Nymphes, elles attendaient avec une réelle impatience d'entendre son récit du Temps, elles qui le considéraient comme un liant des siècles.

Pour l'occasion, des personnalités qui ne se montraient que fort peu aux Eaux furent conduites jusque-là. C'était des nymphes les plus âgées, au regard froid, quand elles n'étaient pas aveugles, aux ailes énormes pareilles à des vitraux fragiles et cassants. Elles prirent place sur les parmélies et les tapis de mousses. Toutes possédaient une espèce de bourdon arqué en verre jaune, un peu comme les prêtresses du temple de Panthès, se remémorèrent les enfants du désert. Une seule portait des agates bleues aux oreilles. Zar'ouath et Aaïla remarquèrent à quel point les gracieuses créatures lui adressaient des regards emplis d'un profond respect.

À mesure que les nymphes arrivaient, chacune se fit un devoir de flatter affectueusement le col de Kryon, qui était montée là en se transformant en bulle bleue par une extravagance qui surprit le mage. La jument lui avait caché la plupart des épreuves qu'elle avait endurées pour s'enfuir des *marais* ; quant à Ruisseau, la monture de Dzyna, elle avait succombé, emportée par des cauchemars.

Des fleurs mêlées à des parfums profonds furent répandues et, après que Sírkys eut joint ses mains au-dessus de son visage, donnant naissance à un rai fugace, l'on enjoignit le mage à s'exprimer.

Juchée sur une racine biscornue, Fallasséhan écouta Zar'ouath avec une attention toute particulière lorsqu'il décrivit ce qui se passait exactement au Narönggath ; non que sa quête du miroir d'Orlena, et plus que tout le désir de Hâân le Dieu Noir, qui cherchait après le pouvoir d'Aaïla, ne revêtait aucune importance, mais il s'agissait tout de même de la terre qui lui avait donné vie. Elle se félicita que le *Cœur* fût encore là, intact et tout aussi mystérieux qu'autrefois, aux mains de ses frères les plus sages. Il évoqua la destruction de Morlïnëne, la fin des Quartiers mitoyens de la Citadelle dévorés par le feu du traître, Fannílos. Il parla du siège et de toutes les attaques qui, jusque-là, allèrent à vau-l'eau. Un vent de panique courut entre les têtes blondes et argentées lorsque Zar'ouath retraça l'épisode des remparts, la sombre magnificence du dragon, le coup de fouet du skork et la blessure infligée à l'épée-d'écume.

Elles ne furent guère étonnées d'apprendre que les hommes batailleurs et hargneux de Mär se fussent joints à ceux des Bois-Noirs. L'appui des sorciers de Valmar qui, au premier abord, suscita l'étonnement, fut par la suite une quasi évidence. Les richesses du Narönggath étaient sans limites en comparaison de leur pays désertique, peuplé de dangereux geysers et de vents brûlants qui rendaient fous. Ils avaient toujours eu la convoitise en cœur.

L'évocation d'Astámonde fut un problème que les nymphes ne s'expliquèrent pas. La haine des femmes de l'Île des brumes envers le peuple nain n'était pas une nouveauté. Pourtant, cela n'éclaircissait pas pour autant qu'elle participât au siège. À moins, s'imaginèrent quelques nymphes, que sa magie ne concourût à la création même des légions de skorks ; elles ne se surent pas dans le vrai à ce point.

Enfin, le mage se tut et se rassit à côté d'Aaïla. Son regard la borda de son amour. L'enfant avait retrouvé ses belles couleurs, son teint hâlé. Elle ressemblait presque à celle qu'il rencontra dans la tour de Minduïn, la *mémoire* d'Ousse. Incidemment, il songea à Lewild, juste avant que de se rendre compte que la petite avait mis le germe de cette pensée en lui, puisqu'elle observait les deux autres égarés des maisons de guérisons, la mère et l'enfant des Bois-Noirs qui furent conviés à cette réunion. Les cicatrices à leurs bras et leur visage guérissaient ; peu savait ce qui leur était arrivé. Le principal, c'était qu'ils avaient survécu.

Il y eut de longues minutes où personne ne parla, où les respirations s'enroulèrent aux friselis, proches et lointains, de la sylve. Puis Sírkys se leva, un objet enveloppé d'un linge sale entre les bras, amenant une rumeur qui parcourut l'assemblée. La nymphe se garda de découvrir le miroir ; elle n'en avait pas le droit. Il appartenait au mage, puisqu'il était allé le chercher au péril de sa vie. Elle se contenta de l'évoquer en pensées. Aux miroitements de cette figuration fleurissait quantité d'images, qu'elles furent bien en peine d'interpréter tant elles allaient, passaient à une vitesse ahurissante. Sírkys fit face au cénacle des vieilles nymphes, au sein duquel toutes s'en remettaient à la même personne. Alors, l'aveugle aux agates tourna sa face blême dans sa direction. Des éclats s'insinuèrent au fil de son bourdon, semblables à des abeilles mordorées. Elle prit une profonde inspiration puis s'adressa à Zar'ouath. Elle parlait si bas que tous firent le silence absolu ; le vent faisait partie de ses mots.

« La Course du Temps converge, une nouvelle fois, pour notre bonheur, ou tout le contraire. Le visage du Monde s'apprête à changer ses linéaments. Nous sentions le *trouble* dont vous nous avez parlé, mage. Et nous craignons fort L'Intelligence Supérieure, Sombre qui en est L'Instigatrice. Aaïla est recherchée par l'Obscur. Il vous suit, depuis le monde des Hommes, sans trop se montrer. Mais Il est bel et bien présent. Elle fit une courte pause, durant laquelle ses ailes s'ouvrirent légèrement pour se joindre à nouveau dans une expression de prière. À la vue de ce que vous nous avez décrit, nous croyons que l'embrasement du Narönggath n'est en fait rien autre qu'un prétexte. Car, mage, vous devez savoir qu'il y aura une rencontre entre vous et l'Obscur, entre Aaïla et l'Obscur, que le sort du Monde en sera, alors, décidé.

Elle tendit sa dextre vers le miroir.

– Car, le futur prend ses racines dans le passé, reprit-elle, et le passé peut instiller le changement dans le futur. C'est ce que vit Orlena, avant que de vous abandonner le miroir. Elle connaissait votre venue, mage. Vous et Aaïla apparaissiez déjà dans l'horizon du Temps. Le miroir est vôtre.

– Dois-je regarder dedans afin de connaître le chemin que nous devons prendre ? demanda Zar'ouath.

La vieille nymphe ouvrit ses paumes en signe de mise en garde.

– Non ! Le miroir doit juste servir à éloigner les forces de Tyss, à anéantir les légions de morts-vivants que sont les skorks !

– Mais, comment ?…

– Le chemin que vous cherchez se dévoilera, mage, quand le temps sera venu. Faites confiance aux Nains, dit-elle sans plus de précision. Et surtout, n'oubliez pas. Quand vous serez au sommet des remparts de la Citadelle, ôtez le linge du miroir sans jamais regarder le tain. Levez-le sur les armées adverses. Ce qui n'est pas et ne peut plus être se dissipera en fumées ! »

Zar'ouath opina du chef. Il savait qu'il n'obtiendrait pas plus d'informations de sa part ; il la savait à l'image de Parole, issue du même moule. Il reçut les sourires de Fallasséhan et de Sírkys.

Le départ était prévu pour le lendemain. Zar'ouath avait ressenti le besoin d'être seul. Il avait déambulé un certain temps sur le dos de Kryon de par les clairières et les sous-bois afin de trouver l'abri sûr, reposant auquel tout son être aspirait.

Il finit par découvrir l'étang de son choix, aux proportions idéales pour qu'il pût s'y baigner. Qui plus est, son eau se révéla d'une douceur sans pareille. La chaleur provenait d'autres étendues chauffées par le Soleil qui, dans cette partie de la sylve, étaient reliées les unes aux autres par des bras sinueux.

Il abandonna son chapeau, Elweïn et ses affaires puis glissa dans l'eau. La jument se coucha sur la berge et s'endormit aussitôt, comme emportée par une fatigue depuis trop longtemps retenue. Les entrelacs des feuillages des saules, qui faisaient un toit à l'étang, se resserrèrent, offrant une pénombre supplémentaire à l'endroit. Zar'ouath écarta les bras et se laissa flotter, tourner doucement sur lui-même.

Du plus loin de son esprit il chercha la trace d'Alden. Elle lui répondit. Son écho lui parut déformé, amoindri par la distance qui l'en séparait. Comme il faisait un nouveau tour dans l'onde, la petite boîte qui flottait sur sa poitrine vint toucher son menton. Il vit les mèches brunes mêlées à la goutte de sang. Il se demanda où Elliador pouvait être. Il ne l'avait plus revue depuis la Citadelle, depuis le jour mémorable où Aaïla avait retenu des centaines de skorks en respect pour sauver Gálwïn et Línnahon.

Il ne se souvenait que trop qu'elle l'avait embrassé, et combien son contact, bien que ce fût à travers un voile, lui avait semblé réel. Était-ce lui qui s'éloignait de ce monde pour rejoindre le sien pour que sa chair la ressentît aussi fort, comme autrefois, ou bien, était-ce le contraire ?

Il ramena ses genoux contre sa poitrine pour se retrouver sur le ventre, la tête sous l'eau. Dans les strates qui ondoyaient sous ses pupilles, il entrevit de minuscules poissons entre des colliers de bulles. Il joua des mains et explora le fond de l'étang du mieux qu'il le put, découvrant, çà et là, les ombres déformées de son corps projetées sur des pierres. Puis, il lui sembla que quelque chose lui piquait le dos. Elweïn émit quelques arpèges, comme si elle répondait à une présence. Zar'ouath se redressa. Il s'essuyait le visage, vit ce qui provoquait les arabesques de papillons multicolores tout autour de lui.

Karëne avait un bras passé au cou de Kryon. Il parut au mage qu'elle lui murmurait à l'oreille de ne plus se souvenir de ce qui s'était passé dans les *marais*. Ensuite, la pointe de ses ailes vibrionna. Elle se mit debout. Le mage constata qu'elle n'avait pas son habituelle robe de lumière. Elle s'avança sur la berge, ses pieds menus au contact des cercles qui mouraient au bord de l'étang. Une partie provenait des battements du cœur de l'homme.

« Vous ? s'étonna Zar'ouath.

– Vous semblez chagriné que cela soi moi. Que puis-je faire pour que vous me pardonniez ?

– Vous pardonner ? Il fit des mouvements pour reculer. Mais, tout est pardonné ! répondit-il, un peu sur la défensive, de sorte qu'elle ne le crut pas.

– Voyez-vous, c'est à cause du Soleil, de l'heure quand je suis née. J'ai toujours été impulsive, comprenez-vous ? J'agis souvent sans trop réfléchir, à l'instinct, pour ensuite le regretter amèrement, et me morfondre.

– On m'a déjà dit tout ceci. Tout est pardonné, vous dis-je. Oubliez.

La nymphe s'agenouilla, l'observa. Les fruits de sa poitrine pointaient d'une façon ostensible dans les ornements de l'air. Elle eut conscience que cela rendait le mage mal à l'aise, tout comme du tourment qu'elle insinuait en lui. Ainsi, il éprouvait du désir.

– Que craignez-vous de ma part ? On dirait que je vous fais peur. Qu'avez-vous à redouter de moi ? Vous êtes un mage, le mage des Sept Terres. Je ne suis rien autre qu'une pensée infime de l'Univers, quand vous n'êtes qu'un tout. Me pardonnez-vous ? répéta-t-elle, plus bas.

– Je vous l'ai déjà dit.

Ses paupières battirent, distillant à l'alentour les poussières d'un irrésistible charme. Elle se souvint d'Aaïla, de l'apparition d'Orlena dans la maison des soins. Personne n'avait voulu la croire. Mais l'enfant du désert savait son secret.

– Quand j'y songe, c'était beau ce que vous avez fait pour cette enfant, pour Aaïla, lorsque vous êtes sortis des *marais*, elle dans vos bras. J'aimerais tant partir avec vous deux, suivre vos aventures, n'être qu'une étincelle dans le coin de votre œil pour voir ce qui vous entoure ! Me conduiriez-vous dans ces Enfers qui brûlent éternellement pour ensuite en ressortir, nos âmes céruléennes, intactes et magnifiées par cette épreuve ? Vous nous avez parlé des sirènes d'Irtys. Me les montrerez-vous ? Irons-nous courir dans leurs jardins abyssaux où s'entrechoquent leurs lampes de porphyres, où passent les poissons émeraude des grands fonds ?...

– Les sirènes d'Irtys ne sont pas celles que vous croyiez, je vous assure. Si vous croisiez leur chemin, vous ne…

–… Ferez-vous de moi une écharpe de fumée ? Traverserons-nous ainsi liés l'un à l'autre les siphons qui débouchent sur des pays de feu ? continua-t-elle sans l'écouter. Nagerez-vous tout le long de l'océan pour me porter jusqu'au bord de ce désert, de l'Yss'Bahâr' ?

–Karëne, je…

Elle tendit son cou, ses longs cheveux retombant en franges soyeuses de ses épaules. Elle resta ainsi, au bord de son silence, les mains appuyées au léger promontoire que faisait la berge au-dessus de l'étang.

–Car j'ai vu Orlena, commença-t-elle. Je l'ai vue ! C'est elle qui sauva Aaïla. Vous n'aurez qu'à le lui demander si vous ne me croyez pas. »

Zar'ouath l'observa à son tour. Elle ne paraissait pas mentir, bien que sa déclaration fût des plus sidérantes. Après tout, personne n'était en mesure d'affirmer de quelle manière mouraient les Nymphes au monde des Eaux. Elles surgissaient de la lumière. Sans doute y revenaient-elles. Quant à Orlena, sa présence dans le fleuve-du-temps était si forte qu'elle n'avait pu totalement se retirer de ce monde; quelque chose d'elle avait dû persister. Il se demanda si, à l'instar d'Elliador, elle n'attendait pas quelque part, en marge de leur univers, que quelque chose s'accomplît pour s'en aller enfin, définitivement.

Alors, les puissances d'autrefois s'étaient toutes réveillées pour aider son enfant. Il y avait eu Odê'u l'homme-fleur, qui les sauva de la mante de verre; le peu disert Parole y tenait une part importante. Et, par-dessus tous ceux-là se trouvait Gálwïn, son vieil ami. Ils se connaissaient depuis si longtemps, bien avant que le monde ne se sépare en deux, que l'océan n'augmentât les distances entre les terres des chimères et celles des hommes, qui avaient pour l'immense plupart embrassé des chimères.

Devinant que le contrôle de sa pensée abyssale lui échappait, elle se dressa, offrant à son regard l'étendue de sa peau laiteuse. La lumière qui chutait de ses ailes tissait des filigranes à la surface de l'étang, tout un réseau de fils envoûtants. Elle se laissa glisser dans l'eau, disparaissant un bref instant au regard du mage l'eau par-dessus le crâne, avant que de réapparaître devant lui, yeux écarquillés, sourcils et lèvres humides. Elle initia un geste en direction de son front afin d'apprécier l'état de la blessure qu'elle lui avait infligé; il recula. Elle plissa les paupières. Son visage se rétrécit, comme en une moue qui pouvait se transformer en sourire. Elle tendit une nouvelle fois ses doigts. Le mage ne bougea plus. Elle était si près de lui qu'il pouvait voir l'éphélide posée sur son épaule gauche, ainsi qu'une autre à son cou, tel un bijou de peau lié au frémissement d'une veine. Elle imprima une inflexion légère à son front, si bien qu'elle fut encore plus proche de lui, ses cheveux balayant les siens. Lorsque leurs fronts furent au point de se tutoyer, le mage se dit qu'elle n'était pas venue que dans l'idée d'inspecter sa meurtrissure. Alors, son corps fut sous l'emprise d'une résistance, tandis que son esprit l'incitait à tout autre chose. Pourtant, les mouvements insidieux de Karëne firent qu'il put entrapercevoir la teinte des gouttelettes qui allaient, aux courbes de ses cils. Que se passait-il ? Devait-il résister ? Et puis, il comprit.

Quelque part au bord de sa conscience, Zar'ouath sentit l'œil d'Elliador qui se posait. Il la devina, sans la voir. Il chercha un signe quelconque de sa part, une trace de colère, un refus. Pourtant, il lui sembla qu'elle pensait tout autre, qu'elle l'inclinait à l'aimer. Il s'éloigna de ses visions intérieures et se rendit compte que les ailes translucides de Karëne l'avaient enveloppé à la taille, lui faisant un châle empli de miroitements qui lui remontaient jusque derrière le cou. Il tenta de quitter sa douce étreinte mais ce fut, malgré lui, pour mieux s'épancher aux murmures des frontières de sa bouche.

Puisqu'il hésitait encore à effleurer ses frêles épaules, la nymphe amena ses mains contre ses seins. Du pourpre monta aussitôt au visage du mage, et ce fut une réaction adorable qui fit merveilleusement frémir Elliador. Sous les soleils de son univers, la princesse d'Ousse tendit ses doigts vers son esprit. Il se lova à la nymphe, qui s'enlaça plus encore à lui. Ils perçurent à peine le fait que la petite boîte fondait, que la goutte de sang se vaporisait entre leurs cils, tandis que la mèche de cheveux s'envolait au clair-obscur du dessus.

Ce fut aux poussières d'un jour naissant qu'Aaïla et Zar'ouath quittèrent la sylve des Eaux. Devant eux, les hauteurs herbues oscillaient, relâchaient des expressions de papillons qui chaviraient dans le faible vent du nord, avant de retourner à leur cage frangée.

L'homme mit une main sur son chapeau fatigué pour le remettre en place. Il se demanda si la petite devinait les reflets arc-en-ciel qui persistait dans son regard, fruits d'un phénomène qu'il ne comprenait pas. Il se souvenait qu'elle l'avait accueilli avec un bonheur non dissimulé lorsqu'il était revenu de sa retraite, après que Karëne l'eût quitté. Savait-elle ? Elliador l'avait-elle mise elle aussi au courant de ce qu'elle avait accepté qu'il fît ?

Il la sentit se retourner une dernière fois derrière lui, sur la selle de Kryon pour guigner le pays des Nymphes.

Les pourpres du levant s'élevaient déjà sur les minois des quelques nymphes qui assistaient à leur départ, magnifiant plus encore leur chevelure blanche. Elles avaient tenu à les accompagner jusques ici, pressentant, peut-être, qu'elles ne reverraient pas un mage de sitôt, pas plus que cette énigmatique enfant, ou bien encore Elweïn et Kryon.

Fallasséhan dut se mettre sur la pointe des pieds afin d'atteindre la main que lui offrait Aaïla. Quand l'enfant écarta ses doigts, elle vit que la naine avait glissé une petite icône dans sa paume ; pas plus grosse que l'ongle de son auriculaire, elle était faite d'une myriade de tesselles. Elle reconnut le panache orangé d'une flamme sur fond d'obscurité, ce qui lui laissa dans la bouche une étrange rancœur qu'elle fut bien en peine de s'expliquer. En témoin silencieux à cette scène, le mage ne dit rien. Si Fallasséhan lui offrait un cadeau, il ne pouvait que lui en être redevable.

« Car, ce qui meurt ne disparaît pas, énonça-t-elle. Garde ceci précieusement. Où que tu sois, si perdue que tu sois, ne l'oublie pas. Il sera l'espoir, au-delà du désespoir, fit la naine en serrant le genou de l'enfant.

Non loin de Fallasséhan, Sírkys approuvait du front, amenant le long de ses joues deux écharpes de mèches que son chignon, savant assemblage de passe-velours, ne parvenait pas à maintenir. Ses ailes faseyèrent et jouèrent dans le vent, comme toutes celles des autres nymphes.

– Mage, puissiez-vous grâce au miroir-de-la-vérité aider nos frères Nains. Puisse le miroir d'Orlena et de Tworn ouvrir en grand les yeux de ceux qui se sont égarés. Nous ne pouvons continuer notre chemin avec vous, ni aider ouvertement les Nains. Notre magie ne prend tout son sens qu'ici, dans cette forêt. De plus, aujourd'hui, les Eaux sont menacées, comme le Narönggath. Je pense que le roi All'Rïnx comprendra notre absence. Et, si tout ceci doit se terminer, en bien, dites-lui que nous ne l'oublions pas, pas plus que Gálwïn, et tous les autres Nains. Dites-lui qu'il sera alors temps que nos peuples se rejoignent et se retrouvent, comme avant, que de ce seul mélange naîtra autre chose.

– Si le miroir, ainsi que l'a dit la sibylle votre sœur, dissipe ce qui n'est pas, le Narönggath pourra être sauvé. Je ne vois pas, alors, dans quelle mesure les Nains continueraient à se détourner plus encore de vous. Jusque-là, ce sont les magies du *Cœur* et des Nymphes qui les ont préservés. Elles proviennent de la même source, la vôtre. Il fit une courte pause. L'alliance de tous ces regards sur lui l'intimida un instant. Je dirai tout cela à All'Rïnx, soyez-en sûres. Ce qui me peine le plus, ce sera de lui apprendre la mort de Dzyna, dit-il en regardant fugitivement Fallasséhan. À moins qu'il ne le sache déjà. Les gens du *Cœur*, Línnahon et Gálwïn, auront sûrement senti sa détresse, l'oubli de son être dans l'œil du dragon. Il tourna son visage de cendre vers la plaine, comme attiré par un écho que personne n'était susceptible de percevoir. L'enfant l'observa. Elle aussi devinait ce qui le préoccupait, soudain. Quelque chose se préparait, là-bas, un évènement crucial qui pouvait être contrecarré s'ils se hâtaient.

Sírkys fit un signe léger à une nymphe, qui lui tendit un baluchon qu'elle avait jusque-là tenu dans la pénombre carmin.

– Prenez. Je sais que vous pouvez beaucoup avec votre magie. Il y aura des heures où il vous faudra l'économiser pour vous protéger, protéger vos proches, dit-elle en posant ses pupilles sur l'enfant. Nous vous offrons de quoi vous nourrir ; quelques fruits secs de nos arbres. Contentez-vous d'en croquer quelques-uns lorsque vous aurez faim. Ils nourrissent bien, calent l'estomac bien plus que ne peut le laisser augurer leur petitesse. »

Elle l'accrocha elle-même au pommeau de la selle. Zar'ouath la remercia d'un sourire. Il huma avec lenteur le fond de l'air. Reverrait-il un jour les Nymphes ? Il se souvint de ces paroles si lointaines d'Elliador quand elle lui était apparue pour la première fois depuis, il ne savait plus tout à fait quand, sur le pont de la *Sayah*. Il se souvint de son baiser aux remparts de la Citadelle, de l'étreinte de Karëne qu'il assimilait d'une façon inexplicable à ce qu'il avait connu avec Elliador, quand leurs corps de chair s'amusaient l'un de l'autre en Ousse. La princesse avait-elle, par un moyen qu'il ne s'expliquait pas encore, pu habiter momentanément le corps de la nymphe ? L'heure était-elle si proche que cela ? Allait-il vers ce qu'elle lui avait dit, entre les chants des vagues ?

Le parfum suret d'Aaïla roula aux bords de ses narines, l'enfonçant, malgré lui, plus avant dans ses réflexions. Les portes qui menaient au monde d'Elliador ne lui avaient jamais semblé aussi proches. Et il fallait bien qu'elles le fussent, puisque leurs chairs s'étaient plus ou moins retrouvées dans cet étang d'eau claire.

Il fit faire une volte à Kryon, cherchant une dernière fois le visage de Karëne dans le petit groupe des nymphes. Son absence ne fit que confirmer ce qu'il subodorait. Elliador était bien venue à lui. Elle était si proche, alors ? Leur aventure dans ce monde touchait-elle à sa fin ?

Fallasséhan et Sírkys reculèrent ; la naine et la nymphe se prirent l'une l'autre par la main. La plume de paon se plia une dernière fois tandis que le mage les saluait. Et puis Kryon détalla sous le Soleil.

Sous les arbres, quelque chose se brisa, qui fit tourner le cœur des créatures des Eaux. Fallasséhan savait qu'elle ne le reverrait plus, tout comme Sírkys et ses sœurs. Le sort du monde était à ce prix. C'était ce que la sibylle avait avoué à la naine, quand elle lui avait donné l'icône pour Aaïla, c'était également ce qui avait terrassé Zar'ouath sur le pont de la *Sayah*. La jument s'éloigna un long moment dans le lointain, avant que de disparaître définitivement, devenant moins qu'un grain aux ondoiements de l'immense plaine.

CHAPITRE XLVIII

L'ŒIL DE LÍNNAHON s'éloigna un instant de la danse hypnotique des flammes, disposées tout autour du catafalque de Glïndor. L'arrivée de Florffinlën au sanctuaire du palais était un élément plus que notable pour qu'il abandonnât son recueillement. Il sentit le profond état de faiblesse, tant physique que mental, dans lequel sa sœur se trouvait. Pourtant, elle était parvenue à trouver assez de forces pour sortir de sa douleur omniprésente, venir rendre hommage au fils de Far'finör, le duc de Solëne.

Le nain obscur descendit à pas mesurés les quelques marches, qui menaient au promontoire où était allongée la dépouille de Lhuleah-dïor. Il s'excusa du regard auprès de Paranën, ainsi que de son père et du général Ellm des Marches Brunes. Dans un coin, Hild avait aussi remarqué l'entrée de la princesse. Il ne la quitta pas des yeux. Elle s'était arrêtée au milieu de la pièce. Sa figure était blême, presque bleutée. Ainsi immobile dans ses habits noirs elle rappelait leur mère à Línnahon, leur mère, qu'ils savaient morte. Le *faiseur* fit le tour de Florffinlën, la dirigea avec une extrême douceur par le bras. Il sentit une partie du poids de sa frêle anatomie se reposer sur la sienne, pleine d'une confiance tout absolue.

« Où est grand-père ? Où est Gálwïn ? susurra-t-elle, un trop-plein d'humidité dans la gorge.

Son frère attendit que la plupart des regards retournent à leur méditation, au silence qu'ils entretenaient, tête basse. Il riva ses yeux à ceux de sa sœur, de sorte qu'elle ne vit que lui, que ses pupilles qui voilaient à peine ses inquiétudes.

– Grand-père se repose.

Elle ferma les paupières. Cela fut une sensation désagréable qu'elle utilisât le pouvoir d'Orlena devant lui. Il lui fallait s'y habituer. La lueur de son âme s'éloigna pour revenir, peu après.

–Oui. Il se repose, dit-elle enfin.

– Il fait ce que tu devrais faire, je crois, lui reprocha-t-il.

Elle ne tint pas compte de sa remarque.

–La perte de Ruisseau lui a porté un coup ; la disparition de notre mère, plus encore. »

Elle se tut et le fixa, à la recherche d'un point, d'une lueur à quoi s'accrocher dans sa mine fermée. Il cachait son chagrin, elle le savait. Était-ce tout ce qu'il avait appris dans le *Cœur*, à dissimuler ses sentiments ? Il dégagea son visage des mèches qui l'encombraient, la prit dans ses bras, l'emmena dans un coin reculé de la pièce. Elle pleura sur son épaule, tandis que lui pleurait aussi, aux racines de son être, sans rien montrer de sa peine. Elle ne lui reprocha pas la sécheresse apparente de son cœur. Son éloignement dans les hauts lieux l'avait rendu ainsi.

Sur les tapis de velours lie-de-vin qui cernaient le cercueil de Glïndor, Paranën rejoignit Ennonah, une cassolette d'or mauve à la main. Le nain chenu du *Cœur* enflamma les boules d'encens qu'elle contenait en les effleurant du bout des doigts. Le *faiseur* ne reconnut rien des phrases qu'ils murmuraient. Il devait s'agir de litanies. Et, tandis qu'elles naissaient aux lèvres du *verbe* et de l'*oreille*, les écharpes parfumées de matière qui se consumait tutoyait le cadavre de Glïndor.

Il reposait sur de riches étoffes moirées, une cotte de mailles aux entrelacs hyalins intensifiait l'aspect rigide de son buste mort. Sur la manche droite du tabard dont on l'avait revêtu étaient tissées les trois vires or, entrelacées au tronc d'un sapin. Et, le fanion qui avait échappé aux skorks, alors même que l'armée de Solëne vint chercher refuge dans la Citadelle, avait été posé sur les mains de Glïndor, devenant un trophée.

De son côté, enfoncé dans son silence, All'Rïnx ne pouvait croire que Dzyna pût être morte. Il espérait juste qu'elle reviendrait, mettant son absence sur le compte des peines anciennes ravivées par le retour puis la fin de Glïndor. Pourtant, Gálwïn avait été formel, à l'instar de son fils, de Paranën ainsi que d'Ennonah. Affaibli par ses pensées sans issue, il chercha le regard d'Ellm des Marches Brunes. Mais celui-ci avait les paupières closes, rendant hommage au fils de son duc dont le souvenir avait persisté malgré son exil.

Une partie du roi lui disait combien il avait mal agi depuis tout ce temps avec Glïndor, tandis que l'autre l'inclinait à se dégager de toute responsabilité. Il pivota sur ses talons pour mieux observer tous ceux qui étaient présents ; il aperçut sa fille. *Florffinlën !* Il eut le même choc que Línnahon en la regardant, effaré par l'infinie faiblesse qui lui marquait le visage. Il y avait bien deux jours qu'il ne l'avait plus revue. Il attendit que le *verbe* eût achevé l'étrange musique sacrée de ses paroles où il lui présentait ses condoléances, pour rejoindre ses deux enfants et s'enquérir de la santé de son enfant. Línnahon l'avait assise sur un des nombreux bancs en pierre grise qui longeaient les murs nus. All'Rïnx fit un signe aux trois gardes, qui n'avaient de cesse de le suivre où qu'il pût se rendre afin qu'ils gardent leurs distances. Il mit une main au fourreau de son épée de parade pour éviter que ce dernier ne traînât sur le sol dallé, et que s'en élevât ce son disgracieux qui l'indisposait où qu'il allât. Alors, au bord du front de Florffinlën, il se pencha plus avant pour y poser ses lèvres. Il n'était pas coutumier des preuves de son amour. Il semblait bien que les temps avaient changé, pour lui aussi. Il fut presque fier que quelques regards se fussent posés sur lui après qu'il l'eût embrassée.

Il y eut de brèves discussions au-dehors, dans le couloir qui menait au petit temple où chacun était venu prier. Des ombres jouèrent dans le triangle de lumière qui tombait de l'entre-bâillement de la porte, jusqu'à ce que le regard creux de Gálwïn apparût, suivi de près Bórk, à la mine vultueuse. Ils ne se firent guère d'illusions sur le genre de nouvelles qu'ils pouvaient bien leur apporter. L'unique problème était de savoir s'ils allaient réussir à surmonter l'avenir, cette fois encore. Le mage n'était toujours pas de retour. Cette chose ténébreuse qui grondait, au seuil de leur conscience, depuis qu'il les avait quittés, venait juste de se réveiller.

Le vieux nain se rapprocha de Línnahon et de Florffinlën, tandis que Bórk allait murmurer quelques paroles chaotiques à l'oreille du roi, qui blêmit. Ellm des Marches Brunes avait de suite quitté le cercueil, ralliant à sa suite ses officiers. Ses sens aiguisés le portaient déjà au faîte du drame qui allait se jouer. Tandis qu'il se tenait devant son roi, il écarta un peu plus les côtés de son manteau pour qu'il vît l'emblème de Solëne.

« Les forges ont été attaquées, tôt ce matin, leur apprit All'Rïnx.

– Les forges ? Mais, Majesté. Les galeries sont fermées. *Vous* les avez fermées, n'est-ce pas ? s'étonna Ellm.

All'Rïnx ne répondit rien. Le général de Solëne tira de soi-même les conclusions qui s'imposaient, sourcils froncés.

– Fanntlos montre enfin au grand jour ce dont il est capable, dit Ennonah.

– Il a dû trouver un passage, fort loin près des sources du Nadir. Il y a des galeries qui ne servent plus à rien, qui ont été abandonnées avec la fin de leur exploitation, plaça Paranën, qui connaissait déjà tout de ce qui se tramait en si peu de mots.

– L'essentiel c'est qu'ils ne puissent pas passer par là ! reprit Bórk, tout essoufflé. Des renforts sont partis sitôt la nouvelle apprise, de Parlínor et Færenär. Ils tiennent toutes les galeries supposées déboucher sur la Citadelle, finit-il, un léger trémolo dans la voix.

– M'est avis qu'ils sortiront pour forcer le passage, coûte que coûte. Il faut les retrouver, Majesté. Les poursuivre et les chasser de là, au sein même des forges ! gronda Ellm.

All'Rïnx chercha le regard de son fils et de l'épée-d'écume. Le petit-fils et le grand-père étaient étrangement immobiles, à croire que l'annonce d'une attaque ne leur faisait ni chaud ni froid. Línnahon esquissa un geste à l'intention de son père, mais Gálwïn le retint par la manche, une attraction incommensurable dans ses pupilles.

– Línnahon ? fit All'Rïnx.

– Je vous rejoins très vite. Partez devant !

Alors, All'Rïnx crut comprendre ce qui se préparait. Il se rapprocha du nain cinq fois centenaire et effleura les filigranes de sa veste, comme s'il craignait de ne plus jamais le revoir, et qu'il voulût imprimer leurs reliefs nonpareils dans sa mémoire. Ce qui n'était jamais passé entre eux, une forme d'amitié prit vie. Le roi dispersa la barrière trop opaque de sa maigre croyance dans tout ce qui touchait à la magie délicate et charnelle, au souvenir des Nymphes et d'Orlena. En si peu de temps, Gálwïn lui montra les ombres portées des contrées invisibles aux sens de cette terre. Et, lorsque le contact des landes de fumées, des pays de senteurs et des forêts liquides se referma, il se retrouva de nouveau étouffé dans sa conscience empoussiérée de ses faux jugements. Bórk et Ellm l'attendaient dans le couloir.

Hild était là. Plus personne ne s'occupait du garçon venu de ce lointain désert. Il avait au cœur une tristesse infinie. C'était l'absence d'Aaïla, la douleur de Florffinlën, la mort de Glïndor.

Au loin, les échos de trompettes retentirent, roulèrent jusque dans le palais où ils enflèrent et martelèrent les murs. All'Rïnx serra une dernière fois le bras de Gálwïn puis sortit. Dans le temple, les flammes oscillèrent sur la sortie de tous ses occupants. Et, lorsque le dernier garde se fût éloigné, Gálwïn réitéra sa demande auprès de Línnahon, avec bien plus d'insistance.

Cette fois, le *faiseur* hésita. L'épée-d'écume le prit par les épaules afin qu'il le fixât, que le point de son regard fût son unique préoccupation.

– Tu savais bien que cela s'achèverait ainsi, souffla le vieux nain. Il y a un temps pour tout, Línnahon. Le mien court sur sa fin. Autant l'utiliser à bon escient, pour ceux qui me sont chers, pour Florffinlën.

– Tu me parles de disparaître, alors que tout s'écroule autour de nous ? lui reprocha son petit-fils.

– Mais je ne vais pas disparaître. Je me retire juste où je décide d'aller, comme Orlena l'a fait, comme Cíndín l'a fait, avant moi. Ce n'est pas à moi de t'apprendre cela. Tu le sais, mieux que quiconque. Je change juste de dimension. Celle-là est fatiguée de moi.

Le nain chenu mit le visage sombre de Línnahon entre ses paumes parcheminées, de sorte que leurs fronts se tutoyèrent. Florffinlën restait immobile sur le banc de pierre, témoin silencieux de la séparation.

– Tu sais que tout ceci n'est que le bord infime de notre chemin.

Le *faiseur* ne répondit rien, traversé par tout ce qu'il avait toujours eu envie de lui demander, dont il n'aurait jamais trouvé le temps, traversé aussi par tout ce qu'il n'avait pu lui dire. Lentement, Gálwïn se sépara de lui pour aller aider Florffinlën à se mettre debout. Il remonta la capeline sur ses épaules et la prit par le bras.

– Nous nous rendons dans le *Cœur*, Línnahon. C'est là-bas que je soignerai ta sœur, déclara-t-il.

– Le *Cœur* ? Même si vous réussissez à sortir, les armées de Tyss vous repéreront ! Quand bien même vous réussiriez, as-tu conscience du chemin que sépare la Citadelle des hauts lieux ? Florffinlën ne pourra jamais tenir sur une telle distance !

Gálwïn ne dit rien, se portant juste à l'examen des traits de son petit-fils. Un bref courant d'air souleva les bords de son chapeau à cordelette qu'il ajustait déjà sur sa tête.

– M'as-tu déjà suivi par le grand chêne de l'Yrladiss ?

Le vieillard plissa les paupières, comme s'il souriait.

– On m'a souvent demandé comment tu faisais pour t'absenter sans que l'on te retrouvât nulle part au palais, pour nous réapparaître des heures après, des odeurs agrippées à toi. Je n'en ai rien avoué à personne sur ta connaissance nouvelle des Portes-Blanches, de ce raccourci secret créé par Lina. Je me félicite tu aies découvert ce secret du *Cœur*. As-tu vu les danseuses, aux gouffres de nuit. Font-elles tinter les cymbales de leurs chevilles tout au bord du sentier ?

Línnahon fronça les sourcils. Son grand-père avait-il été jusqu'à le suivre au sein même du passage, sans qu'il se fût aperçu de sa présence ?

– Je les ai vues, moi aussi, quand j'utilisai le passage. Elles sont belles, propices à vous faire trébucher. Nous sommes les seuls à les connaître.

– Dans ce cas, pourquoi dois-je t'accompagner au chêne ?

– Tu appelleras la lumière pour moi.

Línnahon opina. Il comprenait. Le couloir avait été déserté avec l'annonce de l'attaque des forges. Il sortit le premier et, après que son grand-père et sa sœur eussent passé le seuil, il apposa une paume sur la porte du temple qui se referma doucement sans grincer. Tout juste y eut-il un son mat en provenance de la clenche.

Ils ne surent pas immédiatement que la nuit venait à peine de tomber. Dans les dédales souterrains du palais où se trouvait le temple de Glïndor, les torches et les lampes étaient les seules sources de lumière. Ils mirent un bon quart d'heure à gravir les différents étages, s'arrêtant quand Florffinlën en éprouvait la nécessité. Et, lorsqu'ils furent enfin passés juste au-dessus de l'Yrladiss dans un escalier en spirale qui menait au rez-de-chaussée du palais, les flammes noires qui dansaient dans la nuit du dehors grandirent près des baies vitrées.

Línnahon ne jeta qu'un bref regard au serpentin de flammes qui apparaissaient à l'est, au-delà de Færenär, pour fondre vers un unique point, un ensemble de hautes collines. All'Rïnx y serait sous peu, ainsi que ses amis du *Cœur*. Il voulut bâtir l'hypothèse que Gálwïn changerait d'idée, que l'instant était fort mal choisi, mais il sentit le regard insistant du vieux souverain sur son épaule. Ils achevèrent de gravir les marches et attendirent que la princesse eût repris son souffle.

La pièce qui leur faisait face était un long défilé d'armures anciennes et de costumes d'apparat. Sur chaque mur retombaient fort bas des dais à texture épaisse. Línnahon s'assura qu'il n'y avait bel et bien personne en ce lieu, avant que de faire signe qu'on le suivît en un point précis des tentures. Il souleva la masse épaisse pour mieux voir le profil ténu d'un arbre, gravé à même la pierre. Il l'effleura. Un déclic répondit à l'action du nain magicien, et une partie du mur s'effaça pour un couloir obscur.

L'air qui vint bientôt se promener sur eux n'attestait que trop du lieu où il menait. Gálwïn entra le premier, tenant sa petite-fille par la main. Et, comme Línnahon entrait à son tour, s'assurant une dernière fois que personne ne les voyait, il sentit le picotement léger d'une attention se poser sur lui. Il chercha, pour tomber sans trop de peine sur la petite silhouette du garçon qui se cachait à peine derrière une armure sinople. Nahib, le gros chat noir, était sur son arrière train, à mouvoir le bout de sa longue queue avec des allures de serpent, ses pupilles rêveuses posées sur un point indéterminé du plafond.

–Tu dois rester au palais, Hild, c'est bien compris ?

– Ah ! Cher petit de l'Yss'Bahâr' ! dit Gálwïn qui était revenu sur ses pas, et lui tendait un caramel. L'enfant le prit volontiers, le mit dans sa poche.

– Où allez-vous par ce passage secret ? fit-il sans se démonter.

– Nulle part. Zar'ouath m'a demandé de veiller sur toi. Il faut que tu restes au palais. M'entends-tu ? argua Línnahon.

– Vous savez, ça n'est pas nécessaire de me répéter deux fois la même chose pour que je comprenne, dit-il avec un brin d'effronterie. Là-dessus, le chat se miaula, un peu comme s'il apportait son soutien aux propos frondeurs du garçon.

– Et s'il venait avec nous ? S'il venait avec *moi* ? Si nous enrichissions cette mémoire du Temps ?

– Grand-père, c'est trop dangereux ! Que dirait le mage si…

– Taratata ! Viens, viens, petit !

Le garçon ne se fit pas prier et il entra franchement dans le passage secret. À dire vrai, il s'ennuyait beaucoup depuis le départ d'Aaïla et du mage. La plupart des gens du palais lui parlaient comme à un enfant de dix ans, tandis qu'une autre partie se défiait étrangement de lui. Oh, il y avait bien Florffinlën et Mínlæn, mais la princesse était faible depuis quelques jours, tandis que le prince passait tout son temps à la Porte Sud, courant après la reconnaissance de son peuple, se découvrant de nouveaux talents. Línnahon gronda, mais il plia au choix de son grand-père.

Ils avancèrent derrière un esprit de lumière initié par Gálwïn. Tandis qu'ils progressaient, ils percevaient de temps à autre la course de quelques groupes de gardes, amplifiée par les cliquetis des armes, des mailles précieuses des armures, au-dessus ou en dessous du passage secret. Un instant, le sol alla sur la déclive, jusqu'à ce qu'ils eussent rencontré des marches qui les reconduisirent en hauteur.

Gálwïn suivit les consignes de Línnahon, qui lui demanda de l'attendre. Il le vit lever le bras dans l'obscur épais au-dessus de lui. Il cherchait visiblement à soulever quelque chose. Bientôt, la clarté grisâtre du l'Yrladiss tomba dans l'entrebâillement que le prince venait d'ouvrir. Ses yeux roulèrent au-dehors, avant qu'il ne repousse une trappe faite d'un assemblage de branches et de terre ; il sortit le premier. Il y avait encore un semblant de fébrilité et d'activité autour du palais, mais rien de quoi les alerter. Línnahon se prévint de tout regard opportun en soufflant un charme sous l'yeuse qui les dominait de son feuillage. En réponse, l'arbre abaissa un peu plus ses ramures et les dissimula. Gálwïn trouva délicieuse cette façon qu'eut son petit-fils de récompenser l'arbre, pour prix de son service, en lui grattant l'écorce. *Il y a de l'espoir pour le* Cœur, avait-il songé.

Ils s'éloignèrent sous les arbres, murmures imperceptibles aux murmures du jardin millénaire, silhouettes évanescentes dans l'océan nocturne. Ils ne déambulèrent que fort peu de temps ; l'arbre secret ne se trouvait pas loin. Le *faiseur* guigna son grand-père, qui devinait déjà ce qu'il allait faire. Après qu'il eut joué sur le tronc, une ouverture conséquente apparut sous l'œil pas si étonné que cela du garçon, qui savait déjà que le bois dans le bois s'inscrivait ici même, dans ce point de l'Yrladiss, grâce à ses visions. Línnahon les laissa passer en premier. Derrière eux le fût se *referma.*

Dans cette encre éternelle du Nadir, rien n'avait changé depuis que Línnahon s'y était rendu. Le nain murmura des paroles inaudibles pour leur offrir un brin de clarté. Ils descendirent les quelques marches sommaires pour gagner, au-delà, un sol parfois dur, parfois moelleux du fait d'épaisses plaques de mousses qui prospéraient ici et là. Ils perçurent les sons lointains de sources, de chuchotements ineffables. Au-dessus de leurs têtes des lambeaux de racines retombaient, composant un spectacle fascinant à chaque pas qu'ils faisaient.

Ce fut en ces moments que la tristesse de Línnahon revint à l'assaut de son cœur. Il progressait en tête, d'une démarche qui se voulait ferme, résolue, quand l'état de son âme l'inclinait à s'adosser à un mur pour pleurer. Il aurait voulu que ce couloir ne trouvât jamais de fin. Il eut maintes fois envie de se retourner pour parler de sa peine à son grand-père, qu'il avait encore besoin de lui dans ce monde, mais il y avait toujours une racine qui se déroulait devant lui, le convainquait de ravaler ses sentiments.

Línnahon sentit quelque chose se modifier parmi les danses qui ordonnançaient son sang ; la pensée de Lina l'appelait, ne demandait qu'à se réveiller. Il s'arrêta. Gálwïn se rapprocha de lui. Il connaissait le passage, ainsi que l'effet dérangeant dû à la transformation.

– Je me demande, lui avoua Línnahon tout haut. Pourrais-je appeler la lumière si je ne suis pas Lina ? La lumière restera-t-elle avec toi si je ne viens pas sous sa forme ?

Il y avait longtemps que le vieux souverain avait passé outre cette exigence du passage, qu'il n'avait plus besoin de prendre l'aspect de la nymphe pour s'y aventurer. Sans souffler mot, il prit Florffinlën dans ses bras et l'embrassa tendrement. Et, quand il relâcha son étreinte, la silhouette de la princesse se fit floue, jusqu'à devenir diaphane. Gálwïn remua ses paupières. Florffinlën et Hild rapetissèrent, encore et encore, jusqu'à n'être plus que deux grains dorés, qui volèrent dans l'œil du vieux nain.

– Tant qu'ils sont en moi, rien de mal ne peut leur arriver. Allez ! l'enjoignit-il avec vigueur, la lumière, Línnahon ! »

Le *faiseur* se retourna sur les pans de nuit qui venaient de s'animer non loin d'eux. Le contact fut plus rapide qu'à l'accoutumée, trop à son goût. Bien avant qu'elle n'apparût et ne fendit l'air tiède, il savait que la baguette étoilée de Lina lui répondait.

Une main se posa sur son épaule, tandis qu'une autre lui prenait le frêle objet d'argent. Línnahon s'écarta. Il ne cacha pas les larmes qui naissaient dans ses yeux. Son grand-père lui montra les minuscules ruisseaux qui apparaissaient à terre, où tombaient les gouttelettes de son regard. Et, comme il lui faisait cette remarque, il s'était déjà avancé sur le filigrane bleu qui figurait le chemin, *son* chemin.

Línnahon se rendit compte qu'il n'avait plus aucun moyen de le retenir. Il ne pouvait plus que le regarder s'éloigner, Un instant Gálwïn se retourna. Il ne fut pas certain que lui aussi, ne pleurait pas.

Finalement, le nain du *Cœur* fut aux forges moins de deux heures après qu'il eut quitté son grand-père. Tout le temps du chemin, il avait cherché à écarter de son visage sa tristesse due à la perte de Gálwïn. Puis, à mesure qu'il s'était enfoncé dans la forêt de Færenär et qu'il distinguait plus nettement dans les hauteurs la pointe des flammes, il avait pour un temps mis de côté le souvenir douloureux du vieux souverain.

Il fut accueilli avec une joie non dissimulée par les troupes de nains qu'il croisa, qui s'étaient rangées sur le léger promontoire, devant les diverses entrées qui conduisaient aux zones d'extraction des minerais. Le roi avait préféré attendre son retour pour prendre toute décision.

Línnahon s'avança jusqu'à l'entrée principale. Des gardes qui discutaient tout bas s'écartèrent sur son passage. All'Rïnx vint à son fils, cette fois sans se soucier des traces et du bruit de son épée qui rayait la pierre de sa pointe.

« Nous t'attendions ! Il lui serra l'épaule. Il ne lui demanda pas si l'épée-d'écume était réellement partie, pour toujours. Ce point douloureux attendrait.

Paranën et Ennonah les rejoignirent, suivis de près par Bórk et Ellm des Marches Brunes, une sueur légère au front. Le nain chenu du *Cœur* avait les manches relevées, de sorte que tous pouvaient voir les marques et les quelques cicatrices laissées là par le temps. Il tenait déroulée une imposante carte des lieux, complexe réseau de souterrains faits de couloirs étroits qui descendaient loin dans la terre et débouchaient, çà et là, sur des salles aux proportions de toutes tailles.

– Je crois, annonça Paranën, que Fannílos est passé par là, par le Sud, dit-il en pointant un point extrême sur le parchemin. Il devait être plus que renseigné pour anéantir si facilement ceux qui montaient la garde dans les profondeurs.

All'Rïnx mit une main devant son visage, lui rappelant que Línnahon ne savait pas encore tout. Le vieux nain plissa les paupières.

– Les salles les plus basses, jusqu'au niveau dix, d'après ce qu'ont pu nous en apprendre les survivants, ont été envahies par des skorks. Ils se sont répandus dans les forges comme une lèpre maudite, saccageant tout sur leur passage. Fort heureusement, quelques nains ont réussi à fermer les portes les plus précieuses à temps, arrêtant leur progression, expliqua Paranën.

– Reste à savoir combien de temps ces mêmes portes vont les dissuader d'aller plus loin, releva Ennonah. Ils cherchent d'autres passages vers la Citadelle, j'en suis sûr. Il faut que nous les débusquions avant qu'une telle catastrophe n'arrive.

Línnahon les avait écoutés, imperturbable. Il jeta un bref regard à l'assistance, à la recherche d'un des témoins salvateurs mentionnés par Paranën. Bórk comprit aussitôt ce qu'il souhaitait. Aussi alla-t-il lui-même chercher un des nains qui avaient eu la vie sauve. L'état de ses habits indiquait qu'il était plus d'une fois tombé dans les galeries, mais qu'il s'était relevé avec une frénésie toute particulière. Les manches de son tabard, bien que souillées, portaient le carmin reconnaissable de Néldorén. À sa ceinture tintaient les clefs d'un massif trousseau. Il posa ses yeux clairs sur Línnahon, avant que de le saluer bien bas, reconnaissant en lui le fils de son roi. Comme le *faiseur* posait une main sur son épaule, il vit les éraflures profondes à ses doigts, ainsi que les estafilades à ses joues, qui ne saignaient plus.

– C'est toi qui as fermé les portes ?

Le nain décoiffé se gratta le front, comme gêné qu'on lui attribuât cet exploit.

– Il fallait bien, Altesse. Il était, des centaines ! Ils nous ont poursuivis sur des kilomètres là-dessous ! Ils se sont répandus comme des flammes noires ! Je n'avais pas le choix. Si je n'avais pas fermé les portes, ils seraient là ! Je sais à quoi vous pensez, Altesse. À ceux qui ont pu être coincés de l'autre côté parce qu'ils étaient dans des chambres, des galeries annexes. S'il faut payer cette responsabilité, je le veux bien.

–Je ne te reproche rien. J'aurais sûrement fait la même chose à ta place, pris cette cruelle décision. Dis-moi juste ce que tu as eu le temps de voir, et d'entendre.

– Je crois que c'était le cinquième tour de garde aux portes mauves du septième niveau. Je faisais mon petit tour pour aller tenir compagnie aux gars, lorsque des cris lointains ont manqué me faire échapper mon quinquet ! Je me suis précipité vers les escaliers. Si quelque chose était arrivé ou se préparait, au moins aurais-je eu le temps d'atteindre les portes pour les fermer. Beaucoup de monde fut alerté en même temps que moi, et nous nous sommes retrouvés à courir à plusieurs, sans savoir ce qui nous faisait si peur. Peu après, quand nous sommes arrivés aux portes, nous avons enfin vu les lueurs et les ombres énormes danser tout au fond, sur les murs. J'ai distribué mes clefs, et chacun est allé devant sa porte. Alors, nous avons attendu un peu, pétrifiés, cependant qu'intrigués par ce tapage qui remontait vers nous à une allure vertigineuse. Puis, il y eut les cris d'horreur de nos frères, mêlés aux voix rauques de ceux que nous ne pouvions encore voir, qui les pourchassaient. Sans plus attendre, j'ai donné l'ordre que l'on refermât les portes. Des patrouilles nous avaient entre-temps rejoints. Elles se tinrent derrière chaque battant que l'on repoussait. Nous avons dû jeter quelques torches de l'autre côté, pour voir ce qui se passait. Ils semblaient préférer l'obscurité. Ils détruisaient, piétinaient tout ce qui dégageait une clarté. Nous vîmes des skorks déferler en deçà, tandis que nos frères mouraient de leurs mains. Les portes les plus petites ne nous posèrent pas de problèmes. Mais les plus grosses furent difficiles à refermer. Beaucoup de nos frères sont tombés, rien que pour protéger ceux qui poussaient les battants.

–Toutes les portes du septième niveau sont closes, c'est bien cela ?

–C'est cela, Altesse.

–Et, aucune n'a été endommagée ?

–Non, Altesse. Aucune arme ne le pourrait !

Línnahon se tut et réfléchit.

–Ils ne peuvent aller plus haut s'ils ne parviennent pas à franchir les portes mauves, fit Paranën en allant au-devant de ses pensées.

–L'ennui, c'est que Fannílos est là-dessous. Il trouvera un autre passage, soyez en certains, insista Ennonah.

–En ce cas il faut le trouver avant lui, et l'y attendre pour lui sauter dessus! proposa Ellm, approuvé par Bórk.

L'idée du général de Solëne n'était, après tout, pas si irréfléchie que cela. Peut-être même était-elle la seule qui fût viable. Seule la surprise jouerait en leur faveur dans cette affaire. L'ennui, c'était qu'ils n'avaient aucune idée du nombre de ceux qui constituaient cette armée souterraine.

Celle-ci était à pied d'œuvre pour chercher une sortie, non loin de là, à quelques lieues sous leurs pieds. Línnahon regarda Paranën. L'étude du parchemin qu'il tenait leur apporterait peut-être la solution.

– Que se passera-t-il si une contre-attaque est menée aux remparts, pendant que nous descendons en nombre dans les forges ? Il y a ces sorciers de Valmar ?

– Nos troupes sont assez nombreuses là-bas, le rassura All'Rïnx. Mínlæn est épaulé de Melten, ainsi que d'Aldar.

Línnahon tira les bords de son chapeau. Il signifiait par là qu'il ne partageait pas tout à fait son point de vue, du moins s'agissant de ce que pouvait fomenter Tyss aux murs de la Citadelle. Quant aux sorciers de Valmar, il ne mésestimait pas leur puissance, jusque-là mise sous l'éteignoir.

– Si je me puis me permettre, Altesse, fit le porteur de clefs en se rapprochant du prince, je crois connaître assez bien ce plan pour vous aider à chercher l'endroit où les skorks pourraient déboucher.

– Comment t'appelles-tu au fait ? questionna Línnahon.

– Twïn, portier des portes mauves, au service de son Altesse, et de sa Majesté, acheva-t-il en saluant le roi.

– Retournerais-tu en bas avec nous, Twïn, si nous te le demandions ? fit Línnahon.

– J'irai où votre Altesse me le demandera ! »

CHAPITRE XLIX

Twïn avait dit vrai. Les portes mauves avaient tenu. Elles se dressaient, intactes, dans les ombres portées des nombreuses torches qu'ils venaient de lever. De brefs instants, Línnahon se tint immobile contre les battants d'acier, ses sens en quête de la moindre vibration. Au-delà il perçut des cris, mais si lointains qu'il se demanda s'il ne s'agissait pas d'échos qui tardaient à mourir, réverbérés par les innombrables galeries des forges et l'épaisseur des ténèbres.

Après un long examen des cartes des fonds, le portier du septième niveau avait découvert ce qui, selon lui, consistait en la seule alternative possible pour cette armée qui cherchait à envahir la Citadelle.

Il s'agissait d'un chemin étroit qui partait du neuvième niveau, s'enroulait aux cheminées d'aération qui alimentaient en air chaque couloir. Il n'était pas nécessaire de posséder les clefs des portes de chaque niveau pour accéder à chaque étage. Mais il fallait suivre ce sentier étroit effrité en de nombreux points, posé au-dessus de gouffres que l'on disait sans fin, espèce de ligne incertaine tracé sur un pont de doute. Il avait été décidé que Fannílos et ses skorks seraient pris en tenaille. Tandis que Línnahon retournerait au niveau sept escorté de Twïn et nombre de gardes afin de les prendre à revers, All'Rïnx et le restant des forces iraient au sixième niveau, dans une salle immense où débouchait le sentier pour palier à toute « surprise. »

Le *faiseur* échangea un bref regard avec Twïn. Il fit signe à des gardes de se tenir prêts derrière la porte qu'il avait décidé d'ouvrir. Twïn tourna fébrilement la clef ; il joignit ses efforts à ceux du prince pour tirer lentement les battants.

Le fond de l'air qui roula sur leur visage manqua de chavirer leur cœur, à tous. Línnahon entra le premier, la pointe luisante et bleutée de son épée tendue devant lui. L'odeur pestilentielle qui corrrompait l'air ne sembla pas le gêner. Vite, il fut aux aguets des vibrations malsaines engendrée par une magie obscure qui avait opéré ici-bas. Twïn suivait de près avec la troupe de nains bardés d'acier. Les flammes levées qui dansaient au-dessus de leur tête leur révélèrent les atrocités qui avaient été commises. Alors, une nuit plus noire encore que celle qui les précédait naquit au fond d'eux.

Une farouche bataille avait été livrée entre leurs frères et les skorks. Des bacs, supposés être utilisés pour amasser quantité de morceaux de minerais, étaient renversés. Ils avaient été de piètres protections à ceux qui les chavirèrent. Ils gisaient, sans vie.

Les skorks avaient surpris la plupart des nains ouvriers, les avaient tués avec leurs propres instruments de taille et de travail. Certains avaient eu le crâne traversé d'un coup de poinçon ; d'autres n'avaient plus leur tête. Dans une mise en scène macabre, à la place on y avait planté des morceaux de minerais chatoyants. Tandis qu'il enjambait un corps, l'esprit de Línnahon fut brièvement traversé par le flot d'images, qui en remontait. Il discerna les rangs obscurs des skorks aux torques d'acier rouge se répandre, repousser la piètre résistance de ses frères. Ensuite, il revit la silhouette par trop familière de cette femme, dans sa robe cétoine, de cette prêtresse de l'Île des brumes qui, à chaque fois qu'elle apparaissait, était plus rouge encore du sang de ses victimes. Línnahon l'avait remarquée lors de la rencontre entre son père et le roi-morne. Il ne retint d'elle que les froncis ensanglantés de ses manches. Au fond de lui, quelque chose lui disait de se méfier. Il se demanda s'il s'agissait de Dzyna, de sa mère apostée quelque part aux franges d'un univers où l'avait exilé le regard de Simmar, point lointain d'où elle pouvait le voir, l'aider de son amour. Il reposa la semelle de ses bottes sur des aventurines et des hyacinthes.

Twïn lui effleura l'épaule, inquiété par son silence. Le prince se retourna. Il avait un air terrible, la mine à demi éclairée par le tranchant de son arme. Le portier se contenta de lui montrer la direction à suivre. Les gardes se disposèrent aussitôt à la queue leu leu derrière eux. Enfin, Línnahon avança de nouveau.

Plus ils progressèrent et plus les traces laissées par leurs sanguinaires envahisseurs se multiplièrent. Les salles se suivaient, révélant chacune son lot d'horreurs. Tout ici n'était que mort. À mesure qu'ils allaient, le sentiment malsain qu'un œil les observait s'imposa à leur conscience. Les portions les plus délicates à traverser étaient les intersections.

Ils n'étaient pas certains que tous les skorks eussent suivi Fannílos où il l'avait demandé. Ils avaient beau être des morts-vivants, le fond de ce qui les faisait les poussait encore à voler ou à répandre le chaos. L'orichalque, l'électrum et la morganite pouvaient susciter leur convoitise, et les retarder.

Línnahon créa pour l'occasion une silhouette blanche, sans forme précise. Elle ne ressemblait à personne, mais traînait assez les pieds pour alerter quiconque se trouverait tout près et pouvait s'avérer une diversion utile.

Ils allèrent, s'enfonçant plus avant dans les forges. Et, lorsqu'une heure fut passée, ils se tinrent aux portes du huitième niveau, toutes ouvertes, comme Twïn et les autres ne l'avaient que trop pressenti. Ils passèrent en silence les salles en deçà, faisant leur possible pour ne pas trop regarder les résultats des tortures et autres mutilations que les skorks avaient infligées à leurs frères. Un supplice courant consistait à faire, çà et là, des pendeloques avec des bijoux, des cheveux et des yeux. Quand ils le pouvaient, les vêtements de leurs frères ayant été déchiquetés avec un acharnement démoniaque, ils leur redonnaient un semblant de leur dignité perdue et les recouvraient d'un manteau, ou d'une étoffe. Comme il plissait les paupières et inspectait plus avant le sol qui, ici, était recouvert d'une fine couche de poussière noirâtre, Línnahon distingua nettement les traces griffues que les pieds des skorks avaient laissées. Ils continuèrent leur route, une pointe de peur au ventre.

Twïn se rapprocha de Línnahon et lui murmura qu'ils n'étaient plus très loin du début du chemin tant recherché.

Les salles et les couloirs suivants furent de plus en plus déserts. Le plus singulier vint de ce que tout sembla avoir été laissé dans l'état. Les sacs remplis des matières de la Terre étaient impeccablement rangés. Quant aux smilles et autres outils de taille qui encombraient les tables et les bancs de pierre, ils avaient été posés là par leurs propriétaires, qui paraissaient sur le point de revenir pour s'en servir. Pourtant, ils ne les rencontrèrent pas. Ils avaient dû fuir vers les étages supérieurs, trouvant une conclusion à leur évasion dans la mort. Plus loin, ils sentirent un air plus frais prendre le dessus sur celui, chaud et confiné, dans lequel ils avaient jusque-là progressé. Línnahon donna l'ordre que les torches fussent éteintes. Il pouvait les rallumer quand il le désirait avec la magie.

Il courba légèrement le buste et, imité par ses suivants, s'engagea dans le couloir, toujours l'arme dans le prolongement de son corps. Leurs yeux mirent un moment à s'habituer à l'obscurité. Enfin, des détails grisâtres sortirent de la pénombre. Les aspérités sur les murs avaient l'aspect d'une peau retournée. Ils se faufilèrent sans bruit, jusqu'au point relatif où un semblant de halo tombait devant eux. Le prince sortit le premier, collé par le portier des portes mauves.

Lorsqu'ils levèrent la tête vers les cheminées d'où tombaient des semblants de spirales de lumière, de loin en loin, ils perçurent les profils massifs d'ombres qui allaient en silence, au flanc à pic de la paroi colossale. Ils devaient avoir une heure d'avance, tout au plus, ce qui montrait que Fannílos avait mis un temps certain à trouver un chemin propice à sa remontée.

Línnahon et les autres nains patientèrent un bon quart d'heure, à attendre que les profils crénelés de l'armée de skorks se fussent éclipsés au-dessus. Ils devaient être quatre cents, à ce qu'ils purent en compter. Le nain magicien fit un signe bref. Et tous lui emboîtèrent le pas lorsqu'il s'engagea sur le même chemin que ses adversaires avaient emprunté.

Par endroits, ils voyaient des éclats lumineux et chatoyants s'élever du sentier étroit qu'ils foulaient. Sans doute des pierres précieuses tombées des poches des skorks. Le plus prégnant à l'esprit de Línnahon ce fut le parfum de la prêtresse, de cette Astámonde. Il connaissait la haine profonde qu'elle avait envers le mage, en particulier du fait de l'énorme énergie qu'il représentait pour elle si elle le détruisait, le déchirait de ses mains. Il se demanda ce qui pourrait se passer s'ils venaient à se rencontrer elle et lui, plus haut, s'il pourrait même lui tenir tête.

Ils firent en sorte de ne jamais être trop près de l'armée, sans toutefois s'en laissé distancer. Le but de leur manœuvre était de les suivre pour les attaquer uniquement lorsqu'ils se retrouveraient dans la salle du niveau six, aux prises avec le roi et son armée.

Parfois, passant par-dessus l'acouphène des lieux, ils percevaient les cliquetis discrets des armes, ainsi que le bruit des pattes qui retombaient lourdement. Línnahon chercha a maintes reprises des traces significatives de Fannílos dans le fond de l'air, sans y parvenir. Le nain corrompu s'était sans nul doute entouré d'un charme ramené du *Cœur* qui lui rendait impossible l'accès à son esprit. Seule la présence d'Astámonde était omniprésente.

Ils ne surent combien de temps ils tournèrent autour de ce qui était un gigantesque cylindre de pierre à quoi ce chemin étroit se lovait. Le temps fut une notion qu'ils perdirent, remplacée par les murmures de l'armée des envahisseurs. Ils passaient du plus vite qu'ils le pouvaient dans les rais de lumière qui étaient lancés telles des flèches du dessus. Un instant, Twïn tira sur la cape de Línnahon. Il avait reconnu les abords du sixième niveau, ses esquisses de colonnades orangées gravées sur leur droite.

Ils n'étaient plus loin à présent. Le chemin devait s'achever, à deux ou trois tournants au-dessus, pour se perdre au bord du pont qui faisait un saut par-dessus le vide. Línnahon donna l'ordre que l'on s'arrêtât. Dans la fraîcheur relative de ce bord des profondeurs de la Terre, les respirations des nains en armes remontaient en corolles derrière le prince. Il rassembla les bords de sa conscience et, quand il obtint la qualité de concentration qu'il requérait, il imprima une flexion légère à son *pouvoir*. Son message s'éleva, filigrane infime et gris aux mouvances des pans obscurs. Brièvement, il le sentit qui passait non loin des skorks, qui ne furent guère réceptifs à sa présence. Au point où Fannílos et Astámonde se tenaient, le message jusque sous leurs semelles, pour regagner de la hauteur un peu plus loin.

Paranën releva le buste. Il saisit la main d'Ennonah, également touché par l'avertissement du prince.

« Ils arrivent.

– Et Línnahon ? questionna All'Rïnx.

– Il est où il l'a dit, sur les talons de l'armée de Fannílos. Il nous avertit que la prêtresse de l'Île des brumes est avec le traître.

Le roi jeta un ultime regard à la salle qu'il avait investie, peuplée de ses troupes. De tout l'étage, elle était la plus grande qui fût, mais bien petite pour la bataille qui s'annonçait. Ils joueraient avec l'effet de surprise. Il le fallait. Il ne s'attendait pas à ce que les skorks reculassent. Il se demandait juste si leurs rangs leur tiendraient tête lorsqu'ils viendraient immanquablement à leur foncer dessus pour forcer le passage.

Les portes orange étaient derrière eux. Ils les avaient fermées. Bórk avait hérité de la charge des clefs. L'unique issue semblait la fin, pour l'un ou l'autre des partis. À gauche et à droite, les murs s'ouvraient sur des galeries qui conduisaient aux mines. Les entrées avaient été systématiquement bouchées par l'accumulation de sacs et de chariots, interdisant à leurs ennemis toute tentation de fuite par là. S'élevant jusqu'au plafond bosselé, des colonnes aux plinthes et aux chapiteaux ornés de feuilles et d'orbes étaient les uniques obstacles dans la pièce. Chaque rangée de colonnes formait des allées ; elles métreraient le massacre annoncé.

Le roi avait disposé au bout de chacune d'elles ses bataillons. Des nains lourdement protégés patientaient aux avant-postes. Leurs boucliers et leurs armures serviraient à encaisser les premiers chocs. Juste en deçà, des lignes d'archers et de nains dotés de lances et d'arbalètes avaient été disposées. La plupart venait de Solëne. Les gens de la Forêt Bleue étaient reconnus pour leur grande adresse aux armes de jet.

Enfin, le gros des forces était amassé jusqu'aux portes, simples soldats comme épéistes émérites. Cette fois, il ne se trouvait aucun homme à participer à ce combat. Ils avaient été préférés aux remparts, tous placés sous le commandement de Melten. Les nains voulaient que cette bataille, qui se déclencherait aux limites intimes de leur univers, fût une lutte exclusive entre eux et les skorks.

Un frisson parcourut le dos d'Ellm des Marches Brunes. Les flammes de leurs torches venaient de s'emparer d'ombres disgracieuses qui roulaient, là-bas, au bord de la salle. Elles ne ralentirent que fort peu de temps, comme si elles étaient déjà préparées à cet affrontement. Et, comme un liquide noir qui coule à la base d'un entonnoir, les skorks se rangèrent sur toute la largeur de la pièce, au coude à coude. La lame pourpre de leur cimeterre se découpait sur leur torque, hérissé de pointes couleur de rouille. Quelques-uns tenaient des pics dont les pointes étaient enduites d'un poison violent capable de tuer la conscience en un éclat de seconde. Ils ne se firent guère d'illusions sur l'identité des cheveux qu'ils entrapercevaient par-delà la matière hyaline des boucliers, qui pendaient à leur ceinturon, en guise de hideux trophées.

Les nains du *Cœur* cherchèrent Fannílos. Ils ne le reconnurent pas tout de suite puisqu'il était à visage découvert, celui qu'il leur avait toujours caché. Il se tenait bien en avant, épaulé par Astámonde.

Il portait la robe classique des initiés des hauts lieux. Le tissu dont elle était faite ressemblait à une peau luisante et sombre. Ses manches retroussées laissaient voir ses mains et ses bras. L'épiderme avait la blancheur des statues ; y couraient des signes cabalistiques qui blessaient l'œil de Paranën chaque fois qu'il y portait le regard.

Son visage n'était pas ce qu'ils connaissaient. Il était celui d'un démon aux cils et aux cheveux d'argent, aux yeux verts et à la bouche cruelle qui faisait comme une plaie, une blessure béante au milieu du visage. Il agita ses mains devant lui et désigna le sol. De pâles visions naquirent dans la poussière, invocations de feu et de tempêtes qui charriaient des sources d'eau putride où se contorsionnaient des serpents. Ennonah leva aussitôt ses paumes pour tout pulvériser. Fannílos ne répliqua pas. Il se moqua de lui comme d'un vermisseau. Un courant d'air souleva ses cheveux, qui se mêlèrent à ceux d'Astámonde.

Lentement, les premiers rangs skorks se mirent en mouvement. All'Rïnx attendit qu'ils fussent à mi-chemin pour donner l'ordre de leur tirer dessus. Les archers de Solëne ne furent guère surpris de voir les soldats à mufle disparaître en fumée quand leurs dards les traversèrent.

Ils n'existaient pas, ils le savaient, mais avaient pourtant une incidence sur leur monde et leur vie. Ceux qui tombaient étaient aussitôt remplacés. Il sembla évident qu'ils ne s'arrêteraient pas, quel que fût le nombre des flèches qui leur seraient envoyées.

Le roi des Nains fit un signe à Bórk et Ellm, qui donnèrent alors leurs ordres. Les premiers rangs se resserrèrent tandis que, derrière eux, se préparaient les épéistes. Les archers allèrent sur les flancs puis, ils continuèrent de harceler les assaillants.

Le choc avec les monstres à peau brune et les nains en armure fut prodigieux. L'acier qui se tordait et sollicitait les chairs en dessous résonna longtemps dans un vacarme assourdissant. Les soldats du Narönggath jouèrent de leur lourde épée, fendant les boucliers et les corps qui se trouvaient juste en deçà qui repartaient en silence vers les mondes invisibles d'où ils avaient été extirpés. Les luttes se déplacèrent lentement sur tout le front, tant et si bien que les archers ne purent bientôt tirer leurs flèches, leurs frères se trouvant devant eux, et qu'ils en furent presque réduits à l'état de témoins. Paranën avait perdu Fannílos de vue quand il le vit soudain surgir à droite, entouré par sa garde de skorks. Il perçut les esquisses du *sort* qu'il s'apprêtait à produire. Le nain prévint All'Rïnx que quelque chose allait arriver, mais ils n'eurent pas le temps de le contrer. Une puissante vague d'énergie venait de bondir contre les premières lignes où la bataille faisait rage. Beaucoup de nains se retrouvèrent à terre, renversés par le choc. Et, avant qu'ils n'eussent pu se relever, les skorks étaient au-dessus d'eux à dresser leurs armes mortelles pour mettre à exécution leur obscur dessein.

Les nains réagirent aussitôt et déferlèrent de tous les côtés, hurlant comme ils ne l'avaient jamais fait de toute leur vie parce que celle-ci était en feu. Les skorks leur firent front. Fanníos allaient parmi eux, une épée fine à lame bleue en main. Il avait dû la voler dans le *Cœur*. Elle avait la faculté de s'incurver pour mieux toucher ses proies. Astámonde luttait à mains nues. Tous se gardaient de se trouver sur son passage tant une aura meurtrière se dégageait d'elle. Ils la virent arracher plusieurs têtes. De fait, le sang qui lui giclait au visage la stimulait. Des frissons horrifiés parcoururent le dos des nains à voir cette furie éviscérer leurs semblables. Mais ils continuèrent à se battre.

Ellm et All'Rïnx échangèrent un regard. C'était maintenant ou jamais que Línnahon devait frapper. La surprise de la contre-attaque pourrait leur permettre de regagner le dessus. Ennonah et Paranën joignirent leur magie et effondrèrent des colonnes sur les rangs obscurs.

Des dizaines de soldats ennemis disparurent. Mais cela ne mit pas un terme à l'acharnement de leurs semblables. Le roi fut bientôt obligé de sortir sa lame et de lutter, à son tour, car les combats s'étaient déplacés jusque devant lui. Il sentait bien que Fanníos cherchait à l'atteindre, mais

Ellm des Marches Brunes lui bloquait le passage. Ses soldats opposaient une lutte farouche aux skorks de la garde du traître.

Finalement, au paroxysme du combat, des clameurs puissantes s'élevèrent enfin à l'arrière de l'armée skork, accompagnée d'une clarté démesurée qui fleurissait avec violence à la verticale de tous les occupants de la salle. Paranën sentit que Fannílos essayait de répliquer à cette lumière, sans y parvenir, ne la tachant que brièvement de la souillure de sa méchanceté. Il savait ce qu'il se passait. Le *faiseur* et les renforts venaient, propageant dans l'armée intruse l'effet de panique escompté.

Les quelques chefs skorks tentèrent de rameuter leurs soldats à grands coups de fouet afin qu'ils avançassent vers les portes, mais les lignes arrières firent défaut, optant pour une lutte immédiate avec ceux qui venaient de fondre sur eux plutôt que de chercher le salut dans un mouvement d'ensemble qui aurait pu être puissant après s'être regroupés.

Fannílos se retourna. Il devinait la présence de Línnahon, sans la trouver. Il projeta devant lui une boule de feu pour voir où il était. Peu importait que des skorks mourussent de son sort. Vite, le *faiseur* anéantit le souffle chaud qui avait roulé de ses paumes. Des nuages de vapeur sifflèrent jusque sous le plafond.

Des clameurs s'élevèrent encore, et plus fortes. Bórk et Ellm dirigeaient leur troupe afin de faire la jonction avec la garde de Línnahon. La tenaille se resserra bientôt. Les skorks essayèrent de rompre l'étau qui se refermait sur eux, sans y parvenir.

Quand Fannílos vit qu'Astámonde était tombée à terre, entraînée par le remous d'un bataillon de skorks, il s'intéressa aux issues possibles à cette nouvelle aventure qui tournait fort mal. Il vit les sacs que les nains avaient amassés devant les entrées des mines, en bloquaient le passage. Ces obstacles étaient sans importance. Il pouvait les détruire de son feu. Il se laissa glisser au sol et commença de se faufiler, tel un rat. Il ne fit pas attention aux hurlements de démente qui s'élevaient de la gorge d'Astámonde. Des nains de Solëne avaient eu le cran de l'approcher, de la blesser.

Elle avait agité ses mains et crié, tuant sur le coup ceux qui avaient osé la toucher. Sa robe tout entière se raidit. Et, la moindre chair qui tentait de la saisir était coupée net. Un arc se tendit dans l'arrière-garde du Narönggath. Une flèche alla se ficher dans un son d'os cassés à l'épaule de la prêtresse. Elle se redressa et arracha l'épée d'un nain. Elle le décapita et ouvrit le ventre de deux autres qui cherchaient à l'atteindre de la pointe de leur lance. Alors, Ellm se retrouva bientôt devant elle. Elle eut la maladresse de croire que seul le maniement de son arme pourrait l'écarter de sa route, que sa magie noire pas digne de ce nain-là. Un duel violent débuta entre le général de Solëne et la prêtresse. Astámonde attaquait Ellm farouchement, mais ce dernier parvenait toujours à feinter, à l'atteindre pour infliger des entailles profondes à sa robe de cétoine. À un moment, il sentit que quelque chose commençait de se tendre en elle, prêt à lui sauter dessus. Il choisit ce moment pour l'attaquer. Il sentait sa magie à l'œuvre. La prêtresse recula sous les coups puissants qu'il lui assénait. Le général sentit une douleur naître à son front. Il la repoussa et fit une blessure au ventre d'Astámonde. Elle recula encore et tomba à genoux. Avant qu'Ellm ne se fût penché sur elle, elle se laissait tomber sur son arme et se donnait la mort en riant, la langue sortit de sa bouche dans des contorsions hideuses. Écœuré, Ellm laissa l'arme de ses ancêtres dans son ventre.

Paranën aperçut enfin le chapeau de Línnahon, ainsi que les éclats étincelants qui fleurissaient au fil de son épée. Les combats continuaient, mais les skorks n'étaient plus maîtres du terrain. Luttaient-ils pour une forme d'honneur ? Il n'en avait que faire. Il chercha à se déplacer vers lui afin de le prévenir qu'il ne trouvait plus traces de Fannílos, que cela présageait une nouvelle traitrise, quand il sentit une pointe aiguë s'enfoncer à la base de son dos, et raidir tout le bas de son corps. All'Rïnx avait subodoré un coup vicieux de ce genre, sans savoir d'où il viendrait. Línnahon se rallia bientôt à son père. Il n'était pas blessé. All'Rïnx lui indiqua les deux silhouettes esseulées contre le mur. La tête du *faiseur* se mit à tourner. La haine profonde qu'il vouait à Fannílos vint se mêler à la peur qu'il eût, de perdre celui qu'il considérait comme son deuxième père. Il s'approcha, mais le vieux nain se tendit un peu plus sur l'arme, en guise de mise en garde. Le visage blême de Fannílos était posé sur son épaule. La folie brillait dans ses pupilles, ainsi que la rage d'avoir encore échoué.

– Finalement, tu te débrouilles fort bien, et sans ce mage de pacotille parti pour les marais putrides des Nymphes ! railla-t-il.

– Ne t'occupe pas de moi, Línnahon ! Seul compte sa mort ! Mais Paranën ne put finir, rappelé à la douleur que le nain obscur fit courir en lui avec plus de virulence.

Derrière eux, la bataille continuait. Elle leur importait peu.

– Quel sacrifice de soi, Paranën ! railla-t-il.

– Vous n'avez jamais rien compris au sacrifice, Fannílos, c'est ce qui vous a perdu ! murmura Paranën.

– C'est ce qui *vous* perd, Paranën ! le coupa le *vent*. Voyons, fit-il en fixant Línnahon et le roi. Je crois que je suis en position de force. L'armée de skorks ne fera pas long feu, mais nous sommes tellement au-dehors de la Citadelle que vous tomberez, tôt ou tard. L'essentiel est de savoir si je peux rejoindre Tyss. Vous tenez à Paranën, je tiens à revoir le roi-morne. Il fixa de nouveau le prince, une pointe cruelle aux yeux. Assez de vieillards mourront aujourd'hui. Faites en sorte que celui-là reste encore un peu avec vous, pour illuminer vos soirées d'été.

Il recula, plus pour les tester. All'Rïnx esquissa un geste, ainsi que quelques gardes qui les avaient rejoints, mais le *faiseur* s'interposa, se mettant sur leur passage. C'était une affaire entre lui et Fannílos. All'Rïnx recula, à regret, affecté par l'ampleur de la tromperie du nain du *Cœur*.

Pour un pas que faisait Línnahon, Fannílos reculait de la même distance, le vieux nain arqué sur son arme, sur la douleur qui faisait une ligne en lui. Ils furent sous peu devant une des entrées. Le *vent* fit signe au *faiseur* d'enlever par lui-même les sacs qui lui interdisaient le passage. Sans lâcher son épée, il s'exécuta. L'image tremblante de Gálwïn flotta dans son esprit, mais il la chassa, certain que Fannílos jouerait avec.

– Bien, vous avez dégagé ces sacs avec une telle promptitude, s'extasia-t-il. Vous avez manqué votre vocation, ô prince, en tant que fardier ou cariste !

– Partez loin d'ici, et laissez Paranën.

– Je vous laisse Paranën, mais de la façon que je l'entends ! »

Quelque chose craqua et le nain chenu s'écroula sur Línnahon. Tandis qu'il le rattrapait pour éviter que Paranën s'écroulât, Fannílos disparaissait par l'entrée. Personne ne fit rien pour le rattraper. Déjà, une mare de sang maculait le sol et les vêtements du prince. Quand il tenta d'ôter la lame, celle-ci se brisa. La pointe était restée en Paranën, distillant plus avant le poison qu'elle contenait.

Le *verbe* se laissa glisser dans les bras de Línnahon avec une confiance qu'il ne lui connaissait pas, toute d'absolu. Il crut voir des portes s'ouvrir sur des univers parfumés. De l'écume bleue vint fleurir dans l'air, et des traînes chatoyantes flottèrent. Puis, un vent sombre se répandit en lui, jusqu'à lui ôter le souffle. Línnahon passa ses paumes sur ses paupières, avant que de se relever et de le laisser aux mains d'Ennonah, qui pleurait. Il ne montra pas sa peine. Il se précipita dans la galerie, sans entendre les mises en garde de son père qui redoutait que sa haine l'aveuglât.

CHAPITRE L

Ce ne fut que lorsqu'il plongea son regard derrière le sien qu'il put entrevoir les traits simiesques du démon. Fannílos l'avait apprivoisé, pour le lier par la suite à Florffinlën. La princesse ne devait l'éveil si rapide de son *pouvoir*, le véhicule de la magie d'Orlena qu'à cet être obscur, tapi au creux de sa conscience où il avait pris une confortable résidence.

Gálwïn prit le bol transparent que lui tendait Hild. Il releva doucement la nuque de sa petite-fille et la fit boire par petites gorgées. Elle déglutit avec effort, mais but toutefois toute l'eau. Le nain subodora à nouveau le démon en deçà de la chair délicate. Il cherchait à affirmer ses assises dans ce corps, mais les liens commençaient de se détendre.

Près d'eux, près du parterre d'herbe épaisse où le garçon, le vieux nain et la naine aux yeux de nymphe étaient assis, des éclats passèrent aux battants de la porte translucide qui vibrait tout près d'eux. Hild reprit le bol et s'enquit d'aller le remplir une nouvelle fois à la cascade, qui sortait au bas de la singulière construction. Il s'agenouilla devant le filet d'eau claire et plongea ses bras jusques aux poignets. Le contact de ce liquide sur sa peau lui procurait un bien-être infini. Il comprenait pourquoi Gálwïn n'avait de cesse de le faire boire à Florffinlën. Il avait également remarqué que, chaque fois que le nain chenu portait le bol aux lèvres de sa petite-fille, il devenait plus blanc, plus lent dans ses gestes. Il s'imagina que l'eau était, en quelque sorte, l'image de sa puissance et qu'à chaque fois qu'elle buvait, il lui en faisait le don, se perdant un peu plus pour ce monde, où se trouvait Aaïla et le mage, pour sauver Florffinlën.

Le garçon jeta un coup d'œil à la porte, ne parvenant toujours pas à mettre un nom sur ce qui se mouvait derrière. De chaque côté, des murs fort hauts interdisaient de voir ce qu'il y avait au-delà. Ils étaient de la même matière que la porte, sauf qu'ils se saisissaient de leurs silhouettes et jouaient avec, tandis que la porte semblait les ignorer. Elle se voulait loin d'eux, loin de leurs pensées. Il ne souhaita pas non plus se demander comment il pouvait voir, bien qu'il n'y eût aucune trace d'un Soleil au-dessus d'eux. Ils étaient dans ce qui s'appelait le *Cœur*, dans une pièce qu'ils avaient rejointe, après une longue marche aux profondeurs des hauts lieux.

Il se releva, s'empressa d'apporter ce qu'il qualifiait de cordial de vie. Le regard souple et doux de Gálwïn le remercia pour son dévouement. Il lui montra le visage de Florffinlën, plus apaisé, plus semblable à la radieuse beauté qu'il connaissait d'elle. Ce fut la princesse qui ouvrit la bouche pour laisser libre passage à l'eau. Ses yeux venaient enfin de s'ouvrir. Au bord des cils, des lambeaux obscurs s'élevaient avec lenteur. Hild ne fit aucun commentaire sur l'ombre de la naine qui s'allongeait, paraissait se scinder. La partie griffue se détachait et s'évanouissait, progressivement, tandis que l'autre s'épanouissait. Le garçon renouvela sa tache à la cascade deux fois de suite. À la fin, lorsque Florffinlën fut enfin agenouillée auprès d'eux, Gálwïn sentit une faiblesse profonde le gagner tout entier. Il porta une main à sa tempe pour ramener un tant soi peu la consistance nécessaire à son esprit, mais il semblait qu'il était temps pour lui de se retirer.

Ils entendirent comme des notes de musique, des sons de flûtes et de célestas fleurirent au niveau de la porte. Les battants s'entrebâillèrent et, le regard que posa sur eux épée-d'écume acheva de les ouvrir complètement. Presque aussitôt, la cascade disparut, ne laissant nulle trace d'elle dans l'herbe.

Un air frais et doux flottait dans le pays, de l'autre côté. L'enfant et la princesse regardèrent à leur tour, ne discernant que des formes imprécises parce que leur esprit n'était pas encore prêt pour aller là-bas, pour comprendre ce que c'était. Malgré tout, Hild crut reconnaître des cloches lumineuses faites d'or transparent et cristallin. Elles tintaient les unes contre les autres, aux branches de ce qui était des arbres fabuleux. Il crut également distinguer des formes, qui sautillaient avec bonheur dans des flaques d'eau liquoreuse, dont les gouttelettes qui jaillissaient en l'air se transformaient en insectes de fumées multicolores. Il se retourna, interrogea Florffinlën pour savoir si elle avait vu ce qu'il avait entraperçu, quand il se rendit compte que le vieux nain et sa petite-fille étaient serrés l'un contre l'autre.

Elle avait passé ses bras sous ses aisselles et, ses mains menues remontaient jusque derrière sa nuque, sur laquelle elles se joignaient. Il n'entendit pas ce qu'il murmurait dans sa chevelure.

Il lui parlait des ombres bleues et fidèles qui le suivaient depuis toujours dans leur univers, qui l'attendaient de l'autre côté et tardaient de lui apparaître, entières. Il lui dit qu'il avait fini son temps dans le Narönggath, que d'autres lieux le désiraient. Elle lui rappela qu'elle le désirait plus que tout dans *leur* univers, mais le regard qu'il lui adressa lui appris la même résolution qu'à Línnahon. Il lui rappela que, désormais, elle portait le message d'Orlena, qu'elle devait en être digne, et ne jamais perdre espoir.

Il lui demanda de l'aider à se relever pour gagner le seuil de l'autre monde. Hild se mit à la gauche de Gálwïn, Florffinlën à sa droite.

Ils parcoururent la distance qui les séparait de la porte pour ce qui parut durer un siècle. Ils parvinrent malgré tout jusque-là, un Gálwïn affaibli et titubant entre leurs bras fébriles. En marge de ce pays étrange, ils sentirent que des forces remontaient en lui. Il souriait. Il caressa une ultime fois la joue du garçon et embrassa sa petite-fille. L'instant du contact, elle sentit que ce qui avait été l'épée-d'écume dans son monde, sa matrice, son schéma originel allait en elle. Elle saurait apprivoiser l'aube, elle saurait se faire des amis des couchants et des soirs. Les minéraux n'auraient plus de secrets pour elle, tout comme les aveux des arbres que l'on prend pour de simples bruissements de feuillages.

Le nain chenu vida ses poches et fit don de ses caramels au garçon. Il hésita à se séparer de son chapeau, mais il se dit que Florffinlën pouvait en avoir besoin. Il le lui enfonça jusqu'aux oreilles ce qui, malgré sa tristesse, éleva en elle un fou rire. Alors, il fit les premiers pas de l'autre côté.

La princesse et le garçon entendirent les mêmes notes de musique s'élever de la porte. Les battants s'animèrent tandis qu'une énergie les repoussait doucement hors du seuil.

Ils regardèrent, tant qu'ils le purent, dans la direction de Gálwïn. Peu avant que la porte ne se fût complètement fermée, le vieux nain se retournait et les saluait du bout des lèvres. Ils attendirent de longues minutes devant leurs propres silhouettes qui s'imprimaient sur la matière, espérant que la porte viendrait à se rouvrir. Pourtant, leur espoir ne resta qu'à l'état d'une ombre sans relief. Tout fut désespérément immobile. La lumière se mit lentement à décliner, jusqu'à ce qu'ils fussent tous deux perdus dans l'obscurité.

Ils se rendirent enfin compte que si Gálwïn les avaient menés là sans encombre, il ne les avait guère entretenus du moyen de retour.

Hild chercha la main de Florffinlën. Il avait peur. Quand leurs doigts se frôlèrent ils se croisèrent pour ne plus se lâcher. Il sentit la soie de ses cheveux passer sur son menton, un peu comme si les corolles d'une fleur le caressaient. Il vit ensuite l'écume bleue de ses yeux le rasséréner.

Elle comprit combien Aaïla et le mage lui manquaient. Elle savait que le garçon avait peur de cette chute dans le feu, de cet abîme dont il parlait sans arrêt, qu'il sentait, comme une douleur prochaine qui signerait sa destinée. C'était ça qu'elle avait vu, connu de lui lorsqu'elle l'avait rencontré pour la première fois au bord du Saut-de-Tworn. Elle le prit dans ses bras, tenta de freiner la chute de sa conscience. Rien ne semblait susceptible de le rassurer. Alors, elle chercha le point-de-l'aube, le point précis où la lumière grésillait, où les ultimes reflets des étoiles et de la nuit se concentraient. Sa conscience se resserra là, ramassa là tout ce qui se mourait puis l'éleva au regard de Hild. Ils se rapprochèrent, s'agenouillèrent. La confiance revint à l'esprit du garçon du désert. Tandis qu'elle l'observait, silencieuse, son *pouvoir* lui ouvrit un bord du fleuve du temps. Elle sut qu'il s'en irait, bientôt. Elle avait toujours su qu'il n'était que de passage, mais si tôt ? Elle noua sa nuque à la sienne et ne bougea plus. Le sang battait plus vite. La carotide de son cou frémissait contre la peau du garçon, qui ne sut trop quoi penser de cet élan de cœur. Elle lui demanda, sa voix intérieure lui demanda de lui montrer ce désert, cette contrée fabuleuse qu'Aaïla lui avait ouverte, déjà. Elle en avait besoin, dès à présent.

Fouiller dans sa *mémoire* lui procura un bonheur qu'il ne s'était jusque-là pas imaginé. L'Yss'Bahâr' se découvrit tout entier, enflammé de ses roses, de ses sépias et de ses pourpres. Il déplaça son attention au-delà des dunes, au-delà des panaches qui bondissaient, à la corne des collines de sable, et se déroulaient dans l'air brûlant. La Mer Immobile, Florffinlën la vit, immensité blanche dominée par des montagnes démesurées. Le garçon ramena son regard au désert, sur la caravane qui allait, lentement. Le jour était tombé. Un chiot dansait entre les pattes grêles d'un dromadaire qui fixait les étoiles, l'air hautain, hermétiques aux jappements. Un homme marchait sur le dos d'une dune, suivait son faîte mouvant. Il rêvait, semblait-il, aux yeux humides d'une algazelle qu'on disait salvateur et bénédiction. Hild se souvint. Le sommeil dans la chaleur déclinante du jour fait toujours cela à l'esprit des hommes qui se couchent à l'ombre des plis du désert. Il éveille des formes qui n'existent pas. Il égare les hommes trop sensibles.

Hild sentit la princesse se serrer un peu plus fort à lui, comme si elle souhaitait s'en aller dans sa chair. Il ne sut trop pourquoi. Il se mit à songer à l'Yrladiss, aux semences qu'Orlena avait rapportées là après qu'elle se fût soignée. Il revit le passage de Florffinlën sous les arbres millénaires. Il neigeait, et une silhouette chétive la poussait sans ménagement. Il reconnut Fannílos. La princesse s'effondra. Le nain du *Cœur* lui asséna un violent coup de pied. Florffinlën comprit ce qui se passait. Le garçon avait une vision. Il vivait ce qu'elle avait vécu. Elle l'entendit pleurer, hoqueter, endurer sa propre détresse. Plus tard, quand il rouvrit les yeux, il s'aperçut qu'ils étaient de retour au jardin sacré, l'émeraude humide des yeuses jouait des ombres onctueuses sur leurs épaules et sur leurs visages rapprochés. Florffinlën les avait reconduits au cœur de l'Yrladiss. Une pluie fine emperlait le sous-bois.

La princesse saisit doucement le garçon sous les bras afin qu'il se redressât. Elle le sentait tremblant, comme une feuille. Elle en eut presque peur de le froisser. Et, tandis qu'elle posait une main sur son front pour repousser ses mèches blondes, elle perçut le parfum d'une présence, qu'elle identifia sans mal. Elle confia sa sensation au garçon, qui se mit à pleurer, ému par sa révélation.

Línnahon se hâta de gagner le nord de la Citadelle. Il n'avait pas pu rattraper Fannílos. Le traître s'était une nouvelle fois joué de lui.

Quand il était revenu, dépité par l'échec de sa poursuite dans les mines, les combats avaient pratiquement cessé. L'affrontement entre les deux armées avait tourné au massacre. Sans Fannílos et Astámonde, insensibles aux ordres de leurs propres chefs, les skorks étaient tombés un à un. Au soir, des troupes fraîches se mettaient à l'inspection des forges tout entières, à la recherche d'hypothétiques présences. Le corps de Paranën fut ramené au palais et placé à côté de celui de Glïndor.

Línnahon sentit la présence du mage et d'Aaïla, lorsqu'ils passèrent près de Færenär. All'Rïnx ne lui demanda pas la raison de son départ précipité. Il avait toujours fait ainsi, s'éloignant quand on requérait sa présence autre part ou qu'on avait envie de lui montrer qu'on l'aimait. Certes, il avait été là lors du combat, mais le roi devinait que quelque chose avait irrémédiablement changé pour son fils, comme pour le Narönggath. Gálwïn n'était plus de leur monde, cela, il ne l'avait que trop subodoré lors de ce qu'il avait pris pour leur dernière rencontre. Il en allait de même pour Paranën. Il ne restait plus qu'Ennonah et Línnahon pour garder le *Cœur*. Il se surprit de reconnaître à quel point, finalement, les hauts lieux représentaient d'intérêt pour lui.

Le nain magicien s'en alla donc en direction du nord. Lorsqu'il fut aux pieds des murs de la Citadelle, le crachin commençait de tomber et de ruisseler sur les remparts bleutés. Il apposa ses paumes sur la première porte secrète de cette partie de la Citadelle, qui lui répondit presque sur-le-champ en s'ouvrant devant lui. Enfin à la deuxième porte, son seuil balayé par le vent léger qui soufflait dans la plaine, il vit la petite tache tant attendue se déplacer, au bord de l'horizon.

Il regarda longtemps ce point grandir, s'élargir avant que de le reconnaître. Au début, la crinière et la queue de la jument lui parurent les ailes d'un oiseau fantastique. Ensuite, il discerna le chapeau du mage, dont les bords claquaient à chaque foulée de Kryon. Aaïla était accrochée au ventre de Zar'ouath. Sa chevelure prenait le vent et la bruine au piège, pour les parfumer et les relâcher, un peu plus loin. Il fit un pas hors de la Citadelle. Il savait que le miroir était leur, que sa mère en avait payé de sa vie, qu'il y avait à présent plus qu'un espoir de voir ce trop long cauchemar prendre fin.

La première nuit qui suivit son retour dans la ville-forteresse des nains du Narönggath, Zar'ouath dormit fort mal. Son sommeil fut sans arrêt harcelé par une présence lointaine, sur quoi il ne parvenait pas à mettre un nom, pas plus qu'une forme distincte. Il tenta de chercher le repos, en vain. À bout, il se leva au cœur de la nuit. Aaïla dormait, blottie contre Hild et Nahib. *Fleur noire lovée à une fleur blanche*. Leurs respirations chuintaient dans les voiles de pénombre de la chambre. Il s'habilla sans un bruit, attrapa Elweïn et son chapeau puis sortit, jetant un dernier regard aux deux enfants enlacés.

Dans le couloir, seuls les crépitements des quinquets muraux répondaient aux murmures perpétuels du palais. Il suivit le long tapis orné de fleurs, jusqu'à l'escalier qui menait au rez-de-chaussée. Des lueurs floues vacillaient aux balcons des hauts étages, par-delà le plafond vitré qui dominait le mage. Les gouttes de pluie clapotaient doucement sur le verre. Zar'ouath imprima un mouvement à sa cape, comme s'il sentait déjà l'humidité qui allait ruisseler sur lui lorsqu'il serait dehors. Il baissa un instant les paupières pour regarder les marches, et ses yeux tombèrent sur le bord d'une silhouette.

« Vous aussi, vous cherchez le sommeil ?

– Puisque je ne peux rien vous cacher.

– Elles ont dû vous soigner, les nymphes des Eaux, pour qu'un si long retour depuis leurs sylves vous ôte le sommeil, que d'aucuns chercheraient. J'irais voir nos sœurs, si tout ceci s'achève, un jour.

– Aaïla et Hild dorment à poings fermés. Je n'ai pas sommeil, voilà tout.

– Il faut vous y résoudre. Et Línnahon se rapprocha de lui, le prit par le bras. Lui aussi était équipé pour sortir.

– Je savais que vous auriez besoin de moi. Zar'ouath leva un sourcil. J'ai senti cette présence qui perturbe votre nuit. Elle vous attire, n'est-ce pas ? Elle vient du camp de Tyss.

– M'empêcherez-vous d'y aller ? Votre peuple attend beaucoup de moi. Il pourrait m'interdire de sortir de la Citadelle, questionna le mage d'une voix monocorde.

– Sortir. C'est donc bien de cela qu'il s'agit. Vous avez oublié, mage, qu'il vous faut quelqu'un pour vous ouvrir les portes. Et quelqu'un pour les refermer, à votre retour. Gálwïn n'est plus, de sorte qu'il ne reste que moi.

Zar'ouath se perdit un instant au souvenir du vieux souverain, de son vieil ami. Elweïn vibra contre sa hanche, mélancolique.

– Je dois aller voir, Línnahon. Me comprenez-vous ?

– Vous savez ce que vous faites. Vous ne laisseriez pas Aaïla et Hild si vous saviez que vous ne leur reviendriez pas. Línnahon se tut, avant que de reprendre. Vous voulez voir de quoi il a l'air, n'est-ce pas ? Vous voulez voir votre adversaire ?

– J'aimerais savoir à quoi m'en tenir, exactement. Cette présence me pèse, depuis trop longtemps, depuis notre départ de l'Yss'Bahâr'.

– Oui, le grand désert, dit-il d'une voix lointaine. Suivez-moi, mage. »

Quand il fut aux marges des campements, il ramena un peu plus les longs pans de sa cape tout humide. Il était quasi invisible, mais il craignait toutefois que l'œil aguerri d'un homme des Bois-Noirs ne l'aperçût, ou bien les sens étranges d'un garde skork.

Un frisson parcourut tout son dos lorsqu'il passa au bas des hautes tours qui venaient d'émerger de la nuit, que personne ne pouvait voir des remparts de la Citadelle. Ils devaient confectionner ces engins d'invasion depuis fort longtemps. Elles faisaient bien cent mètres de haut. Des grappins liés à de longues cordes jonchaient le sol, ainsi que des échelles. Il sut de suite que l'architecture simpliste des tours d'assaut ne pouvait leur permettre de tenir ainsi dressées. Il devait y avoir autre chose ; de la sorcellerie, sans doute, qui leur offrait leur indispensable maintien sans s'effondrer.

Ses soupçons se confirmèrent quand il croisa les quelques sorciers de Valmar, affairés à la préparation de sort de brumes, à ce qu'il crut deviner. Le mage referma aussitôt sa conscience en passant devant eux.

Ainsi, Tyss projetait d'envahir la cité par ce procédé. Il se félicita d'être venu. Ce renseignement leur rendrait d'immenses services.

Il s'enfonça plus avant dans le camp ennemi, passant parfois à quelques mètres des patrouilles qui ne le voyaient pas. Il se garda d'approcher de trop près les feux qui rougeoyaient dans des trous grossièrement creusés à même le sol. L'ombre de sa silhouette n'était que partiellement dissimulée par la magie.

La plupart des tentes se ressemblaient, si bien qu'il dut chercher longtemps celle qui l'intéressait tant. Ce ne fut que lorsqu'Elweïn se réchauffa contre lui et fit une boucle trouble dans ses pensées qu'il se sut proche de son but. Ici, le nombre de ceux qui patrouillaient, était plus conséquent.

Des armes étaient alignées, çà et là. Elles alternaient avec des braseros et des tonneaux, ainsi que d'autres objets, dont Zar'ouath soupçonna qu'ils les avaient volés dans ce qui avait subsisté à l'embrasement des Quartiers nains. Sous des bâches de fortune qui les protégeaient des intempéries, de nombreux groupes s'étaient formés et s'adonnaient à des jeux pour passer le temps. Les hommes bourrus de Mär donnaient souvent de la voix pour asséner leur joie, ou leur mécontentement, tandis que ceux des Bois-Noirs retenaient leurs sentiments, beaucoup plus posés dans leur comportement.

Il n'était pas rare qu'une ou deux bagarres éclatassent, mais il se trouvait toujours des gardes destinés à l'apaisement des membres les plus agités. Ces derniers étaient saisis sans ménagement, pour être raisonnés par des moyens peu conventionnels qui savaient les ramener à la raison.

Le mage suivit les zones les plus à couvert, tous ses sens en éveil. Il tourna en rond, dans ce périmètre qui l'attirait tel un aimant. Enfin, il vit un homme à face de lune soulever le rabat d'une tente comme il en sortait juste. Dehors, les gardes aux cheveux de lin se figèrent. Il était habillé d'une épaisse couche de robes blanches. Un casque d'acier clair lui épousait le sommet du crâne. Le mage le vit passer une langue sur ses lèvres lippues, planter son bourdon à vent dans le sol détrempé puis fixer la pénombre, droit dans sa direction. Le mage allait esquisser un geste, certain d'avoir été découvert, lorsque le sorcier faisait un signe. Trois hommes de semblable apparence sortirent des ombres. Ils se regroupèrent autour de lui, se murmurèrent des paroles inaudibles et s'éloignèrent en silence, ignorant superbement tous ceux qui jouaient à leur minable affaire de cartes et de dés.

Zar'ouath patienta, le temps qu'ils disparaissent, à l'instar de sa pointe d'inquiétude. Enfin, il se rapprocha de la tente, en quête d'une ouverture. La toile lui sembla intacte en tout point. Il s'agenouilla derrière les tonneaux qui étaient amassés là et posa ses paumes. Son *pouvoir* fit une légère incision au tissu rêche, qui se fendit sur la longueur qu'il souhaitait. Alors, il put pencher son visage et décrypter ce que son œil lui donnait à voir.

Il découvrit le pelage or et noir d'un lynx étendu sur un parterre de fourrures de martes, le museau entre ses pattes veloutées. La pointe de ses oreilles s'animait comme des plumes, au gré de ses songes félins. Les restes d'un repas étaient abandonnés sur une table basse. Le mage ne s'attarda pas sur les ciboires allumés de citrines, les coupes de vin, les fruits tortueux et les viandes aux teintes singulières, entre le bleu et le vert. Au centre de la tente trônait un énorme brasero. Le halo qui se dégageait des brandons lui dévoila le bord d'une couche. Il se pencha un peu plus afin de voir.

Un homme chétif était enroulé dans des peaux grises. La toux grasse qui le secoua un instant éveilla la femme nue étendue à ses côtés. Le mage se demanda si elle avait été ainsi quand le sorcier s'était trouvé sous la tente. Il chercha autre chose, cette présence qui l'avait attiré. Pourtant, il sembla qu'il n'y avait qu'eux deux dans la tente, que Tyss et cette prêtresse à chevelure d'argent.

Il retint son souffle. Ce devait être *elle*, l'Œil de Hâân. Il la décrivit tout entière, essayant de fixer son image dans son esprit. Elle ne portait que des bracelets aux chevilles, lovées jusqu'à ses mollets. Comme il cherchait à mieux distinguer son visage, elle se retourna et le foudroya du regard, comme si elle avait toujours su qu'il se tenait là, depuis le tout début. Ses yeux vermillon devinrent incandescents. Ses lèvres, qu'elle avait enduites de poudre orange qui scintillait, se fendirent, tandis qu'un sifflement sortait de sa gorge. Elle porta la main à son kriss et se leva. Zar'ouath s'écarta aussitôt. Peut-être avait-il eu tort, après tout.

Quand il se redressa, il manqua renverser un tonneau, qu'il rattrapa d'extrême justesse. Il sentit la transpiration s'accumuler sur son front. La diversion vers les joueurs lui paraissait la plus évidente. Il pointa son index en direction d'un colosse de Mär, qui se gaussait depuis pas mal de temps de l'excellence de son jeu de cartes. Quand il fut sur le derrière sans raison valable, les autres s'esclaffèrent. La bagarre mit peu de temps à se déclencher. Ce fut à ce moment que le mage s'éloigna et que Lána sortit, attirée par sa présence millénaire du mage des Sept Terres.

Les gardes ne firent aucun commentaire sur sa tenue. Ainsi nue, armée de son kriss, elle était redoutable. Les deux hommes de faction lui demandèrent ce qui n'allait pas, mais elle leur assigna de se taire d'un ton sans réplique, que cela n'était pas leur affaire. Elle pivota devant la tente puis choisit une direction. Ce fut la bonne, car elle remarqua assez vite une silhouette qui progressait, enfouie aux plis d'une large cape. Il ne lui fallut qu'une seconde pour enflammer la tente qui était à gauche, ainsi que celle qui était à sa droite.

Zar'ouath sentit ses cheveux se dresser sur sa tête, mais il n'en ralentit pas pour autant son pas, jusqu'à ce qu'une autre tente se fût embrasée devant lui. Il allait la contourner quand elle se dressa sur son chemin. De la boue la tachait des pieds aux genoux, tandis que le reste de son corps ruisselait. Autour d'eux, on courait dans tous les sens. Des hommes avaient péri sur le coup, brûlés. Zar'ouath et Lána étaient invisibles.

Elle le fixa, sans mot dire, son arme tranchante à la main. Elle souffla sur ses narines pour en chasser l'eau qui coulait. La pluie venait de redoubler, éteignant les incendies provoqués par Lána. Zar'ouath initia un geste vers son épée, mais la voix de la prêtresse s'éleva, faible mais d'une surprenante netteté dans les brouhahas du camp.

« Laissez votre épée en place, mage. Je n'userai pas de ma lame, je vous assure. Et elle jeta le kriss dans une flaque, comme s'il s'agissait d'un objet de moindre importance. Nous saurons nous passer de ces ustensiles destinés aux faibles d'esprit, non ? Il n'est pas l'heure de nous affronter, mage, pas encore. Nous trouverons bien autre chose à nous dire autre que des aménités, j'espère.

Le mage haussa un sourcil. Parfois, le timbre de Lána se transformait, pour devenir presque masculin. Il la vit sourire. Sans doute avait-elle deviné le cheminement de ses pensées.

– En effet, j'ai bien changé depuis que je vous suis. Car, il y a bien longtemps que nos chemins se confondent, mage des Sept Terres. Et elle écarta les bras, ses yeux rouge orangé posés sur les courbes de son corps, comme en renfort de ses dires.

– Je vous aurais donc fait traverser l'océan, et quitter Jern, Hoÿtak ! répondit Zar'ouath d'une voix tranchante.

– Il y a fort longtemps que l'on ne m'appelle plus ainsi. Hoÿtak n'est plus. Elle plissa les paupières. Ne m'avez-vous jamais sentie quand j'étais sur ce bateau, la *Sayah* ? Car j'étais avec vous, tout du long. Le Grand Hâân permet beaucoup en comparaison des erreurs que sont les Sept, des piètres pouvoirs qu'ils vous ont légués. Ce monde se meurt, Zar'ouath. Chaque once de terre pourrit. Il aspire à revenir à l'Obscurité qui l'a engendré. Le Dieu Noir n'attend que cela. L'erreur sera réparée.

– Le temps a passé, mais je constate que le ton des suppôts de Hâân n'évolue guère, comminatoire au possible. Vous êtes tout aussi bornée et obtuse que votre Créateur.

Elle fit mine d'avancer, menaçante et plus que blessée par son ultime remarque. Pourtant elle retint ses instincts destructeurs et resta à sa place, le bas de son visage allumé d'un sourire narquois.

– L'insolence a toujours été le point fort, dans la forêt d'Alden. Il est regrettable que vous ayez incorporé cet élément dans vos phrases. Profitez-en, mage, vos portes se désagrègent. Elles ne pourront bientôt plus retenir La Vraie Puissance. Alors, il sera trop tard pour que vous changiez de camp.

–Je n'envisage pas d'en changer.

–L'enfant le fera lorsque vous ne serez plus à ses côtés, déclara-t-elle en bougeant ses lèvres d'une façon hideuse. Elle n'est pas sûre d'elle. Vous ne le savez que trop. Ce me sera proie facile, quand les bras du Temps vous auront repris dans leurs fanges pleines de leur lumière sur le déclin.

Zar'ouath fit mine de partir, considérant que leur conversation était close. Ils furent presque à deux mètres l'un de l'autre, lorsque la prêtresse le rappela avec virulence. L'homme eut peur, malgré tout. Il se demanda en quel endroit de la *Sayah* elle avait été lors de la traversée. Son pouvoir devait être colossal, à l'évidence, pour qu'il ne l'eût pas sentie, pour qu'Aaïla ne l'eût pas subodorée.

–Vous songiez trop aux sirènes d'Irtys, quand bien même vous en eûtes une à la proue du bateau. Elle partit d'un grand rire. Votre trop long sommeil dans votre forêt lointaine vous a ôté le jugement qui vous rendait habile, autrefois. Les hommes du Nouveau Monde ne croient qu'en ce qui s'anime et palpite. Vous êtes devenu comme eux.

Il dégaina Elweïn et la dirigea droit vers son visage, en signe de menace. Le regard qu'ils échangèrent fut long. Leurs pouvoirs parurent se mesurer l'espace d'un instant. Au bout de son bras, l'épée devint d'une luminosité aveuglante. Son extrémité effleurait le cou de Lána. Elle se rapprocha de l'acier, se faisant volontairement une entaille. Les gouttes de sang qui perlèrent sur l'acier bleu le ternirent aussitôt. Alors, Zar'ouath recula.

–Crains de me défier encore une fois, mage ! Et ta protégée pourrait se retrouver seule, prématurément ! acheva-t-elle, les yeux grands ouverts.

Il passa devant Lána sans une parole. Les plis de sa cape la touchèrent, brûlant légèrement sa peau nue au passage. Mais elle se tut et observa ce qu'elle prenait pour une fuite. Il ne ralentit pas le pas, du moins, pas avant qu'il ne sentit l'Œil de Lána se détourner de lui.

Quand il fut parvenu hors des campements, il se rendit compte que ses habits étaient tout autant trempés par la pluie et la sueur, qui était née de sa peur. Un poids immense s'abattit sur ses épaules, mais il continua de marcher jusqu'aux remparts, tel un automate. Il craignait de faillir quand son heure viendrait, de ne pas accepter son destin. En pensées, il chercha à ranimer l'image rassurante d'Elliador.

Lorsqu'il s'arrêta aux pieds de l'immense enceinte, il la vit adossée là, un pied contre le mur, son minois posé sur lui. Elle ne souriait pas. Quelque chose brûlait intensément dans ses pupilles, retenu depuis trop longtemps.

Sa robe était sombre. Des étoiles étaient nouées par les pointes à l'étoffe d'un moiré délicat. Sa pantoufle glissa dans la terre humide. Elle se tint droite et le rejoignit. Il s'aperçut que les gouttes de pluie venaient clapoter sur ses joues, sa nuque et ses avant-bras d'une façon plus que réaliste. Il n'y avait plus cette aura bleutée qui généralement l'entourait tout entière.

Quand elle fut contre lui, un déclic naissait dans leur dos. Une porte s'ouvrit sur Línnahon, qui crut voir une silhouette féminine blottie contre le mage.

CHAPITRE LI

DÉMASQUER LES APPARENCES, les annuler et les anéantir en levant le miroir. Tels étaient les faits inscrits dans l'onde du fleuve du temps, depuis toujours, depuis son avènement. Tels avaient été les mots de la sibylle, après que Zar'ouath eut raconté les périples qui l'avaient mené jusqu'aux Eaux pour mander, finalement, l'aide des nymphes.

Agglutinés aux hauts chemins de ronde de la Citadelle afin de mieux voir, les nains et les hommes du Narönggath ouvrirent grand leurs yeux sur ce qui avançait. L'approche des énormes tours d'assaut et de ce qui composait l'armée de Tyss au complet ne fut pas une surprise pour All'Rïnx, sa suite et ses soldats. Le roi, et ce qui était l'aréopage du Narönggath, avaient eu tout le restant de la nuit précédente pour digérer, cogiter les précieuses indications rapportées par le mage. Zar'ouath et Línnahon confectionnèrent des sorts qui rendraient visibles les hautes tours avec lesquelles le roi-morne comptait investir la forteresse par surprise.

Dès que le jour se fût levé, dorant chaque ombre de sa lumière et dissipant lentement les brumes, il avait plané des parfums de myrtes qui s'étaient atténués petit à petit, pour s'évanouir dans les essences âcres qui appendaient aux sortilèges des sorciers de Valmar, déjà aux bords des remparts. Des cris et des timbres rauques s'étaient élevés dans la plaine, à quoi avaient répondu les grincements des roues et des structures de bois, alliés à un grondement désagréable qui sourdait de la terre, pareil à l'écho d'un torrent lointain. Dans les voiles brumeux qui se laissaient apprivoiser et investir par la lumière, des skorks tiraient les gigantesques structures, attachés tels des animaux de bât par des cordes et des lanières, usant d'espèces de verboquets pour diriger les masses.

De toute façon, quoiqu'il fût advenu, c'était cette journée qui avait été choisie pour que Zar'ouath usât du miroir. Les tours d'assaut n'étaient qu'une anecdote. Le miroir devait en anéantir tous leurs occupants, particulièrement ceux qui n'étaient plus, c'est-à-dire les skorks.

Les deux enfants du désert se tenaient près de Florffinlën, dont la radieuse beauté semblait les protéger de toutes les atteintes. Zar'ouath tenait un linge noirci de terre entre les bras, tandis que le frère puîné du *faiseur* et le roi observaient les ultimes préparatifs. Bórk et Ellm étaient derrière la Porte Sud, à la tête des bataillons qui devaient fondre sur l'armée amoindrie de Tyss, pour peu que le miroir engendrât les résultats escomptés.

Le mage posa le paquet entre deux créneaux et regarda les troupes obscures qui se rapprochaient, impeccablement disposées à l'entour des tours mobiles. Les paupières plissées dans la lumière rasante, il distingua les rangs de Mär et ceux des Bois-Noirs, en quantité moindre par rapport à ceux des skorks, bien moindre que tous les nains de la Citadelle. En deçà, à l'arrière des combattants, le monarque fou avait décidé qu'on le portât au point le plus élevé de la plaine, sur une courte butte d'où il assisterait à *sa* bataille.

Le mage ne savait pas trop jusqu'à quelle distance la magie du miroir opérerait contre ce qui était censé être sa cible. Il attendit que les premiers rangs fussent bien établis aux ruines des Quartiers du Port. Les scintillements qui allaient sur le Serpent-d'Or furent bientôt noircis par le lent passage des armes hastées, des pics et des casques d'acier.

Zar'ouath sentit l'ombre de Línnahon se poser sur son épaule.

Oui. Il était temps, à présent, de lever le miroir. L'homme se retourna quelques secondes, recevant l'assentiment du nain magicien, ainsi que de Ennonah, attentif et anxieux non loin de lui. Il redressa le paquet entre les créneaux et ôta, un à un, les plis qui dissimulaient le tain du miroir. Il sentit une énergie fugace frémir au bout de ses doigts, pour revenir d'où elle était venue, comme si elle avait testé, éprouvé le possesseur du miroir. Le mage tint fermement ses mains sur l'objet qui tiédissait de façon conséquente. Il le sentit s'alourdir et vibrer doucement. Puis, des grains lumineux apparurent au-dessus du vide, en face de l'œil du miroir. Zar'ouath vit l'image rémanente de Fallasséhan se former, parfois troublée par d'autres visions impossibles à identifier. La naine pleurait, agenouillée dans l'herbe, penchée sur le miroir. Derrière elle, l'orée d'une forêt était secouée, balancée par le vent. Interloqué, Línnahon se rapprocha pour mieux voir, mais ce fut à ce moment que l'image fragmentée de Simmar le dragon s'imprima sur la naine des Eaux pour bientôt la chasser.

Le silence s'installa partout dans la Citadelle et la plaine. Tous pouvaient voir le dragon de légende. Il fut bientôt si réel que son ombre prit une incroyable netteté. Florffinlën mit un bras devant les deux enfants, indécise, tandis que Línnahon tirait sur les bords de son chapeau. Il se rapprocha du mage, certain que tout ceci n'indiquait rien de bon, mais il sentit que l'homme s'attendait à cela; du reste, il n'avait pas lâché le miroir quand Simmar était apparu et le dirigeait toujours sciemment en direction de la plaine.

Le dragon se mit à tourner sur soi-même, entraînant des écharpes mauves et des circonvolutions de fumée au gré de ses mouvements. Il ne paraissait voir personne, ne se préoccuper de personne. Il n'appartenait qu'à lui, qu'au monde chimérique, terrible et délicieux bâti aux écheveaux de ses rêves. Enfin, ses yeux en amande se reposèrent sur ses paupières de velours turquoise. Le mage crut l'entendre soupirer.

Sous ses naseaux, des poussières s'élevèrent du néant, noires, pour ensuite muer en dorures et en moires. Et, entre des buissons de cristal qui se mirent à pousser devant le dragon, jusqu'à l'engloutir tout entier, l'animal fabuleux brisa les feuillages diaphanes de son rostre. Car une licorne venait de surgir, éclaboussant tout l'air d'abacules de verre. Ceux qui ne connaissaient rien à la magie se couvrir la face. Mais ce n'était rien autre qu'une image. Le Monde se figea. La licorne cabra et fit une volte, des citrines et des héliodores naissaient aux étincelles de ses sabots. Ce fut la dernière image qu'ils virent. L'air s'obscurcit davantage à proximité du miroir, propageant un bref doute dans l'esprit de Zar'ouath. Pourtant, la magie millénaire des Nymphes ne faillit pas. Le mage tint plus fermement encore l'objet, sentant l'instant crucial.

L'éclat sonore jaillit hors du tain, décrivant un arc qui mit longtemps, avant que de s'atténuer. En bas, dans les rangs ennemis, quelque chose d'ineffable se propagea, de semblable à un voile de chaleur qui fit faseyer la silhouette de chaque guerrier, au point que chacun de ceux qui avançaient dans la plaine brûlée douta d'exister encore quand cette chaleur disparaîtrait. Zar'ouath ne lâcha pas tout de suite le miroir, le *sort* n'était pas totalement achevé. Les rumeurs consternées qui fusèrent aux pieds de la Citadelle le renseignèrent, finalement, de la réussite. Il reposa l'objet et le recouvrit aussitôt du linge.

Au sud, la plaine venait de se vider d'une grande partie de ses occupants. Aux places où s'étaient tenus les bataillons skorks ne restaient plus que des tas d'habits et des armes, qui composaient des buissons squelettiques auprès des hommes stupéfaits de Mär, et des Bois Noirs. Aux remparts, la sonnerie d'une corne donna le signal. La grande Porte du Sud fut ouverte, laissant le passage libre aux armées conjointes de Solëne et de la Citadelle, qui s'élancèrent au-dehors.

Une main se resserra sur l'épaule du mage tandis qu'une autre toute fraîche prenait le chemin de sa paume.

Les sourires des deux enfants lui furent un grand bonheur, qui leur rappelèrent la douceur d'Elliador. La bataille venait de commencer, mais guère avec les atouts premiers dont s'était doté le roi-morne. Les tours d'assaut ne servaient plus de rien. Ils n'étaient plus assez pour les déplacer. Les hommes blêmes des Bois Noirs qui étaient montés au sommet durent descendre pour épauler leurs frères, déjà aux prises avec les charges violentes des nains. Leurs lames fines et lumineuses voletèrent sous peu contre les épées et les masses d'armes. Ils perçaient les armures et atteignaient les chairs, mais leur nombre ne suffit pourtant pas à contenir les combattants du Narönggath, qui montraient une cohésion mathématique et déferlaient, sans discontinuer.

Le comble vint lorsque les sorciers de Valmar se mirent à courir vers les lignes arrières, lâchant d'un coup les cordons invisibles de leurs sortilèges qui maintenaient les tours dans leur verticalité. Des grincements terribles parcoururent aussitôt les constructions, dont chaque travée se mit à jouer et à se fendre dangereusement. Celles qui ne tombèrent pas d'elles-mêmes furent embrasées par le feu d'une silhouette blonde qui venait de débouler subitement sur le champ de bataille.

Línnahon n'avait pas pu retenir sa sœur. À présent, elle lui était inaccessible, comme Gálwïn l'avait été. Il la vit fondre entre les combattants, la plupart des guerriers adverses s'écartait sur son passage. Les sorts qu'elle projetait devant elle stupéfiant son frère. Ils procédaient d'une magie qui lui était inconnue, toute de lueurs, de reflets et de musiques. Des rubans se nouaient à des pieds, tandis que d'autres se resserraient à des gorges. Les notes assénaient des coups aux assaillants, qui tombaient sur-le-champ.

Le cœur de Línnahon s'emballa lorsqu'il comprit vers où elle se dirigeait. La courte butte où se tenait Tyss était son objectif. Sans doute espérait-elle y trouver Fannílos et le pousser, peut-être, vers les mêmes abîmes de souffrance où il l'avait conduite et abandonnée. Il savait que la distance qui la séparait de sa sœur était trop importante pour qu'il eût quelconque espoir de la rattraper. Il avait peur de la perdre, comme il avait perdu sa mère, Gálwïn et Paranën. La mort dans l'âme, il se borna à fixer l'horizon en quête du moindre signe. All'Rïnx interrogea Ennonah du regard, mais *l'oreille* n'avait également d'intérêt que pour le point clair qui se déplaçait, là-bas, sans être arrêté par quiconque.

Se frayer un chemin dans les lignes ennemies ne fut pas aussi compliqué que Florffinlën l'avait cru, au tout début. La peur et la surprise qu'elle leur inspirait suffisaient à les écarter de sa route. Personne ne semblait s'être remis de la soudaine disparition des skorks. Et, dans les rangs béants vidés des êtres à mufle vinrent s'engouffrer les troupes de nains.

La princesse ne touchait presque pas le sol. Elle flottait, allait à une allure vertigineuse. Elle mit peu de temps à gagner le retranchement du roi-morne. Sa garde se préparait à faire un mur devant lui quand des silhouettes qui, jusque-là, s'étaient tenues derrière le trône, se mirent en avant. Il s'y trouvait Fannílos, plus hâve et pâle que jamais, ainsi que Lána, glissée dans une robe écarlate. Elle avait enduit ses cheveux d'une poudre de mercure, ses ongles et ses paupières d'une peinture noire.

Ce fut elle qui fit la plus forte impression à la princesse, guère ce traître qui lui parut déjà au bout de ses ruses madrées, de son pouvoir. La recherche d'une entrée par les forges l'avait épuisé. Il ne s'en était pas encore remis, pas plus que de son échec cuisant, bien qu'il eut malgré tout une raison de se réjouir de cette défaite avec la mort de Paranën.

Quand elle se posa devant la chaise à porteurs, la lumière qui l'environnait décrut lentement, pour se stabiliser en un halo léger. Tyss eut un geste de recul, comme le *vent*, que Lána rattrapa avec force par l'épaule comme s'il s'agissait d'un pantin qu'elle pouvait mener à sa guise. Les gardes dégainèrent leur épée filiforme et incandescente, tandis que d'autres se saisissaient de leur étoile d'acier, prêts à les lancer.

Lána se tint soudain droite. Ses bras s'élevèrent et firent un cercle en direction des hommes blonds. Lorsque ses mains achevèrent le trait du cercle invisible qu'elles venaient à peine de tracer, ils s'évaporèrent tous en fumée noire et opaque, ne laissant d'eux qu'une bouillie sanguinolente, juste où ils s'étaient tenus. Tyss porta un mouchoir à son nez et s'enfonça plus avant dans son siège. Il chercha du regard un soutien quelconque, mais plus personne ne semblait comprendre ce qui se passait. La prêtresse s'était retournée contre son roi et avait tué vingt de ses frères, sans aucune sommation, sans aucune raison. Lána partit d'un grand rire en fixant Tyss.

– Roi de pacotille perclus de folie, ton règne s'achève !

– Lána ! Pourquoi ! Que… Qui es-tu ?… Mais qui es-tu ? s'étouffa Tyss, la face dans son mouchoir, ses pupilles affolées qui roulaient à n'en plus finir dans ses orbites.

Elle se rapprocha de lui, l'attrapa par la pointe du menton. Ses doigts s'attardèrent au bas de son visage. Florffinlën entendit des os craquer.

– Je suis ce que tu ne seras jamais, pauvre sac moribond. Je sers Celui que tu n'atteindras jamais, pas même la poussière de ton souvenir, qui chancelle déjà au fond de l'oubli.

Elle attrapa l'accoudoir et, d'un geste d'une puissance inouïe, renversa le siège. À terre, Tyss agonisait. Personne ne vint l'aider à se relever. La présence de Lána était suffisamment dissuasive. Autour d'eux, c'était la débâcle. Quelques rangs d'hommes de Mär abandonnaient le combat, ce qui secoua Lána d'un nouvel éclat de rire. Elle attrapa Fannílos par la nuque, ses ongles enfoncés dans sa chair et le présenta à la naine. Florffinlën ne savait qu'en penser. Cette prêtresse lui volait ce qu'elle était venue chercher.

–Vous vous êtes dérangée pour lui, n'est-ce pas ? Regardez-le. Regardez-le, ce traître qui vous a causé tant de soucis ! Fannílos ne disait rien, se bornant à fixer le sol. Il s'est aventuré dans ces lieux que vos frères nomment le *Cœur*, il s'est approché de Hâân, le Tout-Puissant. Mais Hâân choisit ses disciples. Il n'accepte pas du tout que l'on ait l'impudence de Le choisir !

Elle pressa plus fort la nuque, arrachant une grimace hideuse au *vent*. Florffinlën esquissa un geste, étrangement prise de pitié envers son ancien bourreau. Après tout, Fannílos n'était plus qu'une âme prisonnière de sa vanité passée, prisonnière des pièges les plus obscurs du *Cœur* qui l'avaient envoûtée et saisie, pour ne plus jamais détendre les mailles de leurs filets.

–Vous ne l'aurez pas, fille d'All'Rïnx !

–Vous êtes celle qui suit le mage et Aaïla, n'est-ce pas ? Vous êtes cette présence que nous sentons depuis si longtemps.

La pression de ses doigts s'accentua. Des gouttes de sang passèrent sous ses ongles, pour couler le long de la nuque du nain. Elle le secoua, sentant que sa conscience désirait de l'abandonner. Mais elle fit en sorte que la souffrance restât en lui, encore.

–Ils sont peu nombreux, ceux qui peuvent me sentir. J'aurais pu me féliciter de croiser votre chemin et de me mesurer à vous, qui me voyez. Mais nous ne devons pas nous affronter. C'est une histoire entre moi et Zar'ouath, moi et Aaïla. Elle se tut pour reprendre. Votre heure viendra, quand j'en aurai terminé avec eux. Peut-être, alors, passerez-vous du côté de Hâân ? »

Elle leva le bras, Fannílos pantelant tout au bout, avant que de le laisser tomber lourdement. Alors, une brume épaisse s'éleva de la terre pour venir l'envelopper tout entière, et s'évanouir dans l'air avec elle.

La colline était désertée, à l'exception de Tyss, de Fannílos et de Florffinlën. Elle fit un pas vers le nain, s'agenouilla et retourna son corps. Son souffle était court. À ses paupières, la tension due à la douleur se relâchait, lentement. Elle chercha désespérément la trace de son âme au bord de ses yeux. Elle était là, entachée, amoindrie. Elle la voyait à peine. Elle se pencha sur lui et l'appela. Il fallut de longues minutes pour que cet éclat trouvât un chemin dans l'opacité et fût, enfin, dans la paume que Florffinlën tendait. Alors, Fannílos expira. Son corps devint tout noir et cassant, comme de l'ardoise. Elle approcha ses doigts du visage composé de strates. À son contact, la joue s'effrita.

La naine se releva, fixa le ciel. L'étendue de ses sens lui permettait d'entendre l'océan déverser ses rouleaux d'écume contre les récifs, les grèves et les falaises. Par-dessus les plaintes continues des combats, les bruissements d'une forêt investirent son esprit. Elle pivota sur ses talons, découvrant les hauteurs blanches et crénelées du Gallan. La sylve des Eaux jouait dans le Soleil, un peu en avant. Elle n'en fut pas certaine, mais elle crut que les *marais* n'existaient plus. Là-bas, les brumes marmoréennes se dissipaient, offrant au jour les vestiges d'un temple où un homme et une enfant étaient venus, il y avait peu. La faune des Eaux se rapprocha alors de l'étendue dénudée, attirée par les murmures de cette terre qui retrouvait pour la première fois depuis si longtemps les dorures chaudes du soleil.

Florffinlën jeta un dernier regard vers la Citadelle, vers les hauteurs où Línnahon se tenait. Elle entraperçut sa silhouette, terrassée entre deux créneaux. Il était stupéfait par ce qu'elle venait de faire, stupéfait que cette prêtresse lui eût laissé la vie sauve quand elle aurait dû la briser, comme du verre. Il avait dû se passer plus que des soins dans les hauts lieux, songea-t-il, quand Gálwïn l'avait soignée là-bas avec Hild.

Je pars pour quelque temps. C'était ce qu'elle venait de lui dire en écartant doucement les bras, ménageant une brève ouverture dans le halo magique qui l'épousait. Il la vit s'élever au ciel, s'éloigner vers le Nord, pour ne plus la voir ni même sentir sa présence.

Dans la plaine, des clameurs de victoire amoindrissaient les ultimes chocs de la bataille, qui se mourait. Solëne encerclait les troupes de Mär qui n'avaient pu fuir à temps. L'armée de la Citadelle avait réduit à néant la réaction sanguinaire des hommes des Bois-Noirs, les repoussant jusqu'aux rives du Serpent-d'Or, les acculant et les forçant à se rendre. Déjà, les hommes habillés de cuir rouge baissaient les armes. Les nains ne poursuivirent pas les fuyards. Le plus important était qu'ils tenaient le prince Lassär ainsi que la plupart des gens de Valmar, et des chefs des Bois-Noirs. Les sorciers n'offrirent aucune résistance, tous autour de leur mentor, Alnör, droit comme un i.

Les combats terminés, Bórk et Ellm des Marches Brunes conduisirent les sorciers, les hommes blêmes et Lassär à la forteresse, entre les deux murs d'enceinte, où le roi attendait. All'Rïnx confisqua les bourdons, ainsi que l'épée du fils de Embär. Sans doute furent-ils étonnés de n'être pas plus maltraités que cela. Un portefaix essoufflé envoyé par Mínlæn se rapprocha de l'oreille du roi et lui apprit la mort de Tyss, ainsi que de celle du traître, Fannílos.

All'Rïnx observa la mine rubiconde de Lassär, celles des valmariens et d'Alnör, entre le zist et le zest. Zar'ouath venait, accompagné des enfants et de Línnahon. Le sorcier au nez aquilin frissonna à la vue du mage et de la fillette. Tout en les regardant, il joignit ses paumes et inclina légèrement le buste. Il ne se demanda pas pourquoi il les avait salués. Quelque chose de suprême l'y avait porté. Le mage lui rendit son salut. Il avait eu, autrefois, des amis en Valmar.

Un chat noir se faufila, à pas veloutés, entre les gens attroupés. Il s'assit près d'Aaïla, ses yeux insondables posés sur ces hommes qui avaient fait naître les peines et la fureur de ces dernières semaines. Sa queue ne bougeait pas. Ses vibrisses étaient tendues. Finalement, désintéressé d'eux, il observa le mage et miaula à son adresse. Il était las de ce pays, de ces gens qui se battaient pour, au bout du compte, se rendre compte de leurs erreurs et compter leurs morts en regrettant.

« Florffinlën est partie pour le Gallan, fit Aaïla au garçon.

– Le Gallan ? Mais c'est loin au nord, après les Eaux. Reviendra-t-elle avant que nous soyons autre part ? La reverrons-nous ?

La petite l'observa. Un lien s'était resserré entre lui et Florffinlën. Elle ne lui en voulait pas. Elle se disait qu'en plus du sien, l'enfant n'aurait plus peur de l'avenir, qu'il avait trouvé une amie supplémentaire. Elle chercha son poignet, sentit le sang qui battait, avec violence.

– Mais qu'est-elle partie faire, maintenant que tout semble s'arranger ?

– J'ai perdu connaissance aux bords des *marais*, dit-elle en éludant sa question. Pendant tout le temps que je suis restée évanouie, je me suis promenée avec Elliador. Elle m'a montré les pays où elle va, à présent. Gálwïn s'en est allé quelque part, là-bas. Lorsque je me suis réveillée, j'en ai voulu à ceux qui m'avaient rappelée, arrachée de son univers. Tu as dû voir l'orée de cet endroit, quand tu étais avec Gálwïn, dans le *Cœur*. L'épée-d'écume a eu la nostalgie de ce pays, toute sa vie. Il a dû la communiquer à Florffinlën. Elle est partie en quête d'elle-même, je crois, un peu comme nous.

Hild la dévisagea.

– Ma quête s'achève dans un puits sans fond. Tu le sais bien. Quant aux visions, elles ne me donnent aucun repos. Maintenant, Florffinlën nous laisse, quand nous avons le plus besoin d'elle. Pourquoi ?

Une main s'insinua dans sa blondeur, suivie par l'ombre d'un chapeau mou. Zar'ouath lui souriait. Nahib le chat miaula. Sur sa fourrure sombre et luisante passa un filigrane enflammé, qui n'était autre que le reflet du Soleil, sur le casque qui enveloppait le crâne d'Alnör.

All'Rïnx fit un geste, et des rangs serrés de gardes se placèrent de chaque côté des prisonniers.

En avant et en arrière, des nains équipés d'armure lourde ouvraient et fermaient la marche. Le roi avait à parler à Lassär et Alnör, ainsi qu'aux quelques hommes hauts gradés des Bois-Noirs qui n'étaient pas tombés.

L'imposant groupe pénétra dans la forteresse. Déjà, des curieux se pressaient dans les Quartiers de Nirx et de Zoïlh. Le mage et les enfants suivirent le groupe s'éloigner, avant que d'entendre des bruits de pas au-dessus d'eux, et la respiration courte d'Ennonah qui venait avec un linge sous le bras.

– Il y a des objets à ne pas laisser de côté, mage, qui plus est lorsqu'il s'agit du miroir d'Orlena et de Tworn ! Il lui offrit le paquet. Avez-vous vu cette licorne, mage ?

Zar'ouath mit à son tour le miroir sous son bras. L'objet lui parut glacé à travers le linge, et beaucoup plus léger qu'il ne l'avait été jusque-là.

– Nous l'avons tous vue, je crois, fit Línnahon en se rapprochant, les mains derrière le dos et le visage en avant, comme s'il attendait des réponses.

– Oui, mais qu'en pensez-vous, mage ? questionna Ennonah, étrangement excité.

– Est-ce la vérité ? Est-ce l'indice que je cherche pour Aaïla ? Je ne suis pas censé regarder dans le tain. Les Nymphes me l'ont dit ; elles m'ont mis en garde si je le tentais. La licorne doit bien être un indice, une direction à prendre. Malgré tout, j'avoue que je suis perplexe.

Ennonah se gratta, comme si quelque chose le démangeait. Finalement, il hocha le front à l'adresse du faiseur.

– Ankën est son nom. Ankën la licorne. La dernière fois qu'on la revit dans le Narönggath, ce fut du temps de Tworn. Les magiciens d'alors ne lui connaissaient pas de refuge. Elle errait, de dimension en dimension, ne restait jamais très longtemps dans les mêmes contrées crainte d'attiser les convoitises et d'être chassée. Il est dit qu'un trouvère la poursuivit, des années durant, qu'il était un peu mage aussi, pour la pister ainsi où le temps n'existait pas, où ce qui était, n'était pas encore, et ne serait peut-être jamais. Il portait le nom de Archibald, Archibald le Blanc, je crois, dit-il en fixant Hild, comme s'il attendait à une réaction de sa part.

– Je connais cet homme, cet Archimage, Línnahon, mais je ne savais pas qu'il avait suivi Ankën, déclara Zar'ouath.

– Archibald a fait beaucoup de choses et d'exploits que nous n'ignorons pas. Ceci est resté dans notre mémoire, puisque le trouvère offrit à Orlena un crin de la licorne, reprit le *faiseur*.

– Orlena a beaucoup voyagé grâce à ce cadeau. L'on a dit que ses pouvoirs ont pu s'accroître par l'intermédiaire du crin, qui lui permit d'aller dans des lieux où personne ne s'était rendu autre que la licorne, et des puissances qui ne se montraient jamais aux mortels, plaça Ennonah d'une voix enjouée, les yeux écarquillés. Je ne sous-estime pas vos pouvoirs, mage, mais espérer rencontrer la licorne tiendrait du plus pur hasard, de l'impossible gageure, surtout que vous êtes pressé, et que l'Obscur en veut après Aaïla. L'errance entre les dimensions ne serait pas le bon choix.

– Et ce crin, où est-il ? demanda Zar'ouath.

– C'est bien là que je voulais en venir, mage. Je pense que vous devez trouver le crin. C'est ce que le miroir a dû suggérer en projetant l'image de Ankën au-dessus des remparts. Le crin existe toujours, et il est bien en sûreté, dans le *Cœur*.

– Que m'apportera-t-il si je le trouve ?

Ennonah haussa les épaules. Il n'en savait pas plus que lui à ce sujet. En ce point de leur histoire, tout n'était que supposition.

– Votre chemin, peut-être, à tout le moins un indice ? murmura Línnahon.

L'avenir était flou, ce qui ne l'étonna guère. Il l'avait été tout autant quand ils s'étaient rendus aux *marais*, jusqu'à ce que le destin les poussa dans les Eaux.

– Cette fois je vous accompagnerai, affirma Línnahon. Je vous guiderai jusque dans les hauts lieux. »

CHAPITRE LII

Il s'arrêta un long moment, décida de s'asseoir, volonté d'imprégner son être des lieux. Sous le verre diaphane dont le sol était constitué, il voyait son image s'allonger, se reformer indéfiniment dans les bulles d'eau qui allaient à toute vitesse.

De temps en temps, des carassins se rapprochaient sous lui, l'observaient puis fuyaient dès qu'il posait un œil trop intéressé sur leurs formes étranges ; On eût dit que quelqu'un s'était amusé à les créer en les taillant dans des feuilles d'acier, leur offrant ensuite ce qui, pour les humains, s'appelle la vie, cet état de mouvance perpétuelle. Il en fut fort intrigué, tout en se disant qu'il y avait bien des mystères qu'il n'éluciderait jamais malgré sa somme de connaissance.

Il portait de nombreux noms, qui lui étaient dus aux diverses terres coutumières de sa présence. Le plus commun était l'*Errant*, ou le *Trouvère Errant*, selon que l'on avait le temps ou non de le connaître assez et de lui plaire, au point qu'il accordait un peu de son savoir et chantait quelques vers de sa composition. Les nobles Helvins aux yeux d'or l'appelaient Archibald, car seuls les gens gracieux des bois connaissaient son véritable nom, qu'ils avaient le droit de le nommer ainsi sans qu'il fuît ce qui, chez d'autres, aurait eu le goût de la privauté.

Archibald était archimage. Il affectionnait la prosodie qu'il comparait, mais uniquement pour soi ou avec certains de ses intimes, avec la pratique de la magie délicate. Plus que tout, il aimait musarder dans des contrées aux habitants discrets, pétri d'un brin de cette timidité qui se transformait, parfois, en sauvagerie involontaire, et le poussait à éviter quiconque se présentait.

Il releva le visage. Les cascades d'eau tombaient d'une hauteur vertigineuse au-dessus de lui, pourtant, elles ne l'atteignaient pas quand elles étaient supposées l'emporter parmi leurs tourbillons furieux. Ici, les dimensions se chevauchaient. Il ne s'attardait que rarement dans ces endroits qui étaient sans être, puisqu'un motif précis l'éloignait depuis fort longtemps des terres des Hommes.

Il redressa un sourcil, croyant discerner le passage d'une ombre blanche dans l'enchevêtrement des chutes d'eau. Mais non. Ce n'était rien autre qu'un de ses désirs intimes que cet endroit venait d'imprimer non loin de lui. Il commençait à peine à s'y habituer. Il se demandait comment il ferait lorsque la vraie licorne surgirait, s'il la prendrait pour ce qu'elle est, ou juste une simple image. Il soupira, ôta le baluchon de son épaule. Il ne se souciait jamais de savoir ce qu'il aurait à manger, mais bien plutôt de ce qu'il y trouverait à déguster à l'intérieur. Ce sac était son Maître queux. Il n'avait pas souvenance d'en avoir sorti un seul mets qui lui déplut, sauf une fois, peut-être, à cause d'un rosé qui l'avait rendu malade. Il avait boudé par la suite si longtemps son baluchon que ce dernier avait eu grand peur de le décevoir en lui servant une autre blague de la sorte. Car, cela avait été une blague de la part du sac, dont la plupart de cette espèce est fort connue pour ses facéties…

Le garçon sentit quelque chose de froid et lisse glisser sur l'arête de son nez. Cela eut le mérite de le réveiller complètement ; et c'était l'effet désiré. Il ouvrit les yeux, découvrit le regard malicieux d'Aaïla, un verre de cristal en forme d'oiseau levé au-dessus de lui.

« Enfin ! rouspéta la fillette. Je me demandais si tu daignerais te retirer de ton songe. A-t-on idée de faire la sieste, comme ça, en plein jour ? Hild jeta un œil à ses habits, qui étaient mouillés. Il rouspéta, échappa un chapelet de borborygmes. Aaïla lui sourit. Je suis désolée, mais c'est le seul moyen que j'aie trouvé. Note, c'est de l'eau à la fleur d'oranger. Tu as de la chance, le Soleil chauffe bien ce matin. Tu devrais enlever ta veste si tu veux qu'elle sèche.

Hild suivit son conseil, une esquisse de regard mauvais au visage tandis qu'il disposait la veste sur une des chaises du balcon. À leurs pieds, le vent mouvait doucement les yeuses émeraude de l'Yrladiss. Le Saut-de-Tworn était de nouveau ce qu'il était lorsqu'ils l'avaient vu pour la première fois : un arc parfait bondissant dans l'air, dispersant un poudroiement léger tout autour du palais du roi des Nains. Par-dessus le grondement lointain de la cascade, ils percevaient des sons coutumiers qui témoignaient de la reprise des activités dans toute la Citadelle. Çà et là, le panache d'un feu s'échappait d'entre les toits, venait tournoyer haut dans le ciel. L'on s'affairait à la reconstruction des Quartiers qui avaient brûlé par le feu de

Simmar, par le feu de Fannílos. Elle reposa le verre en forme de loriot, suivie par le garçon, encore suspicieux quant aux fonds de ses gestes. Elle leva le bras et pointa les hautes murailles, tout à fait au Sud.

– Ils viennent juste de partir.

– Partir ? Qui ?

– Les sorciers de Valmar.

Il ne lui demanda pas comment elle savait. Il se contenta de soupirer sur l'état de sa veste.

– Chez nous, elle serait déjà sèche. Dis-moi un peu. Tu as dû remplir plusieurs fois le verre, dit-il, fort soupçonneux.

– Nous ne portions pas de veste, là-bas, rectifia la petite. Quant à la tienne, j'ai presque vidé le pichet dessus, acheva-t-elle avec affront.

– Pour une fois que j'avais une vision agréable, regretta le garçon, traversé d'un long soupir.

– Dois-je me faire prier pour que tu me la racontes, ô mémoire d'Ousse ?

Il plissa les paupières et grimaça, comme s'il allait la mordre.

– Ce n'est pas moi, la *mémoire* d'Ousse, mais Minduïn. Dis-moi ce que vont faire ces sorciers, et je te raconterai ce que j'ai vécu.

– Il y a eu un arrangement entre All'Rïnx et Alnör, le chef des sorciers.

– Ça n'est pas surprenant.

– All'Rïnx a proposé de nouer des relations économiques.

– Et Alnör de ne pas refuser.

– Si tu cessais de m'interrompre sans arrêt, merci. Il semble, finalement, que chacun y trouve son compte. Les Nains sont friands de matières minérales nouvelles, en particulier de celles de Valmar, qui se trouvent dans ses moindres recoins. Quant aux Valmariens, leurs terres ne leur permettent que fort peu de cultures, au contraire de celles des Nains. Un marché économique florissant risque bien de fleurir entre Valmar et le Narönggath.

– Ils auraient pu s'entendre plus tôt, tu ne trouves pas ? Toutes ces batailles, tous ces morts. J'espérais sans doute mieux de ce côté du Grand Océan. Mais c'est comme chez nous. Il faut en convenir

Le silence tint quelques minutes sa résidence au balcon où ils se tenaient. Le Soleil tournoya sur leurs petits visages, échauffant un peu leurs joues.

– Mais serions-nous là, encore, sans cela ? reprit Aaïla en songeant à toute leur aventure. Aurions-nous le miroir ? Saurions-nous la vérité ? Aurais-tu connu Orlena, Simmar et Gálwïn ?

– Quand j'y repense, je crois que tu as raison. Tout paraît trop bien tracé autour de nous. C'est étrange, tu ne trouves pas ?

– Quoi ?

– Depuis que le mage est avec nous, des tempêtes se lèvent. Nous les approchons, les traversons, parfois sans jamais en être touchés. C'est comme si sa présence érigeait des murs contre tout ce qui pourrait nous atteindre, comme s'il nous maintenait dans les cercles que les Sept ont choisis, et qui filent sur l'onde du fleuve du temps. Crois-tu qu'Ils nous voient, qu'Ils suivent ce qui nous arrive, et qu'Ils nous aident ?

– Ils nous suivent, et Ils nous aident, mais je ne sais pour combien de temps, ni même s'Ils le pourront encore, où que nous nous rendions. T'ai-je jamais parlé de Parole ?

– Parole ?

– Il a été envoyé par les Sept, à ce que m'en a dit Zar'ouath, pour nous aider. Quand nous sommes partis vers les *marais*, au bord de la nuit, une rivière et un bosquet d'arbres sont apparus devant nous. Ensuite, Parole s'est montré. Elle le fixa intensément, ce qui le gêna. Tu te souviens de la porte que tu as vue, avec Florffinlën et Gálwïn ? J'ai vu une porte semblable dans les pensées de Parole. Je crois qu'elles donnent sur les mêmes mondes, ceux où Gálwïn s'est retiré, ceux où Elliador ira, quand nous ne la retiendrons plus ici, quand nous ne retiendrons plus Zar'ouath, qui tient à nous tout autant qu'à ses souvenirs les plus chers.

Soudain, Hild sursauta, alerté par un miaulement importun. Quelque chose se tendit derrière son dos, juste avant qu'une ombre ne passât près de lui et se reposât sur la table. Le gros chat renifla le bord du pichet, puis jeta ce qui ressemblait à un regard dénigrant envers l'oiseau de verre.

– Je crois que l'on parle de moi ici ? lança le mage.

Aaïla l'avait senti, bien avant qu'il n'apparût, à croire qu'elle avait achevé sa phrase en espérant qu'il l'entendrait. De surcroît, elle ne fut pas étonnée de la présence de Línnahon.

Le nain tira une chaise à la droite du garçon, tandis que le mage s'adossait à la rambarde ouvragée de fleurs du balcon pour contempler le panorama.

– Dis donc, Hild. Tu as eu un petit problème avec ta veste, on dirait ? constata le *faiseur*, un index pointé vers ce qui séchait à peine.

– Aaïla a des spasmes de temps à autre et quand elle ne se contrôle plus, il n'y a absolument rien à faire, rien à faire du tout, affirma Hild.

– Es-tu encore, en crise ? s'enquit le nain, fort intrigué, et peut-être inquiet pour sa mise.

– Point du tout. Elle leva la main, appelant le front soyeux de Nahib, qui vint ronronner au creux de la paume qu'elle lui offrait.

– Cela vous intéressera peut-être de savoir que j'ai rêvé d'Archibald et d'Ankën.

Línnahon haussa un sourcil. Zar'ouath ne paraissait guère surpris par cette révélation.

– Qu'as-tu vu, exactement ? demanda l'homme.

– L'archimage est allé dans un lieu où tombent des cascades pour pister la licorne. Elles ne tombaient pas réellement sur lui. Elles n'étaient que des images, des fantômes de ce qu'elles étaient autre part.

Il se tut un instant afin de voir si les nouveaux venus donnaient du crédit à ses mots. Leurs mines sérieuses le renseignèrent aussitôt. Il allait continuer lorsque le nain prit la parole.

– Tu es donc un garçon plus que remarquable, Hild, pour connaître l'aspect d'un lieu où tu ne t'es jamais rendu.

– Il est remarquable, insista Aaïla avec emphase.

– Vous y êtes vous déjà rendu ? demanda le garçon au nain.

– Je connais cet endroit, effectivement. Mais je ne pensais pas qu'Archibald s'y était rendu, ni même qu'il y avait suivi les traces d'Ankën. C'est étrange comme les hasards, parfois, nous rapprochent de la vérité. Le crin de la licorne, qui fut offert par l'archimage à Orlena, est en marge de ce lieu de cascades, fort loin sous ce que nous nommons les hauts lieux. Mes ancêtres le savaient peut-être, et ce que je prends pour du hasard n'est en fait rien autre qu'une action délibérée, qu'un pied de nez au passé.

– Nous partons dans une heure, Línnahon et moi. Vous serez sages pendant notre absence, hon ?

– Ce sera dangereux ? demanda Aaïla.

– Où le mage et moi nous rendons ne plane aucun danger. Le crin de la licorne est dans un lieu sûr, tout aussi sûr que le chemin que nous devrons suivre à travers le *Cœur* pour nous y rendre.

– Vous n'aurez qu'à faire la sieste. Le temps pour vous de vous réveiller que nous serons déjà de retour au palais. Je laisse à votre garde ce gros chat paresseux », fit Zar'ouath avec bonhomie.

Nahib se mit sur son séant, son regard d'améthyste humide posé sur le mage. Puis, la tête levée au ciel, il ferma ses paupières et goûta la chaleur qui tombait sur lui, entre deux nuages floconneux qui décoraient l'azur.

Quand le mage eut recouvré sa forme au seuil des Portes Blanches, il mit un certain temps avant que de pouvoir se relever, étourdi par l'étonnant voyage qu'il venait de faire dans le coin de l'œil de Línnahon.

Par-dessus la silhouette du nain faseyait, parfois, la forme fragile de la nymphe Lina. Le phénomène dura, jusqu'à ce que Línnahon s'eût levé et qu'il eût abandonné la baguette étoilée au vent invisible, qui vint la reprendre au pays obscur et parfumé qu'ils avaient traversé. Ensuite, la statue de la nymphe se matérialisa derrière le nain, et les battants d'argent se refermèrent en silence derrière eux. Línnahon se rapprocha du mage, lui serra son épaule.

« Tout va bien ?

– Oui. Il ôta son chapeau. Juste un peu étourdi. Je ne pensai pas que me retrouver dans votre œil me ferait pareille sensation. Ce chemin existe-t-il depuis longtemps ? demanda le mage en se frottant les tempes.

– Depuis qu'Orlena l'a créé, entre l'Yrladiss et le *Cœur*, quelques milliers d'années se sont écoulées, si je ne m'abuse.

– Je vois, releva Zar'ouath en époussetant son couvre-chef. Et ces danseuses qui se montrèrent, quand vous marchiez, qui sont-elles ?

Línnahon plissa les paupières, comme si son âme souriait.

– Elles font partie des pièges du chemin. Leur dessein est de nous attirer dans des gouffres où elles naquirent. Elles ne sont en fait que le désir de Lina, de son corps réincarné en moi, pour que je sois à jamais ce dernier. C'est un risque à prendre si l'on veut gagner du temps.

– Les sirènes d'Irtys usent un peu du même stratagème, en tentant de nous attirer par notre vœu le plus cher.

– Sauf que la magie des sirènes est plus puissante.

– Peut-on vraiment les comparer ? Sa réponse resta en suspens. Il faudrait pouvoir les confronter, toutes les deux, pour s'en rendre tout à fait compte.

– Vous êtes seul juge. Vous les connaissez mieux que moi.

Le mage ne répondit rien, le gratifiant d'un sourire.

– Par où allons-nous, à présent ? la plume de paon se tendit au-dessus de sa tête.

– Par là, par la bibliothèque.

Ils allèrent entre les interminables allées, chaque cache de marbre se succédant les unes aux autres. Çà et là, des flaques d'eau clapotaient sous les semelles de leurs bottes. Des odeurs voletèrent bientôt sur leurs visages ; il y avait les essences intimes de la terre et celles, plus fugaces, des parchemins sans âge, en deçà de la pierre.

Sous peu, ils furent sous la rotonde de la bibliothèque, avant que de s'engager dans le couloir qui menait aux hauts lieux. Le mage eut la surprise d'entendre la musique que le couloir donnait de sa présence. Le nain lui expliqua que c'était un vieux charme qui subsistait depuis la construction de la bibliothèque. Il servait à annoncer ceux qui venaient, chaque musique n'appartenant qu'à une personne, chacun avait une signature musicale.

À mesure qu'ils descendirent dans ce couloir, la lumière puissante qui venait du dehors, qui bondissait devant eux en passant par de larges trouées ménagées à même la pierre noire des lieux, ils furent aveuglés. À demi réceptif au paysage de montagnes boisées qu'il distinguait du dehors le mage rendit grâce quand ils furent passés dans les halos artificiels des torches. Une prégnante odeur d'humidité s'enroula à leur cape. Línnahon indiqua du doigt la fin du couloir qui s'achevait au bord d'un escalier. Dans le lointain de pénombre, les torches s'allumèrent doucement, comme si quelque chose les avait prévenues de la proximité du nain et de l'homme. Zar'ouath aperçut d'autres escaliers fort étroits, dont il ne put distinguer le début ou la fin.

–À présent nous pénétrons dans ce qui porte le nom de *Cœur.* Restez bien derrière moi et ne vous écartez pas de la route que je prends. Il se tut puis reprit. Des choses se cachent, parfois, dans l'obscurité des murs. Elles ne sont pas méchantes, du moins pas ici, mais suffisamment tenaces et sûres d'elles pour nous ennuyer plus que nécessaires.

–Je suivrai votre conseil.

Línnahon émit comme une espèce de grognement. Sans doute se rendait-il compte qu'il allait partager des secrets du *Cœur* qu'il avait découverts par lui-même, qu'il n'était peut-être pas tout à fait disposé à les partager, même si le mage était un ami et qu'il avait une pleine et entière confiance en lui.

Un point incandescent passa dans son esprit, réanimant le souvenir de Paranën. Il se sentait responsable de sa mort, comme Ennonah se sentait responsable du changement de Fannílos. Plutôt que de lui interdire de s'aventurer trop loin dans le *Cœur,* il eût dû lui montrer ce qui était dangereux. Il fallait que tout cet héritage revînt aux Nains, aux Nymphes et aux Hommes, songea le *faiseur.* Ce qui est caché ne sert de rien, sinon à éveiller les convoitises les plus malsaines. Il se gratta la gorge et entama la descente des marches glissantes.

Tout à fait en bas, le couloir débouchait sur une collection d'autres escaliers qui allaient loin au-dessus d'eux ou plongeaient plus avant vers le Nadir. Le mage passa ses mains sur des traces griffues qui défiguraient un mur.

–Un kobold, le renseigna Línnahon.

–J'ignorais qu'il en existait encore, à moins que ces traces ne soient anciennes, bien qu'elles me semblent bien conservées.

–Il arrive, de temps en temps, que l'on éveille des pièges en allant dans le *Cœur.*

– Des pièges ? Mais ces lieux ne sont-ils pas censés recueillir la magie du passé ? Qui aurait eu besoin de mettre des pièges de la sorte ?

Línnahon se tut, à l'écoute du silence.

– Orlena et les nains-magiciens d'autrefois ont mis à l'abri les connaissances du passé, les charmes les plus étonnants que l'on puisse imaginer, comme les plus redoutables. Au départ, il n'était pas question de pièges, mais de barrières, de protections. Il eût été dangereux que les sortilèges ou les grimoires les plus recherchés par les pratiquants de la magie noire fussent à portée de leurs mains, ou de celles de quiconque. Mais le temps a corrompu ces barrières ou, s'il faut être précis, ces objets et ces phrases du passé se sont chargés de libérer leur poison.

– Je comprends. Ce kobold fait-il partie de cette corruption ? ou les êtres de son espèce circulent-ils librement dans le coin ?

– J'en ai croisé, parfois, mais je leur ai toujours laissé le chemin libre, je me suis toujours tenu à distance, ou écarté d'eux. Ils aiment poser leurs marques, mais ils ne savent rien des secrets du *Cœur*. Ils ne s'y intéressent pas. On peut tuer un kobold, la magie qui est à ma disposition me le permettrait, mais trois autres me rechercheraient sans fin pour avoir souillé l'âme de leur frère. Il ne faut pas tenter de briser les mystères que l'on ignore, ni de chercher à les comprendre. Il faut les accepter, pour ce qu'ils sont, comme une musique lointaine qui ne révèle que peu d'elle.

– Que viennent-ils faire ici ? Les magies d'Orlena et de vos anciens frères ne les tiennent-elles pas à distance ?

– Leur pays commence juste sous les marches occidentales de la Forêt Bleue, et s'étend aux limites occidentales du *Cœur*. Les kobolds n'ont pas de lien avec la magie. Ils seraient incapables de l'utiliser ; elle les brûlerait ou les rendrait fous instantanément. Ici, ils ne font que passer. Ne tardons pas, à présent. Évoquer ceux qui ne sont pas là pourrait les appeler.

Zar'ouath opina du chef et suivit le nain, qui commença d'accélérer vivement le pas. Par endroits, Elweïn vibrait à son côté, comme si elle décelait la proximité d'un danger. Pourtant, le mage ne vit rien autre que ces murs noirs sur quoi crépitaient les torches et s'étiraient leurs silhouettes.

Ils allèrent ainsi une demi-heure, allant de plus en plus loin en bas, échangeant de brefs propos, uniquement lorsque le mage questionnait Línnahon et que ce dernier ne remuait pas la main par la négative pour lui indiquer qu'ici il fallait se taire. À un croisement peuplé de quatre couloirs, ils s'arrêtèrent. Le mage ne vit pas la dextre du nain, toutefois, il la sentit se resserrer sur la garde de son épée. Elweïn était calme, insensible au danger que le *faiseur* paraissait percevoir.

Le nain respira doucement, fixa avec intensité le couloir de gauche, comme à l'affût de quelque chose. Ses pupilles fouillèrent l'obscurité. Enfin, il montra le couloir le plus à leur droite. Un doigt sur sa bouche, il indiqua au mage de se taire et de le suivre. Zar'ouath le laissa passer le premier, tandis qu'il fermait la marche ; il perçut sa tension grandir, jusqu'à un point où il crut que quelque chose allait se rompre. Puis, tout retomba, mais le nain, un doigt sur sa bouche, signifia de garder le silence.

Ce ne fut que bien plus loin que le timbre de Línnahon s'éleva de nouveau. Entre temps, le sol bosselé avait été remplacé par des dalles d'une singulière propreté ; quant aux murs, ils étaient d'une pierre lisse, d'un marbre turquin. Le plus curieux venait de ces portes, juste assez larges et hautes pour que le mage pût espérer les passer accroupi.

– Fannílos a laissé bien des parties du *Cœur* à la corruption qu'il y a apportée, comme à celle qu'il a libérée, en s'aventurant où il ne fallait pas.

– Qu'y avait-il au juste, dans ce couloir ?

– Rien qui vaille la peine d'en parler, je vous assure. Il agita sa main en décrivant une vague boucle dans l'air, qui s'était réchauffé, sucré d'un parfum inconnu. Nous sommes venus pour le crin d'Ankën. Ne nous départons pas de notre tâche. Regardez, c'est la porte, là ! Elle donne sur l'univers aux cascades dont Hild nous a parlé.

Ils firent les derniers pas qui les en séparaient et contemplèrent le petit battant circulaire d'un acier fort clair, qui donnait du couloir où ils se tenaient une vision trouble et parcellaire.

Il ne semblait pas y avoir de serrure. Línnahon s'agenouilla, sa barbe noire réduite à une forme oblongue sur la porte close. Il approcha sa paume, la posa sur l'acier. Zar'ouath sentit le charme vibrer autour de lui. Le battant se mit à trembler comme une feuille, tandis que la matière dont il était fait devenait transparente. Le mage se pencha à son tour, intrigué par ce qu'il commençait à distinguer, en deçà. Il n'y eut bientôt plus de porte, tombée en poussières coruscantes sur le seuil. Línnahon tendit le cou dans l'ouverture. Il regarda, se dit que cette contrée n'avait pas changé, quand une violente piqûre parcourut sa main gauche. Le mage eut à peine le temps de voir ce qui ressemblait à un stylet traverser sa chair que l'ombre qui avait porté le coup s'éloignait.

Sans broncher, le nain retira illico la lame et passa la porte.

– Venez ! fit-il au mage. Vite ! Nous allons le perdre !

– Qu'est-ce que c'était ? demanda Zar'ouath en passant l'entrée étroite avec quelques difficultés.

– J'aimerais bien le savoir. Et cependant…

À peine le mage se redressait que le nain se mettait à courir, le forçant à l'imiter. Au-dessus d'eux, les cascades venaient de si loin, et elles tombaient de si haut qu'il était inconcevable qu'ils ne fussent pas morts en recevant de plein fouet toute cette masse d'eau en plein corps. Jeté là-dedans telle une allumette dans un air flamboyant, le cœur du mage s'emballa. Il aurait voulu se gaver de tout cela à son rythme, témoigner son admiration aux poissons qui nageaient sous ses pieds, mais le nain allait à vive allure, tant et si bien qu'il manqua d'être semé plus d'une fois, disparaissant au-delà d'un de ces rideaux liquides pour réapparaître un peu plus loin, le visage en sueur.

– Là ! cria-t-il pour le mage.

Zar'ouath l'entendit prononcer des mots qu'il ne comprit pas. Il se demanda s'il jurait après cette minuscule silhouette multicolore qu'il apercevait et n'avait de cesse de le fuir, avant de comprendre qu'il créait un sort pour la duper. Il vit un deuxième Línnahon se presser derrière le fuyard, tandis que le vrai faisait le tour. Le mage resta à sa place, au cas où l'être lui échapperait. La poursuite dura deux minutes supplémentaires, jusqu'à ce que les deux *faiseurs* s'eussent percutés de plein fouet, leurs mains tendues vers de frêles épaules. Zar'ouath se précipita, alors, et se saisit de la créature.

La silhouette cria d'une façon désarmante, un peu comme un porcelet. Le bonnet rouge qu'elle portait avait roulé devant les pieds de l'homme. Il le ramassa, fort intrigué par cette créature qui criait à tue-tête qu'on lui rendît son bonnet, que s'était sacrilège. Il crut que le nain l'avait blessée au visage, avant de s'apercevoir qu'il s'agissait en fait du sang qui coulait de la main de Línnahon.

–Allons, Pïl'k ! Vas-tu te calmer ? C'est moi, Línnahon ! Mais qui t'a mis dans un état pareil ? Calme-toi maintenant !

Les oreilles de Zar'ouath se redressèrent. Le nain connaissait donc celui qui ne ressemblait que trop à un lutin avec, par ailleurs, fort peu de cheveux sur la tête. Puisque le petit bonhomme ne cessait de s'agiter et de vociférer, le mage lui tendit son bonnet. Il se couvrit le crâne et tendit ses petits poings, croyant sans doute que ce grand échalas allait le frapper.

–Il ne faut pas avoir peur, *Pïl'k*, je suis un ami, répondit le mage.

Ses pupilles, d'un bleu outremer, se dilatèrent. Ils ne surent si c'était le résultat de la colère ou, tout au contraire, d'une forme de joie. Avec un calme tout soudain, il arrangea les plis de sa veste à carreaux multicolores, fraise autour de son cou puis réajusta son ceinturon à grosse boucle ronde et dorée.

Línnahon voulut lui essuyer le visage où son propre sang commençait à sécher, mais le lutin lui arracha son mouchoir, tout en lui indiquant d'une grimace simiesque qu'une de ses bottes lui écrasait franchement le pied et lui faisait souffrir son gros orteil, qu'il avait proéminent ; mais cela, c'était de naissance. Ses mains étaient disproportionnées par rapport à ses pieds, fort longs dans leurs poulaines orange à extrémité retournée, dont cette partie était ébouriffée sous la forme d'un byssus.

– Tu pourrais au moins t'excuser pour ceci ! fit Línnahon en lui montrant sa paume ensanglantée.

– Tes pouvoirs sont bien assez puissants pour qu'ils réparent ta peau. De plus, fais preuve de pragmatisme. Mes excuses ne serviront de rien dans l'apaisement de ton affreuse douleur, rétorqua le lutin, un pouce coincé derrière la boucle de son ceinturon.

Línnahon soupira. Il tendit son pouvoir sur sa main, qui fut bientôt vierge de toute plaie et de sang. Ce lutin était déplaisant, parfois, mais il avait le mérite de toujours dire la vérité, ainsi que ce qui lui passait par la tête, bien à l'opposé de ses congénères, peu fiables. C'était sans doute pour cette raison qu'ils entretenaient une forme d'amitié.

– Alors, Pïl'k, que se passe-t-il au juste ?

Pïl'k fronça ses sourcils blonds et touffus, ce qui lui donna l'air bourru d'un hibou. Il décrivait l'inconnu, qui devait être deux fois plus haut que lui. Il distingua la fraise liliale à ruché délicat et fut jaloux, presque piqué au vif qu'un autre que *lui* eut adopté, qui plus est un homme, ce qu'il prenait pour un signe de haute élégance parmi les Lutins. Il ferma un œil, l'autre restant grand ouvert, et se pencha sur Línnahon, agenouillé près de lui.

– Je ne divulgue rien devant les étrangers, surtout pas devant un homme ! Là-dessus il remua la tête, comme pour ajouter du poids à ses propos.

L'ouïe fine de Zar'ouath lui rapporta ses mots. Il enleva son chapeau décati, espérant que ce geste lui gagnerait la confiance du petit être.

– C'est Zar'ouath, Pïl'k, le mage d'Ousse, le mage des Sept Terres.

– Qu'est-ce que cela peut me faire qu'il soit mage, ou je ne sais quoi ? C'est un homme. Les hommes qui sont devenus magiciens ou mages n'ont pu l'être qu'en nous volant nos secrets !

– Il y a peut-être un peu de vérité dans ce que tu affirmes, Pïl'k, malgré tout, ce que je sais, je ne l'ai pas dérobé à vos frères. Le pouvoir m'est octroyé par les Sept, par le fleuve du temps et la forêt d'Alden. Il me sera retiré quand ils l'auront décidé. Ne m'en veux pas si des magiciens sans scrupules ont abusé de la confiance de tes frères. Quant aux mages que tu incrimines, je pense que tu te trompes. Nous ne devenons ce que nous sommes que par le vœu des Sept.

La franchise de Zar'ouath plut au lutin, qui n'en dissipa pas pour autant la méfiance qu'il portait envers tout ce qui le dépassait de plus de trois têtes et se déplaçait sur deux jambes.

– L'aurais-je mené jusque-là si je ne lui faisais pas confiance ? insista Línnahon.

De brefs coups secs s'élevèrent sous les poulaines biscornues du lutin. Il oublia le nain et l'homme, se mit à croupetons et, ses index écartant les commissures de sa bouche, tira la langue aux poissons de platine et de bronze qui frôlaient le sol de leurs nageoires, donnaient naissance à des points étincelants, une flore éphémère et lumineuse. Línnahon fit un geste à l'adresse du mage, signifiant qu'il fallait attendre que cela passât. Finalement, le lutin se releva.

– Ça n'est pas la peine de faire des gestes dans mon dos. Je ne suis pas gâteux ! critiqua Pïl'k.

– Daigneras-tu m'informer, tôt ou tard, de ce qui t'est arrivé, de ce qui t'a mis dans cette rage, au point de me confondre avec je ne sais qui ?

– Tout ce tintouin pour une petite piqûre de rien du tout ! J'eusse pu me rompre le cou à courir ! Il se tut et plissa les paupières. Je vous ai fait mal ?

– Je t'ai posé une question.

Pïl'k haussa les épaules.

– Des questions, des questions ! Qu'a donc ce monde pour m'envoyer tant de ses gens et me poser des questions ?

– Qui est venu ? réitéra le nain.

Le lutin ouvrit la bouche, inspira en profondeur, avant que d'expirer longuement.

– Les femelles de votre race, mage des Sept Terres, sont sans conteste possible les plus belles créatures qui soient. Mais il en est, parfois, qui abuse de leurs charmes sur nous, pauvres lutins, se morfondit Pïl'k.

– Une femme est venue ? ici ? coupa Zar'ouath, intrigué.

– Une vénusté, s'extasia le lutin, à nulle autre pareille ! À se damner pour elle, rien que pour voir les lentigos de ses épaules, et les autres, aussi placés à des endroits que ma pudeur me refuse de vous révéler. Elle est venue comme je faisais un somme. En échange d'un baiser, je l'ai conduite dans la chambre des trésors. Elle voulait que je lui montre un prétendu crin de licorne. Pouah ! Les licornes et les lutins n'ont jamais fait bon ménage. Ces juments bâtardes ont toujours eu tendance à vouloir nous écraser, nous trouvant par trop disgracieux.

– Et le crin, le lui as-tu montré ? questionna Zar'ouath.

Pïl'k émit une sorte de sifflement.

– L'on a beau être aveuglé par notre concupiscence, nous recouvrons notre lucidité assez vite. Une accorte demoiselle qui se frotte à vous a toujours une idée derrière la tête. Elle voulait que je lui montre le crin. Je me suis donc méfié sur-le-champ.

– Qu'as-tu fait, au juste ? demanda le nain.

– Lorsque nous sommes arrivés dans la chambre aux trésors, je lui ai indiqué l'urne censée recueillir le crin d'Ankën. À croire que je dissimule fort bien le fond de mes pensées, se gaussa-t-il, puisque qu'elle ne s'est jamais doutée de ma supercherie. Sitôt qu'elle eût soulevé le couvercle, elle fut tout entière aspirée à l'intérieur ! J'ai de suite fermé l'urne pour qu'elle n'en ressorte pas. Où elle est tombée, il fait toujours nuit et froid. L'urne contient le fiel d'Izzar le sorcier. La pauvre, s'apitoya-t-il. Elle est sûrement morte, à présent.

– Le crin est donc toujours en sûreté ? l'interrogea Zar'ouath.

Pïl'k croisa les bras derrière son dos et bomba le torse.

– Tel est mon travail, ô mage ! Tout à coup, il voûta le dos. Ne me dites pas que vous êtes tous deux venus pour ce même crin ? Le monde du dessus ne s'intéresse donc qu'aux licornes et à leur pilosité détestable ? un vulgaire poil de jument ?

– Faut-il que nous te priions ? argua Línnahon.

– Peut-être. Ce serait drôle de nous battre comme des chiffonniers, pour un vulgaire poil !

– Pïl'k, murmura le nain.

– Bon, bon. Il rajusta son bonnet et tira sur ses rares mèches, les positionnant sur ses tempes, dans un agencement qu'il s'imagina harmonieux..

– Et pas de fantaisie comme avec cette femme, n'est-ce pas ?

– Tu as peur d'une entourloupe ? Hon ? Tu es mon ami. Je n'ai aucune envie de te pousser dans un univers où tu mettrais des siècles à en ressortir, l'esprit gâté. »

CHAPITRE LIII

Le lutin suspendit ses pas. Le mage et Línnahon traînaient en arrière, échangeant de brèves paroles murmurées. Le petit être à la veste bigarré était censé les conduire à ce qu'il nomma la chambre aux trésors. Il y avait bien une heure qu'ils cheminaient dans les entrelacs des cascades, sans rien apercevoir des espérances qui les avaient menés jusque-là.

Pïl'k bâilla à se décrocher les mâchoires et les attendit, son pied droit tapotant le sol, comme s'il était agacé qu'ils fussent toujours en arrière à lambiner, à murmurer il ne savait trop quoi, sans aucun doute sur son compte à débattre sur son caractère impossible. Il patienta, jusqu'à ce que les ombres de leurs silhouettes fussent sur lui pour élever sa voix aigüe.

« Que diriez-vous de nous restaurer ? Le temps s'y prête fort, ne trouvez-vous point ? proposa-t-il.

– Nous restaurer ? s'étonna Zar'ouath.

– Oui ! Cette petite marche m'a mis en appétit. Je me sens d'attaque pour manger un bœuf ! Et puis, vous avez le droit à mon hospitalité. Enfin, je ne suis pas un sauvage !

– Pour peu que tu trouves une auberge dans le coin, Pïl'k le lutin, je veux bien en manger mon chapeau, et ma plume de paon avec du sel !

– À votre place je ne tiendrais pas de tel pari devant un lutin, mage, intervint Línnahon, qui en connaissait plus qu'un chapitre sur les gageures que l'on pouvait, ou pas, proposer à une créature de cette espèce. Les chapeaux ne sont guère bons à grignoter, pas plus nature qu'à la croque-au-sel.

– Est-ce à dire qu'il y aurait une auberge, ici ? Qui aurait intérêt à tenir un établissement de la sorte dans pareil endroit ?

– Moi, puisque j'en suis le propre chef !

Le mage entendit Línnahon grogner dans sa barbe. Pïl'k remettait ça. Il n'appréciait pas son côté démonstratif, par trop tapageur, lui qui entourait sa magie d'une aura de discrétion, d'aucuns parlerait d'avarice. Malgré tout il le regarda faire, silencieux.

Les lutins doués de pouvoirs magiques n'étaient plus légion, et que celui-la fût excentrique n'était au final pas un drame. Il resta donc en retrait derrière Zar'ouath, familier du tour que Pïl'k se préparait à leur servir.

Le lutin se frotta le menton et soliloqua, comme si les autres n'existaient plus. Après qu'il eut claqué des doigts, une grande table en portor apparut devant eux, couverte de quantité de mets, certains apparents, d'autres cachés sous des cloches d'argent, par les infimes trous desquelles s'échappaient des rubans et des corolles d'odeurs délicieuses qui flattèrent aussitôt leurs sens. Ils remarquèrent les chaises en safre dont une, au siège bien plus haut que les autres, ne pouvait être qu'à l'usage exclusif du lutin. D'un ornement précieux d'une main dont il les gratifia avec prestance, il les invita à prendre place.

– Pardonnez cet accueil en dessous de tout. Je ne dispose d'aucune sémillante demoiselle pour vous servir, enfin, il en a eu une, mais elle s'est fait la malle. Ce sera à la bonne franquette ! Venez, approchez !

Zar'ouath et Línnahon échangèrent un regard. Ils allèrent donc, à l'invite du lutin qui était déjà installé et dépliait une large serviette pour l'accrocher par-dessus sa fraise. L'apparition de la longue table avait attiré des gyrins sous le sol transparent. Leurs pattes de platine faisaient mille tintements discrets sous eux. Le mage ôta son chapeau et s'enquit de lui dénicher une place. Comme il n'en trouvait pas qui fût suffisante, il décida de le poser en équilibre sur une coupe pleine de fruits.

– Prends tes aises, mage des Sept Terres. Goûte, déguste tout ce qui te chante ! fit musicalement Pïl'k.

– La dernière fois que l'on m'a proposé de manger ce que je désirai, je m'en suis retrouvé indisposé.

– Ah ? Quand était-ce ?

– Il y a longtemps. Je sauvai un homme de la noyade. Toute sa famille m'invita à dîner. Refuser pareille invitation ne se fait pas dans le pays dont je parle. L'ennui, c'est qu'ils cuisinaient fort mal. Une autre fois, ce fut une nymphe qui me fit boire un cordial de sa fabrication. Je ne vous dirai pas dans quel état je me réveillai. Les gracieuses sont tenaces lorsqu'elles désirent quelque chose, ajouta-t-il, avec fatuité.

– Vous plaisez donc aux nymphes ? Quel était donc cet objet de désir ? plaça Línnahon, sans obtenir de réponse autre qu'un rictus formel.

– Mais je ne vais pas t'empoisonner, ni même t'endormir dans l'idée de te dérober tes secrets ! éructa le lutin, opaque à la remarque du nain. Qui crois-tu que je sois, au juste ? Son regard l'amena sur un biscuit moelleux et safrané, dans lequel il plongea ses dents en soupirant avec plaisir.

– Un lutin gourmand, voilà ce que tu es ! répondit le nain à la place du mage, tout en se servant copieusement de la carpe, qu'il flatta du filet suret d'une limette. Mangez, Zar'ouath, cela va refroidir, et personne ne peut prédire jusqu'à quand l'humeur de Pïl'k restera ainsi en notre faveur.

Le lutin haussa dédaigneusement les épaules. Le nain parut chercher quelque chose.

– N'y a-t-il pas de vin ?

Pïl'k agita sa main, juste dans la direction du porcelet étouffé par sa pomme et son bouquet de persil qui ornementait les narines. Sa bouche était trop pleine pour qu'il pût s'exprimer.

– Mage, votre coupe. Je vais vous servir un vin dont vous me direz des nouvelles !

– Faites !

Il chercha une coupe à la va-vite. Il crut discerner des visages sur le liquide qui coulait vers le fond d'argent tandis que le nain versait le vin. Il se frotta les paupières, ne voyant ensuite que sa mine réjouie à la surface. Le nain se remplit également une coupe. Il la leva et trinqua avec le mage. Après qu'ils eurent étanché leur soif, ils se mirent en quête de quelque chose à manger, ce qui n'était pas difficile dans leur situation.

Quand Pïl'k n'avait pas la bouche pleine, il leur contait toutes sortes d'anecdotes et d'aventures qui lui étaient arrivées dans ces lieux ou dans d'autres, car il semblait qu'il avait vécu de longues années autre part. Línnahon ne fut pas avare de paroles, et Zar'ouath savait toujours relancer la conversation quand il la sentait sur le point de mourir dans la hanche d'un biscuit à suave dorure, ou bien d'une chair tendre et tiède qui invitait leurs sens à y porter leur bouche ou la nacre de leurs dents.

À la fin du repas, bien qu'il fût difficile de déterminer s'il s'agissait de cela, puisque le lutin ne cessait de dévorer des desserts et de revenir aux viandes, ce dernier claqua des doigts et de la liqueur parfumée les attendait dans des flûtes de cristal, au cou légèrement incurvé. Pïl'k but cul sec, tandis que Línnahon avalait le brûlant élixir en s'y reprenant à deux fois. Zar'ouath ne cacha guère qu'il préférait la bière, mais il se força à boire le contenu de sa flûte tant le lutin s'était montré généreux avec eux et leur estomac. À l'instar du petit être, il avala le tout d'une traite, sans broncher, bien que la rougeur de ses oreilles et les mouvements de ses yeux trahissaient la maîtrise affaiblie de son corps soumis à un jus aux vertus roboratives. Ils restèrent encore de longs moments à discuter, ce dont le mage ne fut pas mécontent, conscient qu'il n'aurait pas pu marcher tout de suite sans tituber et trahir un début d'ivresse.

Lorsque Pïl'k en eut assez de se rincer le gosier, il sauta à pieds joints de sa chaise et claqua des doigts. Le nain et l'homme se levèrent aussitôt. Ils en furent bien inspirés car ils se seraient retrouvés sur le derrière, et le sol n'était pas des plus confortables, vu que leurs chaises disparurent derechef.

– Si nous nous préoccupions de ce qui vous a amené jusqu'ici ?

– Le crin d'Ankën, murmura Línnahon.

– Est-ce encore loin ? demanda Zar'ouath.

– Juste là. Voyez donc ! Il claqua des doigts.

Devant eux, les courbes floues des cascades se dissipèrent. Là-bas, une forme rémanente commença d'attirer leur œil, jusqu'à devenir nette. La chambre aux trésors était un temple de petite taille, bâtie dans une pierre fort grise. Sur le frontispice dépouillé, quelques rais-de-cœur étaient superficiellement ciselés. De chaque côté de l'entrée, dépourvue de porte, des colonnes faites du même safre que la table où ils avaient dîné, donnaient une allure pompière à cet ensemble morose.

Pïl'k sortit une étoffe de ses poches et se moucha d'une façon tempétueuse.

– Je sollicite votre attention sur le fait de vous abstenir de soulever un seul couvercle, ouvrir une boîte sans m'en demander l'autorisation. Vous risqueriez fort d'en retirer plus de déplaisir que d'émerveillement, croyez le bien.

– Et de nous retrouver à l'intérieur, comme cette demoiselle, dont tu nous as peu parlé, souligna le mage.

– N'en connaissais-tu pas une, mage des Sept Terres ? éluda-t-il. Je parle de celle dont ton esprit est hanté, ajouta Pilk avec une malice qui désarma Zar'ouath quelques instants.

– Comment peux-tu savoir…

– J'ai un œil où il ne faut pas, où l'on ne m'attend pas ! Comme ces faces invisibles à votre corps, qui vous dévisagent derrière le tain des miroirs, analysent vos pensées, sans pudeur. N'est-ce pas le propre des lutins, de dérober en catimini l'ombre des pensées d'autrui sans perdre des heures à vous en prier ? Voilà peut-être la raison de notre dépréciation auprès de beaucoup, mais à quoi bon changer sa nature profonde. Nous autres lutins sommes ainsi. Nous nous accommodons de ce vice. Et, contrairement à cet aphorisme qui veut que la curiosité soit un vilain défaut, j'y oppose le fait qu'elle peut, parfois, rendre bien des services.

Zar'ouath songea à Aaïla qui, comme Pïl'k, lisait les pensées de ceux qui croisaient son chemin. Le lutin dénoua ses membres en exécutant quelques génuflexions et autres mouvements d'assouplissement, comme si sa longue position assise l'avait au bout du compte gêné, l'affectant d'un excès de crampes. Satisfait de ses mouvements d'assouplissement, il prit la direction du temple. À prestes enjambées il gravit les quelques marches du perron. Des miroitements passèrent au cœur des colonnes, comme si elles répondaient à la proximité du lutin.

Línnahon et Zar'ouath perçurent comme une déchirure se faire à l'endroit de l'entrée. Au-delà de la grisaille qui était incisée, ils virent une partie de l'intérieur du temple, éclairée par des rats-de-cave posés sur quelques sellettes étranges, brillantes et souples comme des bulles de savon. Pïl'k se retourna un instant et leur fit signe de le suivre.

Quelque chose se resserra dans l'air, d'impalpable, qui tenait d'une intimité complexe entre le charnel et les mystères des nuits d'été. Le mage déglutit, remit son chapeau en place comme pour se donner de l'assurance puis suivit l'ombre du nain qui achevait de gravir le court escalier. Il se demanda ce qui pouvait à ce point le bouleverser, dont il ne trouvait nulle trace autour de lui. Il tenta, tant bien que mal, de dissimuler la dérive de ses sentiments, mais il savait qu'il n'y arriverait pas, que cela irait loin au fond de lui qu'il en serait marqué.

L'intérieur du temple était plus spacieux qu'il ne l'eût laissé croire quand il l'avait contemplé du dehors. Tout le long des quatre murs, des meubles bas, d'un bois noir, mat et grenelé, servaient de supports à quantité de pots de porcelaine, de simple terre cuite ou de divers métaux enluminés d'infimes ciselures. Le nain perçut le grognement retenu du lutin, qui se précipita vers une sorte de lit bas, semblable à un lit d'enfant à bascule. Pïl'k recouvrit le désordre des draps d'une couverture couleur pêche. Il resta un moment dans un bord de pénombre, histoire que le rouge à ses joues se fut suffisamment dissipé.

–Tu meurs d'envie de savoir dans quelle urne elle se trouve, cette fille dont j'ai parlé, n'est-ce pas ? fit-il à l'adresse du mage. Dans celle-là. Tu peux coller ton oreille si cela te chante, mais je te déconseille fortement d'en soulever le couvercle. L'urne est piégée d'un sort aussi vieux que la haine la plus primitive du monde, par le fiel d'Izzar le sorcier. À moins que tu ne veuilles vraiment rejoindre la jeune femme ?

–Je vais m'abstenir.

–Sage décision, mage des Sept Terres. Avant que je ne vous montre le crin d'Ankën, je vous demanderai de vous laver les mains !

Il désigna une grande vasque où coulait l'eau d'une fontaine. Ils ne l'avaient jusque-là pas remarquée. Elle avait dû apparaître à l'instant, sans l'injonction silencieuse du lutin, qui aimait les effets de manche.

Le nain retroussa ses manches et plongea ses mains dans l'eau fraîche. Quand il eut terminé, Pïl'k lui tendit une serviette. Il la prit et s'écarta de la vasque, posant son œil où sa curiosité le menait. Zar'ouath offrit son chapeau au lutin, qui ne ronchonna pas pour le lui garder. La plume de paon faisait une longue virgule chatoyante. Il la renifla de façon ostensible.

– Baste ! Une plume de la cité d'Ousse !

– Connais-tu cette cité ?

– Je l'ai connue. Mais il y a fort longtemps que tout l'intérêt qui s'épanouissait en cette cité s'est évanoui. Un désert l'a recouverte.

Zar'ouath plongea ses mains dans la fraîcheur, suivi par le regard perçant du lutin.

– As-tu couru après ce paon comme l'on court après une poule, pour la plumer et la faire glousser ? Ou l'as-tu baratiné au point qu'il a daigné ensuite de te l'offrir ?

Le mage allait sourire lorsqu'une image s'inscrivit sous l'eau, entre ses paumes, d'une sidérante netteté. Sur ses doigts il y avait la nuit, et au creux de cette nuit deux silhouettes bleutées qui battaient telles des flammes sous le vent ; il fut certain qu'elles s'enfuyaient. Zar'ouath agita ses mains. L'image disparut. Le lutin ne semblait pas s'être aperçu de son trouble. Il avait rejoint Línnahon et le renseignait déjà sur un vase que le nain observait avec grand intérêt.

– Là-dedans est enfermé le cri d'Alssaë la sorcière. C'était une femme particulière, qui n'aimait ses prochains que lorsqu'ils étaient sous forme de diamants, d'émeraudes ou de cristal, pour ensuite s'adonner à des pratiques salaces que ma pudeur m'oblige à vous cacher. Elle changeait ses amants en pierres précieuses.

– Drôle de façon d'apprécier ses proches, releva le nain en se grattant le menton. Si je comprends bien, soulever ceci me ferait une tête qu'apprécierait la lumière du Soleil.

– La lumière, oui, mais guère toi !

Tandis qu'il sortait ses mains de la vasque, Zar'ouath vit une ultime image osciller, cette fois à la surface de l'eau. Un œil, peut-être celui d'un oiseau qui se déplaçait à vive allure, car l'ensemble paraissait vu de fort haut dans le ciel, donnait une vision précise du panorama. Parfois, tout s'évanouissait dans le fouillis grisâtre d'un nuage pour redevenir plus net dans des vapeurs pelucheuses. Il vit une île, à forme triangulaire, que lui donnait la haute montagne de pierre blanche qui dominait les rares bandes de terre. Plus en avant s'étendaient des récifs et des îlots battus parle le vent et les vagues. L'image tourna sur elle-même, donnant presque le vertige à Zar'ouath, avant que de revenir sur l'île et que le point de vue ne se déplaçât au-delà, au-dessus de l'océan qui se calmait, devenait étrangement étal en si peu de temps, à moins que les distances fussent trompeuses, ou qu'elles ne fussent ici qu'un composant de l'esprit du mage qui cherchait à retrouver ses marques dans ce qui lui échappait. Silencieux, il alla près de Pïl'k et lui redemanda son chapeau. Le lutin ne le lui rendit qu'après qu'il eut séché les mains.

– Il est temps que nous entrions dans le vif du sujet, déclara Pïl'k avec une véhémence qui épousait celle d'un haut gradé zélé.

Il accéléra le pas, les forçant à faire de même. Le fond du temple était bien plus loin qu'il n'y avait paru la première fois qu'ils y portèrent leur regard. Ils parcoururent dix fois la distance que leur esprit donnait des dimensions du lieu. Un brin essoufflés, ils eurent la surprise de voir un large dais d'un pourpre profond surgir de la pénombre.

Pïl'k tira sur une cordelette et la noua à un anneau de fer. Derrière l'étoffe de velours, des boîtes ornées de somptueuses ciselures étaient méticuleusement rangées. Le lutin marmonna et se pinça le nez, avant que de s'agenouiller devant une boîte esseulée.

Le nain et l'homme l'encadrèrent. L'obscurité de l'endroit ne gênait pas Línnahon, mais le mage n'y voyait pas grand-chose. Le lutin dut le deviner, car le sol se mit lentement à luire et à répandre sous le visage des nouveaux-venus un halo zinzolin. Un à un, des détails de la boîte s'insinuèrent sur chacun de ses côtés, révélant à leur tour d'autres formes, plus infimes encore dont un homme debout, un homme singulier.

Il était une incrustation d'or rehaussé de filigranes d'un métal ocre, qui changeait de teinte et chatoyait quand on bougeait légèrement la tête. Il tenait une lyre, et les notes qui fleurissaient par-delà les cordes étaient des pétales adamantins. Devant lui, une licorne se dressait, sa crinière et sa queue panachée mêlées à des citrines.

Pïl'k fit glisser ses doigts courts et potelés sur les reliefs luxueux, mettant en évidence des ajours, jusque-là inexistants. La boîte s'entrebâilla sous les derniers tâtonnements du lutin, qui souleva alors le couvercle.

L'intérieur était capitonné de soie irisée. Tout à fait au centre reposait le prétendu poil de la crinière d'Ankën. Lové sur lui-même en plusieurs points, il avait l'aspect d'un filigrane de lumière et de glace opaline, tout à la fois. À ses contours, d'infimes réseaux de givre miroitaient.

– Orlena l'a longtemps porté en broche sur sa poitrine, avant que d'en faire don au *Cœur*. Il fouilla ses poches, en tira une petite cuiller ainsi qu'une bouteille pas plus grosse que son pouce. Il tourna la tête, dévisagea le nain et le mage. Êtes-vous certain de vouloir ceci ? Ce n'est que le poil d'une jument habitée par la folie des grandeurs !

– C'est une belle folie que celle qui l'habite, insista Línnahon.

– Et si intense qu'elle lui permit d'aller d'univers en univers, sans se soucier de rien autre, renchérit Zar'ouath.

Pïl'k haussa les épaules et soupira.

– Le fétichisme des Nains et des Hommes m'échappera toujours. Il est accroché à eux comme un morpion. Enfin. Si telle est votre requête.

Dès que la cuiller eut effleuré le crin, ce dernier devint poussières. Il ouvrit la minuscule bouteille et glissa méticuleusement chaque grain, qui tinta contre le verre. Quand il eut achevé sa tâche, il offrit le tout au nain.

– Je ne vous demande pas ce que vous ferez de ce poil, ce n'est pas mes oignons ! »

Là-dessus, il referma la boîte et la repoussa du pied pour ne plus y penser.

La tiédeur roula sur le visage de Hild. Par-dessus cette tiédeur, il y en avait une autre. Elle faisait comme un sourire, comme d'adorables doigts d'amour le long de ses joues empourprées par le jour généreux. Une bourrasque vint jouer le trouble-fête, soufflant sur le regard d'Aaïla le poudrin doré du Saut-de-Tworn. Les grains de vapeur passèrent le balcon, pour aller se reposer sur le feuillage miroitant des yeuses de l'Yrladiss.

La fillette examina un long moment la ligne des cimes ainsi que le sommet de l'observatoire de Færenär. Une sensation étrange l'envahit. Lorsqu'elle se retourna, une silhouette tombait dans son regard.

« *Toi* ? fit la fillette en pensée, mi surprise mi ravie.

– *Que cherchais-tu, là-bas, aux franges des arbres, dans les reflets que jette l'observatoire, tout autour de lui ?*

Elle ne l'avait jamais vue habillée d'une façon si sombre. Ses cheveux étaient défaits et retombaient sur ses épaules, comme après une longue bataille, une longue course. Le plus curieux, c'était que leur gaine paraissait sensible aux mouvances des lueurs de cette dimension, bien qu'elle ne lui appartînt pas, enfin, c'était ce qu'Aaïla avait toujours cru. Des perles couleur d'isatis flottaient à la périphérie de ses lobs d'oreilles, pareilles à des lunes qui suivraient leur incessant ballet autour d'une étoile. Elle était bel et bien adossée au garde-fou du balcon. L'enfant se demanda si elle n'était pas passée dans sa dimension, à moins qu'elle ne l'y eût poussée par le pouvoir de la perle.

– *Que cherchais-tu ?* redemanda la femme.

– *Des traces de Lewild, finit-elle par dire. Je me demandai si elle est encore elle, si la* feuille-de-soleil *ne l'a pas transformée tout entière en l'unique désir de me voir, et de me serrer contre elle.*

L'espace d'une seconde, elle discerna un voile d'amertume dans l'ombre de ses yeux.

– *Je t'assure qu'elle va bien.*

– *Comment le sais-tu ?*

Elle hésita à lui répondre.

– *Je peux me rendre dans un endroit où le fleuve-du-temps m'est accessible. Quand les dangers qui le hantent ne me voient pas, je peux apercevoir ce-qui-pourrait-être, ce-qui-a-été.*

– *Vous êtes allée là-bas, juste pour Lewild ? Juste pour me le rapporter ?*

– *Non. Je réponds simplement à une question que tu m'as posée.*

Ses mots blessèrent l'enfant. Den Kôdha le perçut. Elle ressentait la petite en elle, dans ce qui lui restait d'elle, comme les feux lointains de sa chair. L'avoir froissée la peinait. Elle ne fit pourtant rien pour se faire pardonner, ni même pour regagner sa confiance, à croire qu'elle cherchait à l'éloigner de son amour, à tout le moins d'altérer leur amitié.

– *Lewild n'est pas ma mère, je le sais. Je sais aussi que je lui dois tout pour ce que je suis, que je dois tout à Mnadisika, comme je vous dois tout pour le lourd fardeau de l'abandon.* Elle se tut un moment, en attente d'une réaction. Les sourcils d'Elliador s'arc-boutèrent, tandis que le reste du visage restait impassible. *Zar'ouath ne se serait pas réveillé sans moi, sans l'abandon, n'est-ce pas ? L'avez-vous fait pour moi, ou pour lui ? L'avez-vous fait pour qu'il vous revienne, car c'est bien ce que vous attendez, qu'il se retrouve à vos côtés, enfin.*

Quelque part, la princesse d'Ousse pleurait. Elle ne montra pas cette partie d'elle, éloignée, repoussée fort loin aux tournoiements de la cascade. Malgré tout, il lui revint une pâleur extrême de l'état ravagé par le chagrin de tout son être. Ses lèvres s'entrebâillèrent. Elle pouvait sans doute parler, mais elle ne voulait pas réveiller le garçon.

– *J'attends Zar'ouath depuis toujours. J'ai choisi volontairement l'exil, quitte à ce que mon âme soit déchirée par les chiens de l'Obscur qui rodent et chassent dans les plis-du-temps, à l'affût de ceux qui refusent de s'en aller. J'ai abandonné mes pouvoirs dans cet univers, pour toi, pour ton souvenir, et l'espoir que tu reviendrais et survivrais.* Elle marqua une pause. *Comprends-tu l'amour qui me porte vers lui ? Je m'affole lorsque je me retourne sur mon chemin, et que je ne le vois pas. N'aimes-tu pas Hild comme une partie de toi-même, sans quoi tu serais perdue, incomplète, inachevée et lasse ? N'élève-t-il pas au fond de toi des aurores de fumée où tu aimerais plonger, avec lui ? N'élève-t-il pas en toi ce que tu ne serais jamais à même d'appeler sans la chaleur de son cœur ?*

Elle se souvint qu'elle avait retrouvé le chemin du corps de Zar'ouath, quand elle avait gagné un moment la raison de la nymphe, de Karëne. Elle décolla son bassin du bord du balcon. Des ombres onctueuses et légères se dessinèrent sur la pierre, au bout de ses doigts. Aaïla déglutit, ses pupilles posées sur le dormeur.

– *Pourquoi en a-t-on fait la* mémoire *d'Ousse ? Les visions ne lui apportent que souffrance, peur, mort et mélancolie. Elles m'éloignent de lui. À quoi sert tout cela ? En serai-je séparée, moi aussi ? Devrais-je me perdre et me cacher, affronter les chiens de Hâân pour le retrouver, à mon tour ? Cette histoire de transmission de pouvoir a quelque chose d'absurde. Ne puis-je vivre, comme les autres enfants ?*

– *Je ne peux répondre à ta question*, répondit-elle en baissant le front, comme à regret, comme si elle lui scellait ce qu'elle savait. *Cependant, j'ai des choses à te dire, Aaïla. Je suis retournée sur les berges du fleuve-du-temps. Les Sept m'ont protégé un temps de Leur Aura, là-bas, pour que je puisse voir ce que je devais, et te le redire. Les êtres ne sont pas toujours ceux que l'on croit, Aaïla. Hoÿtak est devenu Lána, qui n'est peut-être plus celle dont Zar'ouath t'a parlée. Hoÿtak peut changer son apparence, à sa guise, comme le caméléon, bien que lui s'y prenne d'une façon plus abominable. Il s'empare d'un corps, déchire et mange l'esprit qui y est lié pour y fixer le sien.*

– *Il a changé de forme ? Nous le côtoyons chaque jour, ici même, sans nous en être aperçu ?*

– *Non, mais il se montrera à vous. Tu dois savoir qu'il t'affrontera, mais il ne sait où, ni quand, bien que l'heure approche, assurément. Zar'ouath ne sera peut-être plus avec toi, alors.* Les ombres que donnait le Soleil de son corps se fanèrent une seconde. *Je voulais te dire que j'ai vu une île, dans les roseaux des berges. Dis à Zar'ouath que votre route devra se porter au nord, vers l'île des femmes. Dis-lui aussi qu'Orkose est la limite, notre limite, qu'il ne l'oublie pas, que c'est ainsi.* »

Elle se tut, et se rapprocha de la fillette. Elle mit ses paumes à ses tempes et embrassa ses lèvres. L'enfant sentit la tiédeur de son corps, l'harmonie de ses pensées troublée par leur contact. Quand elle eut retiré sa bouche, sa silhouette faseyait et elle disparaissait.

CHAPITRE LIV

Au ciel parme et rose, elle lève son visage séraphin. Tout là-haut, au ponant qui miroite les oiseaux tournent, languissamment. Parfois, hésitant et soucieux devient leur vol, comme s'ils étaient tiraillés entre un désir pressant de fuir, un besoin de se reposer, le besoin de se coucher sur le premier coin de terre ferme et d'y sommeiller, jusqu'à leur dernier souffle dans la rosée à peine éclose aux lèvres des mousses.

Orlena attend. Elle observe. Les brumes se pressent devant elle, agitées par l'insondable opacité. Dans son dos, la clarté est gagnée par les franges obscures. Les tournoiements d'oiseaux appellent son regard, une nouvelle fois, dans les nacarats du soir. La nymphe se dit qu'ils font cela pour elle, pour lui montrer qu'il n'y a peut-être pas de clef à tout, puisque leurs ancêtres se sont libérés des essences, des tumultes du monde, afin d'effleurer l'éther et le marmoréen tissu du passage des étoiles, dans la brune, mais eux sont restés composants d'une inexplicable énigme.

Cependant ils planent encore au-dessus de leur ancien monde, comme fascinés et fidèles, au bout du compte, par des bribes de ce qu'ils n'ont pas saisi mais qui les retiennent, tel un ineffable chant. Un éclat d'or passe dans l'horizon. Elle en est aveuglée… »

L'aède chenu se tut, sa voix fruitée remplacée par les plaintes lointaines des rouleaux et des vagues qui se jetaient et s'évanouissaient, en rubans d'écume, sur les récifs et les rochers qui affleuraient. Il donna une inflexion légère à la barre. La voile du bateau claqua, infusant un doux sursaut dans le corps de la fillette et du garçon, assis tout à côté du vieil homme.

Ceux qui menaient les felouques légères vers l'île d'Elhys, l'Île des Femmes, pour ravitailler les prêtresses ne portaient pas de nom. Ils étaient choisis bien avant leur naissance, dans les secrets parfumés de l'île. Leurs futurs parents recevaient ensuite la visite de quelques-unes de ces femmes étranges qui vivent là-bas, et vouent leur vie entière aux présages et à l'adoration des Sept. Celui-là faisait, d'après ce qu'en savait Línnahon, le voyage entre Léndor et Elhys depuis quatre-vingts années.

Les prêtresses étaient friandes de feuilles, de fleurs et d'herbes des plus diverses qui ne poussaient pas sur leur île, mais dont elles connaissaient l'existence en des lieux plus propices, grâce à leur savoir pérenne. Un accord tacite avait été passé entre les prêtresses et ceux de la Grande-terre. Leurs onguents, leurs cordiaux et leurs baumes étaient prisés par les Nains et les hommes du Narönggath. En échange, elles recevaient de quoi vivre.

Loin au-dessus d'eux, des bosquets de mouettes dérivaient, suivant un point qui se déplaçait, de plus en plus loin, de plus en plus haut en direction de l'infini. Elles ressemblaient à des pétales blancs qui se dissolvaient dans le bleu pur et frais. Car il faisait déjà froid dans cette partie septentrionale du royaume du Narönggath, preuve s'il en fallait que l'hiver ne tarderait pas à descendre plus au sud, vers les plaines et l'estuaire du Serpent-d'Or. On avait fourni des vestes chaudes aux enfants, dont le poids conséquent les mettait mal à l'aise, eux qui aimaient les caresses des vents et du Soleil. Ils s'amusèrent fort de voir leur respiration mourir en panache, devant leur bouche, les mêlant parfois, mais aussi se soufflant dans l'oreille.

Le vieil homme ne regardait jamais où les inclinaisons de sa main menaient le bateau. Il connaissait cette route par cœur.

Tandis que la felouque entamait une longue boucle afin d'éviter une bordure rocheuse, la petite eut un long moment sur sa droite l'Île d'Elhys en vue. Ses pupilles se rétrécirent au point de n'être que deux brindilles dans ses iris bistre.

Elle était en totalité recouverte de neige, que ce fût en bordure d'océan qu'en son plus haut point montagneux, qui faisait comme le faite d'un chapeau pointu surplombant l'étendue océane. Il n'y avait pas d'arbres, rien autre que la neige et l'eau, rien autre que les nuances solaires jouant sur les cristaux éblouissants, les congères oblongues.

Elle commença de douter qu'il y eût âme qui vivât en ce lieu. Malgré tout, ses sens affirmaient le contraire. Elle avait vu une carte de l'île dans la tour de Línnahon. La seule ville d'Elhys, qui portait le nom de Ísdor, était située tout au nord. Un bref instant, la petite sentit la distance relative de l'esprit du vieil homme se relâcher, s'assouplir, pour s'amoindrir. Elle l'observa, saisissant le point où portait son regard, tout à fait en haut de l'unique mat, vers la danse d'une flamme d'étoffe blanche allumée de points dorés, qui lançaient des lueurs. Elle en conclut qu'il devait s'agir d'une sorte de signal établi depuis fort longtemps, entre lui et les habitantes de l'île. Là-bas, elles comprendraient qu'il ne venait pas seul avec ses feuilles sèches et ses plantes qui embaumaient les flancs de son esquif léger, mais qu'il avait navigué jusque-là avec des invitées de marque.

Zar'ouath mit une main sur son chapeau afin d'éviter que le vent ne le lui dérobât. Kryon lui manquait déjà. Il l'avait laissé libre d'aller aux plaines du Narönggath, le voyage vers Elhys ne lui permettant pas de la garder avec lui. Il y avait bien ce gros chat paresseux à l'esprit madré, qu'il avait pu emmener mais malgré le réconfort de sa présence, quelque chose s'était fendillé. Sans doute y avait-il un peu du récit d'Aaïla, de l'apparition d'Elliador à un balcon du palais d'All'Rïnx qui le préoccupait. La petite lui avait répété ses paroles. Il n'avait pas tiqué, comme s'il attendait autre chose.

Línnahon tendit une main vers la tête de Nahib. Le gros chat bâilla et remit son menton sur ses pattes de devant, croisées l'une sur l'autre.

« Votre chat me semble bien las. Aurait-il le mal de mer ?

– C'est le fraîchin, confia Zar'ouath. Il adore le poisson, mais son odeur le répugne. Vous ne le verrez jamais en manger, à la condition explicite qu'on lui en eût cuisiné, et encore, à la vapeur, avec les herbes de son choix.

– Il s'entendrait bien avec Pïl'k. Il m'a tout l'air d'être tout aussi facétieux.

– Ne parlez pas trop fort de lui, il risquerait de vous prendre en grippe.

– En grippe ?

– Il a beau paraître immensément exténué et cagnard, il n'en est pas pour autant doté d'étonnantes facultés. N'oubliez pas qu'il est le compagnon d'un mage, et que je ne m'entoure pas de n'importe qui.

– Dois-je le prendre pour moi ?

– Comprenez-le comme vous l'entendez. J'espère juste que votre degré de fatuité n'est pas trop élevé.

Ils gloussèrent. Leur joie gagna le cœur des enfants et du marin, qui se mirent à sourire à leur tour, même s'ils n'avaient pas saisi le moindre mot de leur conversation, mais ça faisait du bien de rire, tellement de bien.

– J'aurais aimé revoir Florffinlën, avant de partir pour Orkose, avoua le mage après un long silence. Quand il avait dit cela, sa voix avait fait un écart.

– Vous la reverrez peut-être avant la fin de votre voyage ? Je sais qu'elle n'est pas loin. Il faut lui laisser un peu de temps. Dans la même journée elle a perdu Gálwïn, retrouvé Fannílos. Il buta sur ses mots. J'ai perdu Gálwïn et Dzyna. J'ai gagné une nouvelle *sœur*.

– Vous m'étonnez. Vous raisonnez comme un homme, Línnahon, avec ses limites sur le temps, les impasses auxquelles se confrontent ses pensées.

Est-ce ainsi que raisonnent les Nains ? Vous savez qu'ils vont bien, qu'ils ont juste quitté notre plan, voilà tout.

– Les retrouverai-je, à mon tour ? N'auront-ils pas changé au point que je ne les reconnaîtrais plus, qu'ils ne me reconnaîtront plus ?

– Ils changeront. Ce qui ne change pas s'étiole et s'appauvrit. Il faut changer pour évoluer.

À la poupe, le vieil homme leva un bras au ciel, attirant l'attention des enfants sur les voltiges hasardeuses d'une mouette. Ses ailes élastiques semblaient sur le point de rompre aux remous de l'air, mais elles recouvraient toujours leur planéité. L'oiseau de l'écume et de l'azur filait droit à la verticale.

– Les prêtresses l'envoient pour nous voir, confia-t-il. C'est un bon présage. Cette mouette est la préférée de la Mère. Elle est d'une adresse que vous ne pourriez soupçonner, chers petits.

– Qu'a-t-elle de si particulier ? demanda Hild.

Le marin joua sur la barre avec dextérité. La course de la felouque s'incurva. Les rivages de l'île se rapprochaient, mais il n'y avait rien autre que la neige à admirer et les mains de goélands qui s'envolaient, dès que le bateau venait frôler leur territoire de rochers à fleur d'eau.

– Elle peut dérober une perle, au front même de la Dame de la Nuit, sans même que celle-ci ne s'en rendre compte alors qu'elle cède ses quartiers tout enrubannés de ses sortilèges au levant. Il inspira l'iode. Une fois, son vol l'a portée sur cette lune, quand elle n'était qu'un croissant. Il y pousse des fleurs uniquement dans le décroît de cet astre. Elle en a ramassé une, et l'a portée à la Mère.

La mouette battit une dernière fois des ailes au-dessus de la felouque, avant de s'en retourner aux éblouissements de l'Île d'Elhys. Tous fixèrent la côte, à la recherche d'une hypothétique habitation, du moindre signe tangible de vie. Ils se demandèrent si ce bateau était bien réel, s'ils ne s'étaient pas endormis, quelque part dans l'Yrladiss, pour être les victimes de ce songe délicieux. Ils furent dans cet état où la réalité ne semble pouvoir être définie que par un parfum où une lointaine musique, jusqu'à ce que des silhouettes se fussent avancées au bord des vagues, sur ce qu'ils avaient pris pour de l'eau, et qui était une courte jetée de pierre grise qui se confondait aux flocons d'écume.

Une paume sur son front, Aaïla aperçut d'infimes spirales de fumée s'échapper de la neige, çà et là, pour disparaître peu après. Lorsque le bateau fut plus proche de la côte, elle distingua les fines silhouettes qui approchaient de l'océan. Le vent bataillait leurs longues chevelures, tandis que leurs corps restaient impassibles et droits, ne déviant pas de leur sente.

Línnahon et Zar'ouath furent vites à aider le vieil homme à prendre des ris, attachant les garcettes désignées par ce dernier ; ça avait l'air de l'amuser follement de donner des ordres à un nain et un mage, mais ils savaient que sous cet manière d'amusement se cachait une forme d'admiration. La vitesse de la felouque se stabilisa, pour bientôt s'amoindrir.

Au bout de la jetée ils comptèrent dix prêtresses. Sept se tenaient légèrement en retrait, emmitouflées dans de longues vestes liliales. Une prêtresse âgée se tenait devant elles, accompagnée de deux fillettes, qui ne devaient pas avoir plus d'années qu'Aaïla. Elle se pencha aux oreilles de celles qui étaient ses apprenties. Les sifflements du vent dissimulaient sa voix. Quand elle eut redressé le buste, les fillettes se pressaient d'aller attraper la corde que le vieil homme leur lançait du bateau. La coque de l'embarcation tossa quelques instants contre la jetée avant de s'immobiliser. Les mouettes se rapprochèrent du haut mât et se mirent à tourner dans sa musique.

Hild et Aaïla se levèrent. Les fillettes étaient nu-pieds, comme les autres femmes qui attendaient, les avant-bras camouflés dans leurs longues manches. Leur visage était ovale, d'une peau rose et lisse, comme du marbre, sans pigmentation aucune autre que le pourpre délicat aux joues. Leurs yeux étaient rêveurs, d'un bleu argenté, avec en leur centre une pupille d'un noir d'onyx. Le gros chat sauta le premier sur l'étroite bande pierreuse. Il observa les prêtresses et décida de s'asseoir et d'attendre, d'une façon fort aristocratique. Le marin prit Aaïla dans ses bras, tandis que le mage en faisait tout autant du garçon, qu'il porta hors de la felouque. Le nain resta une minute en retrait, gravant la scène dans sa mémoire.

La Mère avança, suivie de ses sœurs. Aaïla saisit de suite l'étrangeté de son ombre, qui se mouvait derrière elle avec un léger décalage, comme si c'était une forme accrochée à son corps, et non son ombre jouée sous l'effet du Soleil. La mouette qu'ils avaient déjà vue se posa à ses pieds. La Mère fixa le marin, le nain et le mage.

« Loué soit All'Rïnx, roi des Nains et votre père, prince Línnahon ! Loués soient ceux qui comme vous préservent le *Cœur* ! commença-t-elle de son timbre caprin.

Le nain ôta son chapeau puis la salua bien bas, guère désappointé qu'elle sût son identité. Ils virent à quel point sa chevelure était imposante, mais tout juste eurent-ils le temps de l'apercevoir plus avant, car il reposait déjà son couvre-chef usé sur son crâne.

– Une grande tempête a passé sur le Narönggath, Mère. Elle semble s'être apaisée. Mais c'est à nous tous de prendre garde, de prendre soin qu'elle ne se réveille pas.

La Mère opina du chef.

– Nous savons tout ceci, prince, en dépit de notre éloignement. Nous savons aussi que des amis qui nous étaient chers, qui *vous* étaient chers, nous ont quittés. Mais ceux qui s'en retournent autre part nous reviennent toujours, porteurs d'autres espoirs, fit-elle en dévisageant Aaïla, qui se colla à Zar'ouath. Mage des Sept Terres, nous attendions votre venue, sans trop savoir quand, mais nous vous guettions. Nous vous rendons grâce. Elle posa ses paumes contre ses tempes et les leva aux cieux. Il semble que les chemins se croisent et aboutissent, enfin, et que des voyages approchent de leur terme pour décider de notre sort, à tous. Elle fut parcourut d'un frisson et se recroquevilla, sous l'action de ce qui ressemblait à de la douleur qu'elle tenait en respect à grand-peine. Les deux fillettes vinrent la soutenir. Elles attendirent que cela passât. Il ne faut pas rester ici, reprit-elle plus bas. Allons plutôt au chaud. Vous avez sûrement faim depuis votre départ de Léndor.

Le vieux marin allait s'enquérir de hisser les sacs de feuilles sur la jetée quand la Mère l'appela.

– Laissez donc pour le moment, ami chenu des terres du Narönggath, et joignez-vous à nous. »

Le marin se plia d'une révérence imprécise. La mouette s'envola, pour s'aller perdre dans un nuage.

Ce que les nains et les hommes appelaient la ville d'Ísdor n'était en fait rien autre qu'un labyrinthe de galeries situé sous la montagne conique. L'entrée principale faisait face au nord, non loin de la jetée. Elle bifurquait dans une semi pénombre sur quelque trente mètres, pour déboucher dans une salle baignée des clartés qui tombaient du plafond, par une multitude de trous aux tailles diverses, en pinceaux ou en cylindres d'argent et d'or. Le sol était dallé d'une pierre vermeille, tout aussi lisse et patinée que les murs. Les voyageurs s'arrêtèrent un instant en ce lieu. Leurs oreilles bourdonnèrent, jusqu'à ce qu'elles fussent apprivoisées par l'acouphène prégnant. À mesure qu'ils s'habituaient à tout cela, ils purent discerner des murmures et d'autres sons, plus lointains, qui venaient d'un peu partout, intriguant leur corps et leur conscience.

En face, à gauche et à droite, des porches ovales faisaient des avancées prononcées dans la salle, semblables à des paupières, derrière lesquelles des regards intimidés les observaient. Selon que des nébulosités flânaient au-dehors, à la barbe brûlante du Soleil, les ombres et les clartés se disputaient les couloirs qui partaient de là.

Les prêtresses s'en allèrent à gauche, abandonnant les filets éphémères de leurs parfums surets. Seules restèrent la Mère, les deux fillettes et les nouveaux venus. La vieille prêtresse paraissait aller mieux. À dire vrai, ils se demandaient ce qui l'avait fait souffrir à ce point au bord de l'océan. Elle flatta l'air de sa paume et les invita à aller droit devant. Comme ils traversaient la pièce, Aaïla leva la tête, charmée par tous ces grains qui dansaient au-dessus d'eux.

« Vous devriez prendre le chat dans vos bras, mage. Il pourrait se perdre, recommanda la Mère. Ísdor continue sous l'eau. Il est des couloirs où l'océan s'approche, parfois, et coupe toute retraite. On pourrait s'y noyer. »

Une des fillettes s'agenouilla devant Nahib, faisant un bruit mouillé qui se voulut une expression d'amitié, du bout des lèvres, quelque chose entre le gazouillis et le baiser. Le félin s'arrêta et la regarda. Elle dut lui plaire car il s'enroula à sa cheville nue et se laissa prendre par ses mains frêles. Zar'ouath ne fit aucun commentaire, mais le coup d'œil échangé avec Línnahon disait combien il trouvait incorrigible son compagnon à quatre pattes qui ne supportait pas qu'on le touchât. Le nain haussa les épaules et sourit.

Ils marchèrent un bon moment sous la montagne, dans les bourdonnements légers et les chuchotements que faisait l'éclosion des vagues. Les couloirs où volaient des papillons de lumière et d'ombre se succédaient et se ressemblaient. Ils croisèrent fort peu de personnes. Et, quand des groupes de deux ou trois femmes venaient à passer près d'eux, ils ne s'attardaient pas. Elles, elles saluaient la Mère, baissaient le front en découvrant le mage, le nain et les deux enfants de l'Yss'Bahâr', quand ils ne faisaient pas leur possible pour s'esquiver, et peut-être, retourner sur leurs pas avant d'avoir été repérés. Se jugeaient-elle indignes d'être vues ?

La petite en fut étonnée, au tout début, pour en être tout à fait gênée à la fin, se sentant comme responsable d'une faute dont elle ignorait la teneur, et qui lui échappait. Les prêtresses voyaient-elles en elle quelque chose qu'elle ne comprenait pas, que ses sens lui dissimulaient, dont elle ne saisissait pas l'ampleur ? Leur faisait-elle tout simplement peur ? Voyait-elle en elle une forme de monstre ? À ce moment de ses interrogations, la main du garçon, de son plus cher ami se resserra sur la sienne.

Lorsque Nahib miaula ostensiblement afin qu'on le reposât, ils étaient enfin au bout de leur route de par les dédales d'Ísdor. La Mère et les fillettes s'engouffrèrent sous un porche, au bout duquel un rideau de toile grise et d'aspect rêche qui tombait bas sur le sol faisait une limite aux tournoiements lumineux. Ils furent tout étonnés quand ils touchèrent l'étoffe pour la soulever, et passer de l'autre côté. Sa texture n'était pas celle qu'ils s'étaient imaginés, plus douce que rugueuse, et si douce, qu'ils eurent envie de reposer leur paume dessus, encore, entêtés par ce contact, aussi bref fut-il.

Au-delà, une pièce circulaire baignait dans les halos de trois quinquets, dont l'huile perlait à l'économie. Deux tables longues et basses, qui devaient servir de lit car des couvertures étaient soigneusement pliées en leurs bords, se trouvaient sur la gauche.

Le mage plissa les paupières sur les objets réunis au centre de la pièce. Une vasque au bois épais contenait des miettes de feuilles aux coloris divers ; il s'en dégageait un parfum puissant, épicé. Il y avait un sac et un pilon. Le tout était posé non loin d'un dessin géométrique fait de trois cercles blancs, lovés à une spirale grise. Ils avaient dû être tracés à même le sol avec les pastels abandonnés sur un coussin. Une des fillettes s'empressa d'aller recouvrir la vasque et de la poser sur l'étagère, tout à droite, encombrée de nombreux pots, tandis que l'autre enfant ramassait avec parcimonie les morceaux de feuilles et les remettait dans leur sac.

Quand ils furent tous au sein de la pièce la lumière s'éleva, comme si quelque chose avait prévenu les lampes de leurs présences. Ce ne fut qu'après coup qu'ils songèrent au froid du dehors, qu'ils avaient oublié tant la température était agréable ici. Cela venait du sol, qui dégageait une expression de tiédeur. Sa production leur était un mystère. Les lits furent rapprochés. Le mage et ses jeunes compagnons s'assirent sur ce qui devint des sièges de fortune, le vieux marin prenant place aux côtés de la Mère, le visage comme apaisé. Línnahon s'assit en tailleur, sa large corpulence ne lui permettant pas de se tenir à leur côté. À les regarder tous deux, Zar'ouath comprit qu'une complicité profonde liait le marin et la prêtresse, que cela n'était pas la première fois qu'ils se retrouvaient ainsi, dans cette façon d'alcôve. Nahib se rapprocha des cercles de pastel et les renifla. La Mère effaça du doigt un bord de la spirale, tandis que le mage faisait de même, en vis-à-vis, une étincelle de connivence aux yeux. Le gros chat se mit sur son séant et fit comme une grimace, à croire que le monde entier se liguait contre lui.

« Votre chat ne sait-il pas que les lignes et les courbes sont liées à d'autres univers ? Leur contemplation n'est pas anodine, ironisa gentiment la prêtresse.

– Nahib ne doute jamais de rien, jusqu'à ce que ses moustaches ne soient calcinées pour prix de sa curiosité et de son impudence, fit le mage, recueillant un œil peu amène de la part de l'intéressé.

– Un chat comme lui, dit le marin, je n'en ai jamais vu. Des exocets sont passés par-dessus la felouque. Il n'a même pas daigné en attraper un !

– Un chat impudent, mais fort respectueux de tout ce qui vit, constata la Mère en gratifiant le félin d'une caresse.

Aaïla et Hild donnèrent chacun un coup de coude au mage, qui se mit à rire, et tous de le suivre dans sa bonne humeur.

Les fillettes s'en allèrent quelques minutes avant de réapparaître, chacune les bras encombrés d'un large plateau chargé de bols, de petites assiettes en terre cuite d'où s'échappaient des fumets délicieux. Elles les posèrent à même le sol et s'en retournèrent, par-delà le rideau, emportant avec elles le mystère de leur grâce. La Mère haussa les sourcils à l'intention du mage, du nain et des enfants, accompagnant son invitation à manger d'un geste de la main.

– Nos produits et notre cuisine ne sont pas aussi bons et louables que ceux du Narönggath. Nous faisons ce que nous pouvons avec ce que l'océan daigne nous laisser, sans omettre ce que l'aède des terres nous apporte, expliqua-t-elle en jetant un bref regard au marin. Mangez, tant que c'est chaud. »

Quand ils en furent à la liqueur, que même les enfants goûtèrent, échangeant force grimace à l'apprentissage de cette boisson coriace, la Mère avait entendu l'histoire de Zar'ouath et de son voyage depuis le lointain désert d'Yss'Bahâr'.

Elle ne fut guère étonnée de la guerre qui avait déferlé sur le pays des Nains, puisqu'elle était plus renseignée que quiconque sur les événements majeurs du monde. La science des prêtresses d'Elhys le leur permettait.

À l'évocation de la sylve des Eaux elle plia le buste, goûtant la voix du mage comme du miel qui ne se consomme qu'une fois dans toute une vie. Elle sentait depuis toujours la présence lointaine de ses sœurs, bien qu'elle ne les eût jamais vues. Elle comprit que le mage ne lui contait pas tout de son séjour parmi les Nymphes, mais elle ne lui en tint pas rigueur. L'état de son cœur ne la regardait pas, bien qu'il comptât plus que tout dans ce long périple qui l'avait mené jusqu'ici avec le crin d'Ankën.

Línnahon avala un filet de digestif, avant de sortir la minuscule bouteille qui contenait la poussière d'or. Un éclat fugace passa dans la pièce. La Mère pencha son visage, puis reprit sa position initiale sur le lit. Quelque chose se confirmait dans son esprit, c'était ce qu'Aaïla devinait, dans le hochement quasi imperceptible de son front.

« Je vous ai dit que nous vous attendions, mage des Sept Terres, car nous vous avons souvent aperçu dans la fumée des soirs, celle qui remonte de l'écume des vagues, à l'Ouest d'Ísdor. J'ai vu votre désert, qui est beau, comme une mort sereine vous enroule, vous ensorcelle et vous étouffe. J'ai vu la cité d'Ousse, le peuple mystérieux qui y vit, et joue dans les rares ombres des dunes et des ruines. Elle fit une brève pause. J'ignorai que le Temps avait préservé le crin d'Ankën. Les souvenirs éclairés se conservent donc sans être ternis, ni travestis par les âges. Où l'avez-vous donc trouvé ?

– Quelque part dans le *Cœur*, répondit le nain, évasif.

– Qui vous a poussés à venir nous voir ?

L'homme et la fillette se dévisagèrent. Elle allait se décider à parler à sa place lorsque le timbre de sa voix s'éleva. Elle entendit son cœur, telle une plainte humide, bien que sa voix fût paisible, maîtrisée. La Mère savait déjà ce qu'il lui répondrait, que les chemins du Temps en avaient décidé ainsi pour le préparer à la fin du voyage, mais elle ne savait pas tout.

– Elliador Den Kôdha. Elle a parlé de vous à Aaïla. Il passa une main dans ses franges sombres, qui fut une soie ondoyante entre ses phalanges. Elle nous a parlés de l'Île des Femmes, de nous y rendre avec le crin. Elle a parlé d'Orkose, que c'était la limite, notre limite. »

Le visage de la Mère s'assombrit.

CHAPITRE LV

Au bord intangible du monde, Shââni sans faiblir la porta. Si légère fut-elle contre lui qu'Il craignit maintes fois qu'elle ne fut morte, alors qu'Il passait les derniers escarpements de la forêt de cèdres. Oui, Il redouta que son ultime souffle lui échappât sans qu'Il pût l'entendre, sans qu'Il pût la rassurer de son timbre à nul autre pareil.

Au bord du Monde, au contact de l'infini qui frémissait, ondoyait dans sa chevelure, une épaule effleurant l'espace, un pied aux anneaux des planètes, Shââni se mêla au regard brumeux d'Aldéane, qui vers ses joues ses doigts fébriles se tendit tout entier. Du sang coulait encore de sa blessure. Et, les pennes de cette flèche que ne remuait plus ravivèrent son impuissance. Il n'y pouvait rien, Lui, Le *sans-fin*, contre ce dard empoisonné tiré par une femme éperdue, abandonnée par l'amour qu'elle espérait tant de Lui. Et pas même la larme qui coula hors de ses paupières vers sa bouche à demi ouverte ne put la ramener à sa conscience. Elle se brisa entre ses paumes qui étaient le jour, arantèle déchirée par les vents. Alors, au Bord-du-Monde, Shââni se fondit à l'infini, le spectre d'Aldéane au cœur de sa démesure… »

Sous les frémissements du soir, la Mère conduisit le mage aux franges mouvantes de l'océan, sur une aspre courte qui dominait l'intérieur d'une hanse. Ils prirent le temps de contempler les couleurs qui remontaient par-dessus l'horizon. Elles se troublèrent, rougeoyèrent, se ternirent et s'assombrirent jusqu'à choir dans un crépuscule qui avait quelque chose du néant, en cet instant précis. Zar'ouath avait ôté son chapeau. Le vent vif et iodé lui procurait le plus grand bien au visage et à la tête.

« Ainsi, vous avez par deux fois croisé les sirènes d'Irtys ? Ceux qui les rencontrent disparaissent à jamais, devenant les trophées de leurs parures. Qu'adviendra-t-il de vous, mage, pour prix de cette chance inouïe ?

– Si je vous répondais que je m'en moque, me croiriez-vous ?

La Mère l'observa.

Ses iris noirs se dilatèrent avec la nuit, qui tombait. Ses mèches fines et blanches jouèrent sur ses joues, comme la traîne de la robe d'un Élémentaire.

–Vous vous en moquez, parce que tout ce qui compte c'est Aaïla, sa survie contre l'acharnement de Hâân, de ses légions de suppôts qui la poursuivent sans relâche.

– Aussi infime, aussi poussière serai-je que je ferai mon possible pour la soutenir.

– Vous y êtes donc attaché, comme Elliador l'est à vous.

Il quitta ses yeux et fit un geste vers la dernière ligne grise qui s'évanouissait, au point de l'horizon.

– Ne deviez-vous pas me parler d'Orkose et du crin d'Ankën ?

Il éludait ses questions comme l'anguille se joue des nasses posées par le pêcheur. Elle cherchait juste à le comprendre, sans que cela fût pris pour une forme de privauté. Ses blessures étaient-elles bien guéries comment cela se devinait, parfois ? Ne lui avait-il pas parlé d'Elliador sans s'effondrer ? Ne prenait-il pas la main d'Aaïla avec assurance, sans la confondre avec *Enfant, son* enfant ? Elle soupira, intriguée, désappointée par l'état de sa psyché.

– Certains ont approché Orkose par bateau, ils périrent, de faim et de soif. Il n'y a pas de courants viables pour la navigation là-bas, et il faut déployer une énergie épuisante pour s'en extraire ; une attraction étrange laisse obstinément votre embarcation où vous vous trouvez, quoi que vous puissiez faire.

– Qu'allaient-ils chercher là-bas ? La même chose que moi et Aaïla ?

– Non. Les larmes de Shââni ne les intéressaient pas. La curiosité seule d'aller dans ce pays étrange voir les Sept Portes Bleues bâties sur les derniers pas des Dieux de la terre les excitait bien plus. Car, il y a une route précise à prendre pour s'y rendre. L'océan n'est pas le bon moyen. Seule la licorne peut y aller, et tout ce qui fait, ou a fait partie d'elle, peut aider le porteur à l'y mener. Mais, qui autre que vous pouvait venir, avec le crin sacré d'Ankën ?

– Le crin ouvre une route vers Orkose, c'est donc cela.

– Demain, quand l'aube paraîtra, il vous suffira de jeter un peu de la poussière dorée dans l'air vers l'océan, expliqua-t-elle. Votre pouvoir devra faire en sorte que les grains aillent vers le Nord, où le Soleil se lève. Un chemin fait de marches se montrera. Vous devrez le suivre.

– Comment savez-vous tout cela ?

– Nous n'ignorons pas ce qui nous entoure. Ceci fait partie de notre vie. Orkose est depuis longtemps convoité par nos sœurs dégénérées de l'Île des brumes. Elles tiennent plus que tout à dérober les larmes de Shââni, les seules larmes qu'il a laissées parmi nous, à n'importe quel prix, fût-ce celui de la folie éternelle. En cherchant l'Éclairé, elles n'ont trouvé que la ruine et la main de Hâân, qui les dominent et les animent tels les pantins de sa colère envers les Sept.

– Qu'apportent les larmes ?

– Ce que vous êtes, ce que vous serez ou ne serez pas. Qui sait ? Qui a approché ces larmes coulées de la pupille d'un Dieu ?

– Il y a les sahyasis qui vivent à l'Est d'Ousse, dans les monts Zilds. Il semble qu'elles aient un peu de ces larmes, que des hommes les ont prélevées sur celles de Shââni, avant de dresser les Portes Bleues pour en interdire l'accès et les leurs confier. Les sahyasis humectent leurs lèvres à cette eau sacrée dès leur plus jeune âge. Elles prédissent une seule prophétie, meurent juste après. Une sahyasi vint mourir en Ousse, quand les forêts dégageaient encore leurs parfums et que l'Yss'Bahâr' frémissait de sa naissance rousse. Elle est venue voir Elliador pour lui prédire l'*abandon*. Sans cela, je ne serais pas ici, nous ne serions pas ensemble au bord de l'océan. Les larmes n'apportent rien de bon, pas plus aux sahyasis qu'aux hommes. Elles m'ont privé de mon enfant et de mon amour pour me les redonner d'une façon parcellaire qui n'est que souffrance, fit-il en ouvrant son cœur, mais pour combien de temps ? Qu'est-ce qu'Aaïla peut espérer des larmes de Shââni ?

– La maîtrise de la perle du Sii'had, la maîtrise de son être, l'assurance qu'elle restera celle que vous aimez à jamais, celle que Hild aime, que sa petite enfance désire comme la terre, l'ombre onctueuse des arbres, dit-elle, les yeux grands ouverts.

– Croyez-vous réellement que ces larmes lui apporteront tout cela ? Et s'il n'y avait rien du tout au bout de ce voyage, si ces larmes ne s'y trouvaient pas ? L'histoire des hommes est faite d'exagération, de vantardise et de mensonges. Les éons déforment leur mémoire.

– Je comprends mieux pourquoi les Sept vous ont choisi pour aider Aaïla. Vous croyiez sans croire tout à fait, bien que vous soyez né dans leur giron soyeux de la forêt d'Alden. Votre indécision est toujours en balance avec votre foi, comme celui qui s'éloigne de son corps pour mieux s'observer, et se connaître plus avant, sans jamais y parvenir tout à fait. La plupart des mages qui ont ciselé le fleuve du temps étaient imbus d'eux-mêmes, de leurs dons comme de leur supériorité. Vous n'êtes pas de ceux-là. Vos craintes et vos indécisions vous honorent, Zar'ouath. Je comprends Elliador. Je comprends sa foi en vous, son sacrifice, articulé par son amour. J'entraperçois la nacre de votre cœur, entre vos mots.

Il ne répondit pas, bien que sa conscience tout entière s'inclinât à son point de vue.

– À quoi ressemble Orkose ?

– En Orkose, il n'y a ni jour, ni nuit, rien autre qu'une grisaille perpétuelle où fleurissent des fleurs de pénombre et une forêt de verre. Les larmes de Shââni sont au-delà des Sept Portes Bleues, au point que nous appelons le Bord-du-Monde, la fin de notre monde, de nos certitudes.

– Le Bord-du-Monde, murmura le mage, à part soi, gagné par une forme de mélancolie.

Au-dessus d'eux les étoiles apparaissaient, les unes après les autres, ornant le dais nocturne de leur œil étincelant.

Le mage dormit peu la nuit qui suivit cette conversation avec la Mère. Il ressentait un singulier achèvement au fond de lui, la fin de ses douleurs pour autre chose d'absolument indicible, qui se préparait et le prendrait, tout entier, un évènement qu'il avait déjà accepté.

Il se releva dans la petite chambre qu'on lui avait offerte, restant un instant immobile, ébloui par les lueurs des quinquets, les couleurs des murs qui lui furent un chavirement. La chambre des enfants était tout à côté. Il se leva et se tint les tempes, un peu ivre du repos qu'il n'avait pu trouver, qui lui avait mis ai corps un alcool de lassitude. Il traversa le couloir encombré de pénombre pour la pièce où Línnahon était censé dormir.

Il ne le trouva pas dans son lit, mais dans une encoignure incurvée, en un point où la lumière se faisait plus douce. Les longs plis de sa cape étaient posés sur ses genoux. Ses bras étaient cachés en dessous. Il ne voyait que son visage crayeux. Le mage resta sur le seuil, attendant une parole de sa part. Le nain fit un mouvement sous sa cape, dont les côtés se soulevèrent aussitôt, révélant la lame de son épée et les dorures que contenait une petite bouteille.

– Je me demandais quand vous alliez vous décider à venir.

– Prince Línnahon ?

– Tel je suis. Tel est le nom que je porte. Que croyez-vous, craignez-vous que je sois ? Lána ? Hoÿtak ?

L'homme ne tint pas compte de sa remarque. Il entra, s'assit au bord du lit à la recherche de ses mots.

– Ne vous fatiguez pas à me ménager. Je sais ce qui vous amène, mage, et je ne partage pas votre point de vue. Je vous suivrai, insista-t-il, inébranlable.

– Il faudra pourtant vous remettre à ma décision. Seuls les enfants et moi irons en Orkose.

– Qui l'a décrété ? Vous ? Ceux qui ne se montrent jamais ?

Zar'ouath soupira.

– Croyez-vous qu'il faille se montrer pour prouver de sa réalité ?

–Vous tournez le dos à ma question. Pourquoi ne devrais-je pas vous suivre ?

– Vous pourriez venir, oui, mais guère jusqu'au bout du voyage, pas plus loin que la marge d'Orkose en tout cas. Les chemins se croisent et se chevauchent. Tout élément extérieur peut les changer. Notre marge de manœuvre n'a jamais été si restreinte. Votre présence et votre aide joueraient en notre défaveur. Hâân guette le moindre faux pas pour enfreindre les lois qui régissent Orkose. Si vous veniez avant qu'Aaïla n'ait réalisé ce qu'elle a à y faire, Hâân jouerait de son influence pour y apporter un peu plus de ses forces. Jusque-là, un équilibre prévaut en Orkose. Votre présence n'est pas pour cette heure, prince Línnahon.

– Pour quand sera-ce, alors ? demanda-t-il avec un certain dépit.

– Je ne sais. Il se tut, gagné par son amertume. Si toutefois vous y tenez, vous pouvez nous accompagner jusqu'au bord des Portes, mais pas plus loin, m'entendez-vous ?

– J'entends bien, Zar'ouath, le mage qui aura fait plier un prince du Narrönggath.

– D'après les descriptions de la Mère, trois jours devraient nous suffire. Vous patienterez tout ce temps. Passé ce délai, vous pourrez entrer en Orkose.

– J'attendrai. Il leva la main pour lui montrer la poudre dans le verre. De toute façon, vous serez bien obligé de m'emmener jusqu'aux Portes. J'ai le crin d'Ankën.

– Qu'il en soit ainsi. »

Un semblant de sourire passa au visage du nain, pour se perdre dans le sombre de sa mine, tel un cordon d'écume grisâtre englouti par l'océan.

On réveilla les enfants une heure avant l'aube. Les prêtresses les conduisirent au golfe d'Ísdor. Ils n'emportèrent que fort peu d'affaires, se limitant à de l'eau douce, des gâteaux secs et les biscuits ramenés du pays des

Nymphes qu'ils n'avaient pas entamés. Zar'ouath pouvait les nourrir avec les fruits d'Alden, pour peu que son pouvoir ne fût pas entamé.

La Mère et le vieux marin, qui assistaient à leur départ, se tenaient immobiles sur la plage. Les vagues roulaient non loin d'eux, rejetant des lambeaux d'algues que les courants des grands fonds avaient arrachées aux flancs des gouffres abyssaux.

Le nain fit glisser un peu de la poudre d'or dans sa paume. Et, comme il la lançait, le mage les maintint en suspension dans l'air. En quelque instant, la tessiture de l'aube se bouleversa. Ils eurent chacun un éblouissement, avant d'apercevoir un long escalier aux marches blanches s'inscrire dans l'air, au-dessus de l'océan. Tout au bout, un halo bleuté palpitait, et plus loin encore les incarnats du jour s'approchaient par cortèges, se concentrant sur un point très noir. Aaïla fut la première à fouler l'escalier, suivie par Hild et Línnahon. Le mage s'attarda un instant sur la plage, son regard figé dans celui de la Mère. Il lui effleura la paume pour y déposer une fleur avant de s'en aller, à son tour.

L'escalier montait extrêmement haut au-dessus l'océan. Ils en eurent le vertige, mais quelque chose leur disait qu'il n'y avait aucun risque, qu'ils ne pouvaient pas tomber, que des rambardes invisibles les protégeaient de part et d'autre du chemin lumineux.

Au fil de leur progression, les marches s'effaçaient dans leur dos, leur interdisant de rebrousser chemin. Le flottement et la maîtrise des grains furent vite une formalité pour le mage, tout aussi ébloui et stupéfait par le panorama qui s'offrait à son regard que les enfants et le nain.

Ils ne s'arrêtèrent jamais, se gardant des dangers qu'il y avait à le faire s'ils se permettaient de rêvasser en un point quelconque de l'escalier. Les enfants comprirent ce qui étaient en jeu et ne plaignirent pas, malgré leur fatigue croissante. En plusieurs endroits, Aaïla sentit la force du garçon faiblir. Alors elle lui prenait la main, et sans même toucher la perle du Sii'had une énergie passait entre eux, régénérant leurs forces mutuelles.

Leur voyage dura deux heures, peut-être trois, ils ne le surent jamais tant la ronde des minutes leur fut une notion obsolète pour ce chemin qu'ils suivaient, pour ce lieu vers quoi ils se rendaient. Sous eux il n'y avait plus de vagues, aucune de ces lignes qui marquent et suivent le courant. Rien qu'un océan étale dont la surface huileuse était à peine plissée par le vent, qui murmurait sur leur visage.

Quand le Soleil fut derrière leurs nuques, chauffant leurs silhouettes et leurs corps, ils entrevirent la tache céruléenne qui grossissait devant eux, à la mesure de leur progression.

Aaïla comprit qu'il s'agissait de La première Porte, et elle ne put s'empêcher de faire le parallèle entre Celle-ci et Celle qu'elle avait vue auparavant, dans l'eau bleue du regard de Parole, bien qu'elle ne retrouvât pas la furie des éléments, le déchaînement des vagues tout autour. La Porte lui semblait bien petite en comparaison de Celle que Parole gardait. Ils marchèrent encore un bon quart d'heure supplémentaire pour enfin voir leur propre visage se refléter sur les battants, qui renvoyaient leurs apparences en miroitements bleutés. Ils s'arrêtèrent à quelques mètres de La Porte. Derrière eux, les degrés cessèrent de disparaître, laissant un espace conséquent au-dessus du vide. Ils s'assirent tous là, fourbis, à même les marches pâles, se débarrassant des quelques sacs qui leur parurent aussi lourds que des pans de montagne.

Hild donna un coup de coude à la petite. Il lui montra la couleur mauve que faisait son souffle, lorsqu'il chassait l'air de ses poumons. L'enfant lui renvoya sa remarque, son souffle produisant un panache violet. Ils interrogèrent le mage du regard, mais ce dernier haussa les épaules, ignorant le sens et l'explication à ce phénomène.

« Si nous étions dans le froid, je comprendrais, mais il fait plutôt chaud ici. Il sortit un mouchoir et s'épongea son front en sueur. Avouez que nous sommes plutôt coquets avec ces couleurs, non ?

Línnahon tendit une outre au mage et aux enfants.

– Il faut boire. La marche que nous venons de faire nous a déshydratés, même si nous ne le ressentons pas vraiment.

– Je le ressens ! dit Zar'ouath, n'abandonnant qu'un instant le goulot.

– Toutefois, releva le nain en posant une main au poignet de l'homme, il faut en garder un peu pour la suite. L'eau douce est précieuse. Ne l'oubliez pas, et vous aussi les enfants. Il n'est pas sûr que vous puissiez en trouver en Orkose.

Le mage se releva, retrouvant tout soudain son sérieux. Il rejeta les pans de sa cape sur ses épaules. Brièvement, son image fut comme une gravure, une enluminure au tain des battants. Il s'approcha, se dévisagea, comme s'il avait affaire à un étranger. Il y avait longtemps qu'il ne s'était pas regardé de la sorte, pas depuis son réveil en Alden. Les enfants le rejoignirent.

– Et maintenant, comment entrons-nous là-dedans ? questionna Hild.

La silhouette obscure du *faiseur* s'imprima auprès des leurs. Il se gratta le front et remit son couvre-chef en place, perplexe à la question posée par le garçon. Il allait pivoter sur ses talons quand il se rendit compte que son épaule gauche ne heurtait pas le battant, mais bien au contraire y entrait. Il recula sur-le-champ, mi stupéfait, mi charmé.

Zar'ouath offrit un avant-bras, constatant le même phénomène. Puis, il se décida à passer, tout entier. Les enfants et le nain attendirent, ne le voyant revenir que dix secondes plus tard qui leur semblèrent des heures.

– Orkose est bien de l'autre côté, fit-il sans plus de commentaires. Allez les enfants, nous devons y aller. Ramassez les sacs ! dit-il d'un ton sec, dépourvu d'affect.

Aaïla plissa les paupières.

– *Nous* ? Línnahon ne vient pas, c'est ça ?

– Je reste ici, répondit l'intéressé en regardant les quelques nuages immaculés qui passaient avec nonchalance, près du promontoire où ils se tenaient. Je dois surveiller vos arrières.

– Ça n'est pas une excuse valable ! rétorqua la petite dans un élan d'une franche effronterie.

Le nain avala sa salive.

Le mage ne disait rien, offrant soudain un trop grand intérêt à l'ajustement des sangles des sacs pour que cette conversation lui restât anodine. Le nain s'agenouilla devant Aaïla, la prit par les épaules. Son parfum flotta sur son visage, comme à la recherche d'une faille dans la résolution qui avait été prise, mais il ne se départit pas de ce qu'il souhaitait lui dire. Il fallait en arriver là.

–Écoute, Aaïla. Zar'ouath et moi avons eu une longue conversation l'autre soir. J'ai réagi comme toi quand il m'a annoncé que je ne devais pas vous suivre.

L'enfant lança un œil lourd de reproches à l'alentour du mage, sans toutefois le fixer. Elle était vexée, mais elle se refusait à ce que cette contrariété altérât la confiance de leur ami.

– Tu dois m'écouter, Aaïla, reprit Línnahon. C'est important. Bien mieux que moi tu connais le fleuve du temps. Tu sais que la moindre perturbation, si infime soit-elle, peut tout changer, peut influencer ce qui doit arriver. Il soupira. Les chemins du Temps se referment sur toi, Aaïla, cela se prépare depuis des siècles. Je ne peux venir. Je compromettrai tout ce pour quoi Zar'ouath s'est battu, tous ceux que vous avez croisés et rencontrés, qui se sont battus pour vous, tous ceux qui ont versé leur sang et sont tombés.

L'indécision se lut dans le regard de l'enfant. Le nain vit comme des mouvements s'insinuer dans ses pupilles couleur d'aigues-marines, qui le captivèrent un long moment. Puis, elle ferma à demi ses paupières et tenta d'encercler son large cou par ses bras menus. Il sentit sa conscience délicate rouler près de la sienne. Le mage et le garçon ne disaient rien, tout aussi émus que la petite pour l'amour particulier qu'ils portaient au nain mystérieux du *Cœur*. Línnahon fouilla ses poches et lui tendit une plume nouée à un lacet de cuir. Gálwïn l'avait offerte à Dzyna afin qu'elle traversât sans encombre les *marais*. C'était tout ce qui était resté d'elle, après que le miroir et l'ultime peur de Simmar le dragon l'eurent dispersée en poussières. L'enfant ne bougeait pas ; il coinça ses longues mèches derrière ses oreilles et passa lentement le lacet autour de son cou.

– Il faut que vous y alliez à présent, murmura-t-il.

Au son retrouvé de sa voix, Zar'ouath s'approcha d'Aaïla.

– Nous nous séparons donc ici, prince Línnahon. Je laisse mon chat cagneux à vos bons soins. Il ne vous encombrera pas. Vous tiendrez-vous aux limites que nous nous sommes fixées la nuit dernière ?

– Je patienterai trois jours, pas un de plus. Il esquissa un sourire. Il vous faudra mener à bien vos affaires en Orkose dans ce temps imparti, je vous préviens. Passé ce délai, et ne dite pas que je vous ai pris en traître, vous risquez fort de revoir le bout de mes bottes !

– Ce sera un plaisir immense de vous revoir, *faiseur*. Ils s'épaulèrent et se donnèrent de grandes tapes dans le dos, dissimulant à grand-peine par ces gestes tapageurs le lien ineffable qui était né entre eux. Quand nous reviendrons, quand tout sera terminé, il faudra que nous rendions une autre visite à Pïl'k. Le vin qu'il nous a servi était des plus suaves que j'ai jamais dégustés.

– Je n'y manquerai pas, pour peu que ce lutin soit de bonne humeur.

– Oui, pourvu qu'il le soit…

Ils échangèrent une dernière poignée de main et se séparèrent, redoutant de ne pouvoir en rester là. Le mage ramassa son sac, imité par les deux enfants. Línnahon resta en retrait et les regarda s'éloigner. Des lucioles dansaient au bas de la porte. Ils se retournèrent, le saluèrent une dernière fois.

– Trois jours, n'oubliez pas ! répéta le mage par-dessus son épaule.

Ce leitmotiv résonna d'une façon bizarre dans l'esprit du nain. Il se contenta d'opiner du chef, d'attendre qu'ils fussent de l'autre côté. Quand il ne vit d'eux que la longue chevelure d'Aaïla osciller sur le battant, un masque s'empara de son visage. Bientôt, la pointe de leur silhouette disparut, ne laissant aucune trace d'eux dans ce monde.

Las, il retourna s'asseoir sur les marches. Il sentit leurs consciences s'éloigner de la sienne, comme un écrin obscur reprendrait doucement ses plus belles perles. Il tenta de les chercher, à nouveau, sans résultat, ne recevant en retour que l'aveu de son impuissance.

À présent, il comprenait ce qui venait de se passer. L'univers d'Orkose venait de prendre ses véritables amis. Il se retourna vers l'océan, cassa un biscuit et jeta un à un les morceaux dans le vide. Il joua de son *pouvoir* pour en faire des flammes. Elles chutèrent de longues minutes, leur volume s'amplifiant alors qu'il eût dû s'amoindrir. Les lueurs persistèrent un temps sur l'eau, avant que d'être englouties. Nahib émit une façon de soupir qui avait le goût d'un pleur.

CHAPITRE LVI

'OPINION PREMIÈRE QU'ILS EURENT D'ORKOSE tint d'une symbolique manichéenne, propre à l'esprit des hommes qui vécurent là à l'Aube des Âges, lorsque les Dieux leur offraient encore leur insigne compagnie.

Les ombres et les clartés avaient été séparées comme l'on divise d'une façon simpliste bien et mal, jour et nuit, jour et nuit. Des lueurs vibrionnaient à chaque Porte, disputant leur pureté aux pans de grisaille et de pénombre qui fleurissaient alentour. Il semblait que chaque parti se tenait dans ses limites, qu'ils n'avaient pas bougé d'un pouce depuis l'instant oublié de leur nébuleuse création.

Le mage et les deux enfants se retrouvèrent là, dans ce qui était le bord d'une forêt aux arbres de verre d'un bleu de nuit. Ils n'avaient plus leur ombre fidèle accrochée à leur silhouette. Il n'y avait pas de Soleil. Dans l'air tenaient en suspension de minuscules grains, qui dispensaient une faible luminosité, et cependant suffisante à leur vision. Ces grains faisaient comme un fluide, sans avoir la qualité de l'eau ; il s'écartait sur leur passage, ne pénétrait pas leur chair. Devant eux, les sept Portes Bleues se distinguaient nettement, alignées à la perfection entre les feuillages et les ramures. Elles se dressaient sur le sol, qui montait en pente soutenue jusqu'à La dernière Porte. Quand ils s'approchèrent un peu plus, il y eut comme des fourmillements d'ombres, des floraisons de tiédeur et de murmures ineffables un peu partout, sans qu'ils pussent les localiser, puisque cela bougeait continûment.

La Mère a dit juste, songea le mage. *Ce n'est pas tout à fait la nuit, pas tout à fait le jour, un état de semi-conscience où la minéralité de la forêt et les tains chimériques des Portes règnent en maîtres.* Il savait que cet ensemble était censé les renvoyer à eux-mêmes, censé éveiller leurs peurs et leurs craintes les plus primaires. Mais Hild avait tour à tour été Tworn, Orlena et Archibald le Blanc. Quant à Aaïla, elle avait connu une tempête dans l'Yss'Bahâr', le visage de Mnasidika, l'amour de Lewild, la peur des *marais* et la bonté d'Elliador. Tous deux disposaient plus que d'un apprentissage de la peur.

Les arbres avaient une physionomie étrange. Ils n'étaient pas bien hauts et dépassaient rarement l'homme de plus d'une tête. Pour ainsi dire ils étaient nains. Sur les branches, les feuilles étaient mal-formées, morcelées. Çà et là, des ébauches de fruits avaient flétri, donnant des moignons de silicate marcescent. Ils se demandèrent si ces végétaux n'avaient pas été réels, un temps, et s'ils n'avaient pas plus ou moins pourris, avant que le processus qui les désagrégeait ne s'arrêtât, tout soudain, parce qu'une corruption définitive n'avait jamais été dans leur schéma de vie.

En se penchant sur un tronc pour mieux se rendre compte, Hild vit des vrilles brunes s'inscrire dans le bleu sombre. Cela faisait comme des planètes lointaines, qui tournaient autour d'un point que l'enfant ne pouvait distinguer tant il paraissait distant, hors de sa vue, dissimulé. Le mage l'attrapa aussitôt par le col. Ses yeux indiquaient sa colère, qui passa aussitôt.

« Il ne faut pas se pencher sur ces arbres, ni même regarder quoi que ce soit, que cela te semble séduisant, ou pas, murmura-t-il.

Le garçon hocha le front. L'incident était clos. Ils reprirent leur lente progression.

L'impression que tout les observait ne s'atténua pas, bien au contraire. Ils avaient la désagréable sensation que des regards étaient posés sur leur nuque. Le mage portait souvent l'œil à la garde d'Elweïn, mais cette dernière n'indiquait aucun danger, à moins qu'elle fût insensible à des sortilèges qu'elle ne percevait pas, mais qui se préparaient, quelque part dans cette minéralité sans fard. Vite, ils furent à la deuxième Porte et la traversèrent, comme ils l'avaient fait avec celle qui surplombait l'océan.

De l'autre côté s'étalait une autre portion de forêt, avec la troisième Porte en ligne de mire dont les éclats lumineux du battant jouaient dans l'air gris. Le mage jeta un regard sur la gauche. De loin en loin, il crut distinguer des vallées profondes au-delà des buissons de verre et des fûts serrés. Parfois, l'obscurité était traversée de clignotements diffus, blancs et jaunes, comme des flammes sous le vent, sur le point d'être soufflées. Il fut intrigué par un point rubescent qui ne changeait pas de place et luisait avec la même constance, sorte de sémaphore dans la nuit d'encre où il se consumait sans pour autant s'amoindrir ni disparaître.

À mi-chemin de la troisième porte, le sol alla sur la déclive d'un façon très importante. Ils durent parfois s'accroupir pour ne pas tomber de l'avant.

Des espèces de plaques dures, qui avaient l'aspect de la smaragdite, remplaçaient par endroits la terre. Les deux enfants se tinrent la main et s'encouragèrent mutuellement, tandis que le mage allait un peu en avant, à l'affût du moindre mouvement suspect. Il entendit quelqu'un sucer quelque chose derrière son dos. Hild s'était coupé le doigt à un morceau de verre. Il rebroussa chemin pour inspecter sa blessure ; il reconnut qu'il ne savait pas si ce verre était toxique. Il aurait voulu regarder plus longtemps, mais il était dans un état d'urgence qui le pressait de bouger, d'aller de l'avant. Il ne fallait pas rester ici. À regret d'utiliser si tôt son *pouvoir*, il mit le doigt du garçon entre ses paumes. Le garçon sentit une douce énergie gagner sa main, remonter jusqu'à son cœur pour retourner d'où elle était venue. Un instant circonspect, le mage l'observa. Tout allait bien, à nouveau. Il lui serra l'épaule et l'encouragea avec Aaïla à continuer leur route, lorsqu'un choc retentit sur leur droite.

Zar'ouath voulut se retourner pour voir ce que c'était mais ses talons glissèrent, emportés par une force incontrôlable qui le déséquilibra. Il tenta de se rattraper, mais le poids de son sac le fit définitivement tomber, tête la première. Il vit Elweïn bleuir à son côté. Faisant un effort dans sa chute il essaya de sortir la lame de sa gaine quand une ligne obscure vint sectionner les liens de cuir qui liait le fourreau à sa ceinture. L'épée valsa sous lui. Aaïla et Hild se mirent à crier.

Des silhouettes surgirent des arbres. Ils n'avaient visiblement que faire des enfants. Seul le mage, dont la glissade avait cessé, les intéressait. Des pupilles s'allumèrent et s'étrécirent lorsqu'elles virent Zar'ouath tendre ses mains vers feu-du-ciel. Le phénix brillait entre ses doigts tandis qu'il se relevait, rendu ivre par sa chute. Il chercha les enfants, mais un coup de bâton retentit, quelque part, et le sol se brisa sous lui. Son chapeau resta au bord de la crevasse où il venait d'être avalé.

Aaïla courut, à son tour, poursuivie par le garçon qui lui demandait de se servir de la perle d'Elliador. Mais elle ne l'entendait plus, effrayée par la disparition soudaine de Zar'ouath. Elle tomba à genoux au bord du gouffre au bord du gouffre cria le nom du mage. Elle entendit son corps qui chutait et s'entrechoquait, parfois, aux parois du gouffre. Elle entrevit Elweïn qui bleuissait, non loin de lui, lui donnait à voir l'aspect résigné de son visage, comme s'il savait depuis toujours que cela devait arriver, que cela devait se finir comme ça.

Dans ce cauchemar, elle sentit à peine les imprécations du garçon agrippé à elle. Zar'ouath tombait, encore et encore, et elle ne pouvait rien pour lui. Elle serra le chapeau, *son* chapeau entre ses mains, espérant que ça le ferait revenir, que son *pouvoir* ferait qu'il reviendrait du néant du dessous. Elle perçut l'écho étouffé d'une voix. Puis, elle ne sut si c'était le chagrin qui appesantissait et embrumait son esprit, elle ne se souvint plus de rien. Elle tomba dans l'obscurité, à son tour, mais guère vers l'homme mélancolique d'Alden.

Sa chute dura une éternité dans cet abîme de nuit. Pour soutien, il n'eut que le fil bleu d'Elweïn qui fut l'unique lueur, le seul point d'attache avec Ce qu'il aimait, Ce qui l'avait créé. Elle tourna près de lui, telle l'amie fidèle qu'elle avait toujours été. Tout le long de son interminable chute, il sentit ses forces l'abandonner, une à une, comme si des vagues passaient en lui, des strates abrasives qui les lui arrachaient, le laissant plus nu à chaque fois, sans rien y pouvoir, condamné au joug d'une décision divine.

Le mage eut souvent mal au cœur, avant de vomir tout le contenu de son estomac. Il perdit connaissance à plusieurs reprises, se réveilla en sursaut dans ce cauchemar qui n'était rien autre que la réalité, sa tête et ses membres plus meurtris encore par les chocs contre la pierre dure. Il se rendit compte que l'air était devenu glacé, que du givre commençait de se former entre ses cils. Il tombait, encore.

Il fit un effort pour chercher la lumière rassurante d'Elweïn, unique repère qui affirmait qu'il vivait encore. Quand il tourna la tête, il vit que l'épée n'était plus. Elle s'était transformée en ce qu'elle avait toujours été, une sylphide à la chevelure d'eau claire, le rêve d'une nymphe que Gálwïn avait su apprivoiser, au bord de sa naissance.

Zar'ouath esquissa un sourire malgré ses douleurs croissantes. Des gouttes de dictame s'embrasaient à chaque geste de feu-du-ciel, parfumant ce qui ressemblait à une fin de leur essence divinatoire.

L'homme chercha les reflets de son pays, du pays des Nymphes, des saules, des feuillages malaxés par les palpitations du vent. Mais le froid la gagnait, elle aussi, recouvrant ses mèches d'une gangue cristalline, sertissant des perles infimes et glaciales dans ses pores chimériques. Elle le regarda du plus profond de lui et lui sourit, à son tour, amante et mère tout à la fois. Il tenta de la toucher, mais la vitesse à laquelle il tombait était telle que son bras ne pouvait y résister et se retrouvait systématiquement rejeté au-dessus de sa tête, tel un membre inutile dont il n'avait plus le contrôle.

Ce fut elle qui se rapprocha et l'enlaça. Il se retrouva dans le joyau de son corps, tout entier baigné dans les fragrances de mille charmes, de mille sortilèges qui avaient éclos de l'esprit de l'épée-d'écume. Malgré lui, malgré le fait qu'il sentait qu'elle amenuisait plus encore les dernières minutes de son existence en l'enveloppant de la sorte, il se mit en quête d'une trace, d'un reflet du vieux nain qui avait été plus qu'un frère de sang. Du mieux qu'il le put, il tenta de réchauffer les marges de sa conscience qui s'engourdissait, tandis qu'Elweïn jetait ses ultimes forces pour le rassurer, et lui procurer une forme de réconfort.

Une seconde qui fut un fulgurant éclair, l'homme abasourdi et éreinté aperçut Gálwïn. Il s'occupait au milieu d'un champ, en compagnie d'une naine qu'il n'avait jamais croisée de son vivant, à ramasser des bouquets de reines-des-prés. La naine aux yeux d'or attrapa aussitôt le bras de Gálwïn, qui leva son visage droit dans la direction Zar'ouath. Il lâcha ses fleurs, touché par sa proximité. Le voyait-il ? Comprenait-il ce qu'il se passait ? La naine enserra le vieux souverain entre ses bras. *Cíndín*, comprit Zar'ouath.

La vision se déchira comme une feuille, faisant place à l'obscurité. Une odeur étrange se rapprocha de lui, suivie par l'écho de plus en plus net d'un corps qui tombait. Il se recroquevilla, comprenant ce qui se passait. Une douleur fulgurante traversa sa nuque et son dos. Il perdit connaissance une nouvelle fois.

Il ne pouvait plus bouger, juste remuer les paupières. Un halo diffus qui planait tout autour de lui, qui tendait à s'amenuiser, à s'enfoncer vers le sol mais parvenait, malgré tout, à se relever.

Son visage était à demi enfoui dans une sorte de boue. Il regarda tant bien que mal devant lui. Sa vue vacilla, avant de recouvrer un semblant de précision. Elweïn avait disparu, remplacée par la quintessence de ce qui la faisait, une somme de murmures tièdes et humides, de ballets de phalènes, de ces filigranes ondulants que dessinent les libellules lorsqu'elles affleurent à la surface des eaux.

Il grava tout cela dans sa mémoire. À présent, tout importait, le plus infime comme le plus anodin. Les papillons et les agrions valsèrent encore un peu puis disparurent, emportés par un souffle doré qui ressemblait au lever d'un jour. Il resta dans l'obscurité, abandonné à lui-même comme jamais jusque-là. Il se demanda si l'espoir pouvait encore perler de lui. Il était une parcelle infime rivée aux plaines de son silence. Il était un fil de soie cassante, noué à sa conscience floue. L'épée de lumière était brisée. Il avait perdu son guide. Il se devina au bord du néant, au bord du rien. Il savait que sa lèvre bleuissait. Il savait que ses chairs se mourraient, retournaient lentement aux cirons, aux cendres de la lumière. Il se mit alors à craindre pour son essence tout entière. Pouvait-il devenir ce qu'il n'avait jamais voulu, puisqu'il avait été créé pour lutter contre l'Obscur ?

Sa conscience se retourna sur soi, comme pour détailler chaque diamant de fumée qui composait le feuillage de sa mémoire.

Lorsqu'il se souvint d'elle, quand il se souvint qu'il respira par sa propre bouche, qu'il vit ce qu'elle voyait, frémit lorsqu'elle frémissait entre ses bras, rit de bonheur lorsqu'elle dansait pour lui dans les volutes et les cendres de la nuit, il parvint à réunir son âme et ses reliquats les plus vivaces. Il ressentit sa conscience descendre, lentement, doucement, comme attirée, happée par des chuchotis, des liens infimes qui se déchiraient mais se régénéraient aussitôt, comme s'il restait encore une once de volonté dans son esprit. Ce fut alors, quand plus rien ne le retenait, qu'une main se reposa sur son épaule. Il ne sut si ce furent les muscles de son corps qui lui donnèrent cette information, l'information qu'on le touchait, ou bien la conscience qui le toucha, et lui communiqua ce qu'elle faisait.

La lumière s'éleva dans l'abîme. Elle ne venait pas fleurir de son propre fait. Elle était directive, déployée dans l'obscurité par une volonté. Le mage fut doucement mis sur le côté. Les lueurs l'éblouirent, pour diminuer jusqu'au point qu'il put le mieux les supporter, jusqu'au point qu'il put distinguer nettement le nimbe d'une robe.

Quand elle fut penchée sur lui, elle éclaboussa son visage des pétales de son âme. Elle se demanda si, aussi pâle qu'il était, elle pouvait à son tour devenir blême en effleurant ses joues. Ses paumes s'ouvrirent sur ses pommettes. Ses cheveux obscurs étaient humides, des perles d'eau étaient serties, entre ses cils.

Zar'ouath s'imagina qu'elle avait traversé des cascades pour lui et, cette pensée qu'Elliador devinait lui arracha sourire.

« Il fallait bien que je vienne, dit-elle par la voix de son esprit. Il reste si peu de mages, si peu qui m'intéressent, mon amour.

Elle se tut, traversée, malgré elle, par les remous de l'émotion qui étirait ses traits. Elle tourna la tête pour apaiser, éloigner la douleur, avant de le fixer, à nouveau.

– Elliador, faut-il donc que cela soit ?

Pour toute réponse, elle se contenta d'avancer son front. Ses cils ployèrent. Ses yeux s'embrumèrent.

– Tous les mots que tu m'as dits sont encore en moi, depuis la *Sayah*, depuis bien avant. Bien avant. » reprit-elle en rejetant de ses tempes les mèches embarrassées de boue.

Quand elle se pencha sur ses lèvres, les mouvements de son âme changèrent.

Safran jeta un coup d'œil par-dessus son épaule. Personne ne l'avait suivie. *In petto* elle sourit, bien que ce ne fut guère une victoire dont elle pouvait se vanter. Ces imbéciles de gardes étaient encore saouls, là-bas, dans les jardins du roi Lumière. Elle en discernait quelques-uns près des balancements des lampions, avachis, assoupis contre des haies quand ils ne dormaient pas à même le sol à cuver leur trop-plein de vins et de liqueurs. Elle eût pu passer entre eux en criant à tue-tête qu'ils l'eussent applaudie et laissé aller à sa guise, avec force de leurs courbettes ridicules et grossières que leur avait appris le monarque de la cité des Clairs.

Safran se faufila sous les halliers sans que personne ne la remarque. De l'autre côté, c'était le pays des Sombres. Une fois relevée, elle chercha des baies sauvages. Ramassant des myrtilles, elle les écrasa sur son visage. Elle n'oublia rien, pas même la peau fragile de ses paupières. Elle sortit un bonnet de laine noire de ses poches et y dissimula sa blonde chevelure.

Ce qu'ils appelaient ici *le jour* n'était pas plus intense que la lumière bleutée et grise que dispensent les aubes, hors d'Orkose. Il ne se lèverait pas avant deux heures. Elle avait donc le temps de traverser la nuit, de revenir. Elle était sortie pour aller voir de plus près ce que cette lumière qu'elle avait vue se lever et trembler, tout là-haut, près de la *forêt de verre.*

Safran regarda en direction du nord. Le Bord-du-Monde offrait encore ses étoiles, ses plages ténébreuses nouées de voiles mauves et diffus. Elle s'engonça un peu plus dans sa veste et partit d'un pas alerte. En face, la forêt de cèdres métalliques faisait une corne. Elle entendit bientôt le friselis de la rivière qui glissait non loin de là, entre les racines et sur les pierres. Elle distinguait à peine les fûts des premiers arbres, profils menaçants et gigantesques en surimpression de la noirceur, des bruissements et des grincements aux origines improbables.

Il était fort rare qu'elle rencontrât quelqu'un lors de ses escapades nocturnes. Cela s'était passé deux ou trois fois. Généralement, il lui suffisait de prononcer des insanités à l'encontre du roi Lumière, avec cette façon si particulière affectionnée par les Sombres – que Safran imitait à la perfection – et qui consiste à déclamer avec emphase des insultes. Elle ne savait pas qui avait inventé, instauré ce précepte parmi les Sombres. Le fait était qu'elle le maîtrisait, que jamais personne ne l'interrogeait plus avant suite à ses déclamations poétiques.

Dès qu'elle fut au bord de la rivière, elle sut qu'un regard s'ouvrait sur sa silhouette. Elle entendit comme une bouche baver, un froissement de chair, suivi d'un plouf. Elle ne chercha pas à savoir de qui il pouvait s'agir et fit mine de continuer son chemin, jusqu'à ce qu'un sifflement ne s'élevât. Il y avait bien, de temps en temps, une de ces créatures des eaux qui venait fouir la boue des rivières pour se nourrir. Elles étaient sans grand danger. Malgré tout, il fallait se méfier.

« Fiente de pigeon ! dit-on dans l'obscurité.

Safran ne se laissa pas démonter.

– Fiente de pigeon ? Elle haussa les épaules, feignant la déception face à cette attaque verbale de piètre qualité. Elle se racla la gorge et cracha dans l'eau. Le monarque des Clairs *est* une fiente de pigeon ! Malade est le pigeon qui a la courante. Il pue, comme l'haleine d'un sanglier ! Sa face est blême, comme le cœur pourri d'un lombric !

Elle attendit une réponse. On éructa grassement. Des oiseaux lointains répondirent à ce vacarme.

– Glaviots dans le nez du monarque pâle ! Le Clair putride copule avec les louves ! – Là, l'inconnu exagérait un tantinet, vu qu'il n'y avait jamais eu de loups dans cette région d'Orkose. Qu'il s'essuie avec les cheveux de ses femmes !

– Qu'il se torche avec les cheveux de ses femmes, et s'en étouffe ! Qu'il boive la pisse de ses chats, que ses viscères en éclatent ! Que les vers qu'ils défèquent lui reviennent par les oreilles, et qu'ils le dévorent ! » rétorqua Safran, ses oreilles échauffées par son audace.

Là-dessus, l'inconnu ferma définitivement son clapet, sans doute rassuré, ou bien à court de grossièretés. Il s'en alla vers l'Ouest, à ce qu'il semblait. Un instant, elle crut discerner des jeux de lumières sur le moiré d'une tunique, ainsi que le rouge d'un chapeau. Mais la nuit et les horreurs qu'elle venait de déclamer, avaient dû jouer de cet effet contraire sur son esprit, le beau et le pur s'élevant, pour anéantir le grossier. Qui plus est, les Sombres ne portaient pas ce genre d'étoffe, par trop riche et exubérante.

Elle attendit, jusqu'à ne plus du tout entendre l'inconnu pousser les branches sans ménagement tandis qu'il s'enfonçait, à ce qu'il semblait, dans la forêt. Puis elle continua son chemin.

Elle marcha une bonne demi-heure sans croiser âme qui vive.

Ici, le sol était humide, constellé d'une quantité de petites mares nauséabondes, à la surface de quoi oscillaient en nappes infimes des insectes minuscules. Elle mit un mouchoir sur ses narines. Ce chemin qui conduisait à la falaise à pic avait l'avantage d'être court, mais n'était guère agréable quant à son lot de senteurs. Elle s'en accommoda, comme toujours, fit le restant de sa route sans se plaindre. Au-dessus d'elle, le sentier sinuait à flanc de paroi.

Que ce fût dans la mémoire des Clairs et des Sombres, il avait toujours existé. Personne ne savait qui l'avait tracé à même l'inconcevable pente qui était telle, que le sentier dessinait d'interminables lacets pour s'élever péniblement de quelques mètres à chaque bifurcation. Il était interdit d'aller tout en haut. Des croyances tenaces affirmaient que c'était le domaine d'êtres terriblement mortels qui pouvaient vous changer en verre d'un seul regard, ou bien en fleurs de cristal, qu'ils écrasaient ensuite de leurs pieds démesurés. Safran n'apportait que peu de crédit à ce qu'elle considérait pour des racontars destinés à effrayer les petits enfants. Malgré tout, elle n'était jamais allée voir par elle-même au plus haut, repoussée par quelque chose d'ineffable qui retenait son esprit à la base du sentier.

Elle grimpa, lentement, jusqu'à ce que ses cuisses fussent en feu, que l'air lui manquât, au point que sa tête tournât. Sous elle, la forêt et les bosquets qui formaient sa périphérie échevelée moutonnaient la nuit. Elle s'assit en tailleur au bord du chemin, dans des touffes d'herbes, observa le monde.

La cité des Clairs se devinait à grand-peine sous le terne firmament. Les lueurs ne portaient pas bien loin. Elle chercha le palais, sans rien trouver que des ombres indéfinissables. Sur sa droite, la cité des Sombres n'était pas mieux lotie quant à sa visibilité dans cette fin de nuit d'encre. Elle discernait bien des spirales de fumée qui s'échappaient, çà et là, d'une cheminée, mais ce fut tout. *Le Bord-du-Monde*, se rappela-t-elle, elle était venue afin de le contempler, et peut-être de revoir cette mystérieuse lueur. Combien étaient-ils ceux qui le regardaient, comme elle ? Combien connaissaient ce que produisaient, comme sur elle, les alliances étranges de la nuit et du jour ? Elle vit le point pourpre du Puits des sacrifices pulser, tout là-bas, au sommet de son aspre.

Elle croisa les bras et respira plus doucement, instillant le paisible de son esprit à son souffle. Si seulement ils pouvaient, tous en bas, savoir comme les deux composants pouvaient se marier. Elle se dit qu'elle ferait, un jour, tout son possible afin d'en convaincre chacun, lorsque les sons de plusieurs courses virent à ses oreilles. Elle plissa les paupières et chercha en bas, avant que de se rendre compte qu'il s'agissait de l'écho. Tournant la tête, elle aperçut distinctement une dizaine de silhouettes dans les lacets supérieurs. Elles étaient de son *côté*, mais elle était loin de chez elle, en pays ennemi, et déguisée. Elle n'avait nulle envie de se montrer. Elle se laissa glisser dans les herbes et redressa de la main celles qu'elle avait écrasées de son poids. Ainsi dissimulée, elle patienta.

Elle reconnut l'histrion qui allait en tête, le digne Sorbier-Ardent, magicien de son état du monarque des Clairs. À la façon dont il mouvait son bâton au gré de ses gestes et à la vue des moulinets qu'il exécutait, il semblait fort satisfait de lui, comme si son esprit se pourléchait d'un mauvais tour qu'il venait de concrétiser. Safran s'aperçut qu'il portait un chapeau orné d'une longue plume qui ne lui allait pas si mal, étant donné qu'il offrait le double avantage d'égayer sa mine tout en longueur et son crâne quasi chauve.

Son cœur changea de coloration quand elle vit que les hommes qui le suivaient, armés de leurs arcs, tenaient fermement par les épaules deux enfants. L'un était un garçon blond, l'autre une fillette inanimée à sombre chevelure. Quand ils passèrent à hauteur de sa cachette, elle vit les bleuissements aux tempes et aux joues de la petite, nés de coups qui avaient dû être violents. Son sang ne fit qu'un tour. L'irrésistible envie de sortir et de tous les corriger la brûlait, mais elle se souvint de son déguisement. Elle pouvait se faire reconnaître pour ce qu'elle était, la fille du roi des Clairs. De plus, Sorbier-Ardent ne la portait pas plus que cela dans son cœur ; elle avait, d'ailleurs, toujours fait en sorte de ne jamais être seule en sa disgracieuse compagnie, sans doute parce qu'elle redoutait une entourloupe de sa part.

Ses talents de magicien se résumaient à un savoir-faire qui tenait le plus souvent du plus pur charlatanisme, porté sur les philtres et des boissons étranges. Safran savait qu'il n'y connaissait rien. Beaucoup de gens se retrouvaient grimés de pustules après avoir bu ses breuvages, quand il ne s'agissait pas d'affreuses douleurs stomacales, voire de mort subite. On ne l'avait jamais vu allumer une bougie à distance, pas plus que de le voir transformer quiconque en crapaud, mais on le voyait souvent avec un couteau et son bâton, qu'il agitait sans ménagement.

Son bâton était porteur du seul véritable sort qu'il savait faire. Il frappait le sol, qui se dérobait sous vous et vous emportait aux entrailles de la terre d'Orkose. Incidemment, elle en vint à se demander pourquoi il l'utilisait si peu vis-à-vis de ses ennemis. Lui fallait-il beaucoup de temps avant que le sort qu'il contenait pût être *rejoué* ? Si cette hypothèse était exacte, c'était un fait intéressant à garder en mémoire.

Elle retint son souffle, examina le groupe. Ceux qui escortaient le magicien n'avaient guère l'air avenant. Ils avaient des têtes de soudards. Sorbier-Ardent les avait-il payés pour attraper ces deux enfants ?

À nouveau, elle entendit le rire de pacotille, le rire satisfait du magicien, ce qui la fit frissonner. Pourquoi son père avait-il confiance en cet escroc? Ne voyait-il pas tout le mal qu'il faisait dans son entourage ? Mais son père était aveuglé, lui aussi. Elle attendit qu'une distance raisonnable la séparât du petit groupe, de sorte qu'elle put les filer sans être remarquée.

CHAPITRE LVII

Safran ne perdit pas une seconde dès son retour au palais. Elle savait où Sorbier-Ardent avait conduit les enfants. Elle s'engouffra sous les frondaisons buissonnantes des lauriers qui poussaient sous sa fenêtre, jeta un regard autour d'elle afin de voir si personne ne lui portait attention elle escalada une des colonnes qui décoraient les murs de cette partie du palais, utilisant des fruits sculptés pour prises. Bientôt, elle fût au bord des carreaux d'une porte-fenêtre. Elle tendit la main et les battants déjà ouverts s'entrebâillèrent un peu plus.

Un instant elle retint son souffle, craignant que quelqu'un ne se fût introduit dans sa chambre durant son absence. Qu'aurait-on dit si l'on venait à la surprendre dans un tel accoutrement, dans des habits ternes, le visage barbouillé ? Mais ses craintes se dissipèrent d'elles-mêmes. Elle se souvint d'avoir fermé sa porte. Sans plus tarder, elle se débarrassa de ses habits et les dissimula sous le matelas de son lit. Elle se lava le visage et les mains d'un peu de l'eau que contenait une vasque de porcelaine. Méfiante, elle se mit en quête d'un flacon bien précis, qu'elle trouva sur la table de sa coiffeuse puis en déposa un filet dans l'eau, qui retrouva de suite son aspect diaphane ; elle n'était donc habitée par aucun *mouchard*. Elle recouvrit sa gorge et sa poitrine d'un foulard de soie jaune mouchetée de bleu, avant que d'enfiler une robe au tissu lamé d'or pourpre et argent. Elle ne s'accorda pas le temps de se coiffer, tout juste de réunir ses cheveux d'un brin de velours.

Elle débloqua la serrure et prit ses pantoufles. Elle revint à la fenêtre, saisit la traîne de sa robe d'une main, se mit en équilibre sur le rebord et sauta. Le gazon fut doux et profond lorsqu'elle se réceptionna tout en bas. Elle redressa son visage et observa les arbres devant elle. Seules les feuilles frémissaient, saluant le jour d'Orkose qui se levait sur leurs limbes. Safran se releva et prit le chemin des jardins. Les tortilles des haies et des magnoliers menaient aux cachots, non que ces ergastules peu recommandés eussent été bâtis à dessein dans ces endroits agréables, mais les jardins s'étaient étendus ces dernières années, sous l'impulsion de la reine Jade, femme de Cirrus, roi des Clairs. Il était de fait que les cachots ne servaient que fort peu. Les bras de justice de Cirrus ne faisaient leurs sales besognes qu'à la périphérie de la cité, loin des beaux atours de la cour où la peur n'allait pas plus loin que celle engendrée par la mort d'un petit chien emporté par son grand âge.

Safran ne s'attendait pas à trouver grand monde, pas même Sorbier-Ardent, qu'elle avait vu s'en aller sitôt après sa venue ici. Elle tâta ses manches et soupira. Ses stylets étaient en place, en prévision aux mauvaises surprises. D'un mouvement bref dirigé aux plis de sa robe, elle redonna de l'ampleur à sa traîne, qui chatoya.

L'entrée des cachots consistait en un petit porche au fond de quoi un escalier menait aux cellules. Il y avait de la lumière nouée de quelques écharpes de fumée, comme si ces dernières s'en étaient énamourées. Elle s'approcha et resta sur le seuil, gênée par l'odeur particulière qui rendait l'air gras et suffocant.

Le vieux garde toussa, ce qu'elle fit à son tour. Il ne l'avait pas vue et se leva aussitôt de son banc de pierre.

« Altesse, veuillez-me pardonner, je ne Vous avais pas vue ! se disculpa-t-il.

Safran chassa sa remarque du plat de la main, lui signifiant qu'elle ne lui en voulait pas. Elle appréciait cet homme, un peu simple mais d'une profonde, réelle gentillesse, perverti par aucune arrière-pensée. Elle ne s'étonna pas que Sorbier-Ardent l'eût choisi pour surveiller ces cachots abandonnés. Cela faisait partie de ses vices.

– Pas surprenant que vous ne m'ayez pas aperçue, avec toute cette fumée ! Que se passe-t-il au juste ? Faites-vous du feu avec du bois vert ? Avez-vous raté votre cuisine ? Et n'est-il pas interdit de pénétrer en cet endroit sans l'autorisation de mon père ? acheva-t-elle, soupçonneuse.

Le vieux garde se tortilla les doigts, mal à l'aise. Visiblement, on ne l'avait pas préparé à répondre à ce genre de question, et de gardien de cachot, il n'en était pas.

– C'est que, Altesse, je…

Elle fit plusieurs pas en direction de l'escalier. Il se mit sur son chemin, quelque chose de dur dans le regard, mais cela fléchit sur-le-champ pour recouvrer la nacre de sa bonté.

Autant mettre une couple de petits oiseaux effarouchés pour garder ces cellules ! songea-t-elle.

– Que signifie toute cette fumée ? Il y a quelqu'un en bas ?

– Disons que Sorbier-Ardent m'a demandé de purifier l'air, avoua le garde après un long silence.

– Purifier l'air ? Elle haussa les épaules. Les fumigations de Sorbier-Ardent ont eu, jusque-là, l'unique mérite de rendre les gens malades. Rien autre.

– Oh, Altesse, s'il vous entendait, cela le chiffonnerait.

Elle l'observa et sourit, saisissant le contenu de ses mots. Il était plus madré qu'il n'en avait l'air.

– N'ayez aucune crainte pour moi. Les charlatans ne me font pas peur, rétorqua-t-elle avec effronterie.

– Cependant, il est de fait qu'ils ont du poids auprès de sa Majesté la reine, et du roi.

– Des fumigations, répéta Safran sans l'écouter. Pourquoi purifier ces cachots, qui n'ont d'usage que celui d'un symbole ? Se mettrait-il à songer au sort des rongeurs et des insectes qui y vivent ?

– Eh bien, ils ne le sont peut-être plus, vides, je veux dire, les cachots. Et, quelque chose me dit que votre Altesse le savait, n'est-ce pas ? Il blêmit jusqu'aux oreilles, jusqu'aux bords des paupières. Elle devait savoir pour les enfants. Et si Sorbier-Ardent venait à se montrer ?

– Quand bien même il se montrerait, je m'en ficherai ! C'est un menteur, un falsificateur ! dit-elle, allant au-devant de ses pensées.

– Altesse. Pourquoi m'a-t-il choisi pour faire cela ? A-t-il idée de me tuer ?

Elle mit une main sur son épaule et l'autre sur sa bouche.

– Je dois voir ces enfants. Il faut que je les aide, vous me comprenez ?

– Les aider ? Mais, Sorbier-Ardent a dit qu'ils sont des démons ! Que les Sombres ont usé de leur magie noire pour les appeler, les *invoquer*, a-t-il dit, et nous détruire ! Et… Il se tut, niant par son silence les paroles mensongères que l'on avait instillées en lui.

Elle secoua le front.

–Vous ne croyez pas un mot de ce que vous venez de me dire. Des démons se laisseraient-ils attraper ? Seraient-ils encore en bas, en ce moment ? Ils auraient déjà commis leurs nombreux crimes parmi nous. Des murs et des grilles d'acier ne sont pas supposées arrêter leurs méfaits. »

Il lui aurait volontiers répondu que les démons, de par leur essence, auraient peut-être pris du plaisir à être enfermés et souffrir, avant de produire leurs méfaits, mais il s'en abstint. Il jeta un rapide coup d'œil de côté, avant de lui faire signe de le suivre. Le fracas étouffé d'un trousseau de clefs fleurit sur sa hanche. Il prit deux torches, en donna une à la jeune femme.

Les marches étaient sales, usées. Safran se tint aux quelques pierres qui saillaient aux murs afin de descendre. Ils prirent à droite, puis à gauche.

Ce ne fut qu'après une longue déambulation dans un dédale de couloirs qui se ressemblaient tous qu'ils furent enfin devant les cachots, à proprement parler. Safran frémit à la vue des ossements et des squelettes encore enchaînés, preuves que ces cachots, fût-ce à une époque éloignée, avaient rempli leur office de punition et de mort. Elle avait envie de vomir, de courir jusqu'au Bord-du-Monde pour suivre ce coin de monde insane où elle était née, mais cette lâcheté passagère la remit de suite sur le bon chemin de son sang-froid. Tout ceci était des signes qui devaient être conservés pour témoigner, même si les atrocités continuaient entre les Clairs et les Sombres, aux limites de leurs cités, loin de la plupart des regards.

Ils suivirent encore plusieurs longs couloirs, tandis que l'air se chargeait des relents de fumée, incapables de s'évacuer du fait d'un manque d'aération, qui piquait leurs yeux avec plus de férocité. Enfin, le vieux garde ralentit et se rapprocha des barreaux altérés par la rouille. Dans la cellule, deux silhouettes étaient recroquevillées, tout à fait au fond. Une seule remua quand ils levèrent les torches pour les mieux voir. Safran reconnut le lin blond de sa chevelure.

Le garçon écarta les bras et se mit de suite devant la fillette, endormie ou inconsciente. Ce geste, futile dans cet univers clos et inhospitalier, la bouleversa. Elle enfila sa torche dans une gaine de pierre sculptée à cet effet, à même le mur sale du couloir. Le vieux garde attendait, l'air gêné. Après tout, c'était lui qui les avait enfermés ici, certes sous l'ordre du magicien attitré de Cirrus, mais enfermés tout de même, sans lumière, sans nourriture, sans eau, sans rien. Safran lui fit signe d'ouvrir. Il hésita, se plia à sa requête. Sa clef joua dans la serrure. Il dut forcer un peu. Il y avait belle lurette que tout le système de fermeture n'avait pas servi ; des générations d'araignées avaient utilisé l'orifice pour y stocker leurs proies, les reliquats de leurs repas.

Safran entra lentement, tandis que le vieil homme restait dehors, plus aux aguets des moindres sons qui lui revenaient des dédales que des deux enfants prostrés juste là, au fond de la cellule. Elle se rapprocha, encore et encore, jusqu'à pouvoir toucher leurs fronts. Elle se mit à croupetons devant eux, esquissa un sourire compatissant lorsque le garçon tendit sa paume devant son visage, avec une mine qui la défiait. La princesse vit quelque chose de duveteux lancer un éclat jusqu'au bord de son front. Cela ressemblait à une plume, au bout d'un lacet de cuir.

« Restez où vous êtes ! Ou je !

– Ou tu ?

Il ne répondit pas.

Son regard se posa sur Aaïla, sur son visage tuméfié en plusieurs endroits. Elle n'avait pas repris connaissance ; il pensait que ces horribles fumées qui les avaient torturés, l'avaient repoussée un peu plus loin, dans les limbes de ses rêves, l'avaient écartée de lui. Sans plus réfléchir, pour donner fin à ses peurs il lui sauta dessus, sur cette femme. Safran l'attrapa de suite par les poignets, avec fermeté, sans vouloir lui faire mal. Il était petit, farouche, mais il y avait bien trop de fatigue en lui, sans doute apportée par la nervosité, renforcée par l'obscurité et la solitude. Elle acheva de le maîtriser totalement, un genou sur son ventre et adressa un œil au garde, qui était resté dans son coin sans intervenir. Hild était prisonnier de sa robe d'or. Elle attendit. Dans sa rage, il pleurait.

– Je te libère, si tu me promets de rester calme.

– Ramenez Aaïla ! Réveillez-la !

Son visage se plissa. Elle ôta son genou, gagné par une forme de honte, lui lâcha un bras. Il tira doucement celui qu'elle tenait pour aller toucher la petite.

– Il faut la réveiller ! Ces fumées l'ont empoisonnée, l'ont presque tuée ! C'est vous qui avez demandé ça ?

– Je ne suis pas responsable de tes ennuis, tempéra-t-elle. Tu devrais même te réjouir que je sois venue. En équilibre sur ses talons, elle le jaugea un long moment. Ses interrogations se portèrent également sur la plume qu'il avait levée sur elle, en signe de menace, comme si cet objet avait le pouvoir de la neutraliser. Tu n'es pas le démon qu'a décrit Sorbier-Ardent au garde, que tu peux voir derrière nous. Ton attaque m'aurait depuis longtemps réduite en poussières, dans l'hypothèse où tu sortirais d'un quelconque Enfer. Tu m'as tout l'air d'un simple, bon et honnête garçon. Je ne t'ai jamais vu chez nous, cependant, tu es blond. Elle voulut caresser sa chevelure, mais Hild lui fila entre les doigts. D'où viens-tu, dis-moi ?

À son attitude, elle comprit qu'il ne répondrait pas, tout du moins pas avant qu'elle n'eût libéré la petite des tenailles inquiétantes de son sommeil. Safran libéra deux affiquets sur son épaule, chacun surmonté d'une topaze, reliée à une bride dorée qui entrait sous sa robe. Elle tira le petit sac qui tenait sous son aisselle, d'un tissu similaire à sa robe.

Depuis son plus jeune âge, ses proches lui affirmaient que les Sombres apportent le malheur à quiconque les touchent ou les approchent. Elle frémit quant elle écarta les mèches obscures du visage de l'enfant, mais ce fut tout. Du sang avait séché à ses tempes. Son arcade sourcilière droite était encore gonflée, la gauche avait désenflé, pour s'évanouir en un voile bleuâtre sur la paupière et le pourtour de l'œil. Le menton comportait de multiples éraflures. La plupart disparaîtraient, mais il y en avait une qui la marquerait à jamais, à l'arête de son menton. Safran fit un petit bruit mouillé du bout des lèvres.

– Qui l'a frappée, je devrais plutôt dire, tabassée de la sorte ? fit-elle pour soi-même. Si c'est Sorbier-Ardent, envoya-t-elle au garde, je te promets qu'il en pâtira !

– Mais, Altesse, c'est une Sombre ! Qui Vous croira ? Pas votre père, je le crains fort.

Elle ne l'entendit pas, se pinça les lèvres et ouvrit son sac. Il contenait plusieurs sachets en papier soigneusement pliés.

– Je vais voir ce que je peux faire, mais je ne te promets rien, dit-elle au garçon.

– Vous êtes quoi, une magicienne ?

Elle haussa les épaules, avant que de comprendre ce que ce mot recelait d'ampleur et d'espoir dans la bouche du garçon. Il aurait dû lui demander si elle avait des connaissances en médecine, si elle était capable de soigner Aaïla. Mais cette référence spontanée en la magie, la mit plus fort sur une piste. Hild prit conscience de sa révélation, malgré lui. Il ferma sa bouche, qui était restée ouverte. Le mystère de leurs présences s'épaississait un peu plus.

– Je ne le suis pas, non, au contraire de certains qui le revendiquent haut et fort, alors qu'ils ne sont que des illusionnistes de foire. Je connais juste les propriétés curatives de quelques plantes sur notre organisme, voilà tout.

Elle ne le fixa pas, mais il sentait que sa conscience le faisait, et l'approuvait. Elle ouvrit deux sachets et en sortit des pétales de stellaires, des franges d'osmondes. Elle mit le tout entre ses paumes et frotta. Le garçon perçut le piquant des fragrances légères s'en dégager. Safran aventura les parfums sous les narines d'Aaïla, qui ne réagit pas tout de suite.

Au début, la petite remua la tête, comme si elle souhaitait éviter ce baume qui se promenait sous ses narines, commençait de chambouler les nuées informes où ses pensées l'avaient projetée. Puis, des sons se formèrent en elle, pour s'allier et ne faire qu'un, l'attirer et la pousser, hors de l'opacité. Ses lèvres s'ouvrirent avant ses yeux.

– Zar'ouath ! Zar'ouath ! Zar'ouath ! cria-t-elle.

Sa poitrine se souleva. Sa vue redevint nette. Safran posa une main sur sa bouche pour la faire taire.

L'enfant vit quelqu'un qui avait l'apparence de Selena. Était-elle de retour en l'Yss'Bahâr' ? Elle rechercha le Soleil, la rousseur particulière des dunes sous l'ombre des frontispices abandonnés des ruines d'Ousse. Elle rechercha les vestiges roses et pâles, les temples et les bassins enfouis au désert, les ombres des chameaux qui se dissolvaient dans le sable brûlant.

Safran vit ce que la petite espérait, tandis que le vieil homme ressentait une chaleur étrange le gagner tout entier. Hild effleura son cou, le phénomène s'estompa. Ils étaient bien plus que de simples enfants, songea Safran. Elle ramassa ses sachets et les rangea dans son sac, certaine que quelque chose venait de changer, que sa vie venait de prendre une direction qu'elle avait souhaitée, depuis toujours. Lentement, elle se mit debout. Le garde la rejoignit.

– Il faudra leur apporter de l'eau, des couvertures et de quoi manger. Laissez leur aussi de la lumière.

–Sorbier-Ardent a dit…

–Je me moque de ses ordres !

Il hocha le front.

– Je me ferai donc réprimander par Sorbier-Ardent. J'excelle dans le sénile, le saviez-Vous, Altesse ? ironisa le vieux garde.

Safran tapota sa main parcheminée avec reconnaissance.

Hild murmura à l'oreille d'Aaïla des choses qu'elle ne put saisir. Safran avait pris ses résolutions.

– À présent, je dois partir. Si l'on s'aperçoit de mon absence, cela risque de mal tourner pour moi. Souvenez-vous, insista-t-elle en se retournant une dernière fois vers les enfants, et plus particulièrement vers Hild. Je ne suis pas venue ici. Vous ne m'avez jamais vue. Votre liberté ne pourra se faire qu'à cette stricte condition. On vous mènera devant le roi, demain, je le pense. Je ferai mon possible pour vous aider, mais je ne vous promets rien. Je suis la fille du roi Cirrus. Je suis la princesse Safran. »

Le vieil homme tint promesses et revint, une courte demi-heure après avoir laissé les enfants, une couverture sur chaque épaule, un grand sac entre les bras. Il portait également une grosse outre en bandoulière. Il posa le tout devant eux. Un temps, il avait été certain que Sorbier-Ardent le changerait en crapaud pour avoir fait cela. Mais il s'était souvenu des propos de la princesse. Sorbier-Ardent en imposait pas sa parole et sa rage contenue, peu par ses tours de magie. Peut-être était-il un habile faussaire.

« J'ai fait ce que j'ai pu, dit-il en haussant les épaules comme il vidait le contenu du sac, des fruits, du pain et des morceaux de jambon garni de chapelure. J'ai dû prendre sur mon garde-manger et guère aux cuisines du palais, comme je l'espérais. Il y a encore beaucoup de monde dans les jardins. Il y a eu une fête hier soir.

Il observa le garçon. La fillette le mettait mal à l'aise. Cela venait peut-être de la beauté de son visage, bien qu'il fût à moitié taché de sang et meurtri. Quelque chose se révolta au fond de lui, contre Sorbier-Ardent, contre ceux qui l'avaient aidé à les attraper, à la frapper de la sorte. Mais il se sentait si vieux et faible. Il sortit une serviette et la lui tendit. Un arc de lune s'étira au bas de son minois tandis qu'elle lui souriait.

– Je ne suis jamais allé tout là-haut, au-dessus du précipice, commença-t-il, mais si vous venez de là-bas, je m'interroge sur le fait que Sorbier-Ardent savait que vous viendriez. Son Altesse, la princesse Safran, le considère comme un charlatan et un opportuniste, mais je suis intimement persuadé qu'il connaît des choses peu recommandables, qui ne tiennent en rien du bric-à-brac de l'improvisateur. Personne ne peut aller là-haut. De mon vivant, personne ne l'a fait, sauf lui. Il se tint le menton, en proie à la réflexion. Étrange, qu'ils vous aient attrapés juste ce soir, quand tous cuvent leur vin, le soir même du début de *terssème*, murmura-t-il, soupçonneux.

Les enfants restèrent dans leur mutisme. Peut-être se méfiaient-ils de lui, pensa-t-il. Après tout c'était légitime puisqu'il les avait cloîtrés ici. Il soupira et se releva.

– Je vais vous laisser.

Il se retourna et sortit. La serrure grinça tandis que la clef tournait dans l'acier.

– S'ils reviennent, nous tueront-ils ? lui lança le garçon.

– Je ne pense pas qu'ils reviendront. Pour le moment, Sorbier-Ardent vous a oublié, comme on met un bâche sur un forfait qu'on voudrait oublier. Mais je ne sais ce qui se trame dans la tête de Sorbier-Ardent. Il faut attendre demain pour voir ce que décideront la reine et le roi. Il agrippa les barreaux et passa le bord de son visage entre. D'où venez-vous au juste ? Comment deux enfants peuvent forcer Sorbier-Ardent à les battre ? Comme si vous lui faisiez peur. Il ne leur avoua pas que le magicien tuait ce qu'il craignait pour ne plus s'en préoccuper. Cela, je ne me l'explique pas. Il baissa le front et soupira. Je pars à présent. N'oubliez pas les conseils de son Altesse. Elle seule peut réellement vous aider. »

Plus tard, après qu'Hild eût aidé Aaïla à nettoyer sa figure, à redonner un semblant de dignité à ses linéaments, après qu'ils se furent nourris tels deux moineaux blessés, tourmentés et anéantis qu'ils étaient par la disparition subite de Zar'ouath, la petite songea à la perle du Sii'had.

Grâce à elle, ils avaient encore un fol espoir, Aaïla s'imaginait que le mage répondrait à son appel, qu'il n'était pas mort mais juste égaré, pour un temps, au fin fond de l'obscurité, au cœur d'un gouffre d'où sa générosité le sortirait, le sauverait. Elle se mit à penser à Gálwïn, à Dzyna et Paranën. Le Temps les avait tous trois emportés. Zar'ouath, il ne pouvait pas mourir ! Elle l'aimait tant. Elliador l'aimait tant. Elliador…

Aaïla dévisagea Hild, ses traits déformés par le chagrin.

Incidemment, elle songea à elle, à Elliador. Elle avait été si réelle la dernière fois qu'elle lui était apparue, au balcon du palais d'All'Rïnx. Elle avait été si étrange au fil de ses paroles, comme si quelque chose allait s'achever, comme si elle le savait, depuis longtemps. Des bribes de mots lui revinrent, trouvant enfin, là, dans ce cachot, leur cruelle signification.

« … *Zar'ouath ne sera peut-être plus avec toi, alors.* »

Gardant le silence et refoulant ses larmes, elle n'eut qu'une seule idée en tête, renouer le contact avec cet homme qui l'avait éclairée, tenue en marge des ténèbres qui cherchaient à l'étreindre. Ses pensées se nouèrent pour n'être qu'une unique étincelle au sein du bijou. Sa conscience se vrilla et s'éloigna de son corps. Le garçon dut la tenir par le bras pour éviter qu'elle ne tombe en se faisant mal. Elle chercha le chemin qui la conduirait au mage. Pourtant, plus elle s'y efforçait, plus elle se retrouvait aux tréfonds de la perle, butant sur ses limites, comme on buterait contre un plafond. Elle insista, encore et encore. Quand la chaleur fut trop intense entre ses paumes elle hurla de douleur. Un panache de fumée s'envola. La perle n'était plus, volatilisé par la persévérance destructrice de la petite.

Sorbier-Ardent, bien qu'il fût un personnage important à la cour du roi Cirrus et de la reine Jade – n'était-ce pas lui qui avait créé la longue faille devant leur cité, qui les protégeait tous des crues imprévues de la rivière à l'aide de son fabuleux bourdon ? –, n'en vivait pas pour autant dans un logis du plus luxueux ; pour tout dire, il était de piètre qualité.

Certes, l'endroit était au calme, – on lui avait donné en prime toute la pommeraie sise près de son habitation, ce qui apportait ses petits avantages aux beaux jours de *duose*, embaumait le fond de l'air d'une façon fort délicieuse et pourvoyait aux exigences de son estomac grâce aux fruits que les arbres produisaient –, mais cela suffisait à peine à combler son impatience. Il voulait plus, plus de reconnaissance, de prestige. Il voulait devenir *le* personnage le plus important, parmi les Clairs. Il voulait que les espoirs finissent et commencent avec lui, par lui. Que fallait-il faire pour convaincre le roi et la reine des Clairs d'un surplus de largesse à son égard ? Il serra les poings, avant de se souvenir qu'il était sur le bon chemin, celui de la gloire grâce au coup qu'il venait d'accomplir dans cette nuit trop clair, au Bord-du-Monde.

Oui, quand il vit l'apparence misérable de sa porte, l'ombre de sa silhouette longiligne s'inscrire sur le bois crasseux, il se dit qu'il était encore loin de ce qu'il espérait. Cependant il revenait au seuil de son logis moisi avec plus d'espoir que la veille, un espoir qui lui gonflait la poitrine jusqu'à, lorsqu'il y pensait trop, le suffoquer d'orgueil.

L'*eau* avait dit vrai pour l'autre soir, tout comme l'année précédente lorsqu'*elle* lui avait montré comment fabriquer son bâton magique. *In petto*, il adressa une courte louange au hasard extraordinaire qui lui avait permis de trouver le livre de magie. Ce livre était rempli de poèmes obscurs, de devinettes et de formules sibyllines qui plaisaient à son esprit retors, bercé de mystère. Il avait souvent eu l'envie de s'en débarrasser parce que tout ça lui faisait peur, mais cette idée le fuyait sitôt qu'elle naissait en lui. À la fin, il prit cela pour une nécessité, une saine curiosité.

Oh ! Il n'y comprenait pas tout, mais il se félicitait de ne pas l'avoir jeté dans un buisson ou fourgué dans sa cheminée, agacé qu'il était, alors, par tous ces symboles écrits qui ne faisaient que le renvoyer à ses ignorances. *Mon premier bon réflexe depuis pas mal d'années !* avait-il pensé par la suite.

La simple vue de la tranche d'un livre, quel qu'il fût, lui avait toujours donné mal à la tête. Il n'avait jamais été doué pour la lecture et la mathématique, qui lui rappelaient ces années de remontrances sans fin auprès de ce vieil enquiquineur d'apothicaire chez qui ses parents l'avaient placé, dans l'espoir de devenir herboriste. Ce rabat-joie puant l'avait copieusement excédé, lui demandant tant de grammes de ceci, telle pincée de cela, jusqu'à ce qu'il comprit qu'il pouvait malgré sa flagrante mauvaise volonté faire quelque chose de bon de ses doigts comme, par exemple, une potion singulière qui endormit à jamais son *maître ès herbes*, qu'il lui fit voir pour toujours l'herbe de son jardin de plus près.

De ses années d'épigone et de pâle tâcheron, il avait juste retenu que le savoir commence quand on ne comprend rien à rien. Finalement, conserver ce livre avait été un fin réflexe, oh oui !

Tandis qu'il faisait un tour de clef, il tâta l'étoffe de sa robe pour être sûr. Le livre était là, contre sa poitrine, dans une poche qu'il avait cousue pour l'y dissimuler. Il se sourit et entra.

Le taudis était dans la pénombre. Dans l'âtre, le feu de cheminée achevait de s'éteindre. Des braises y lançaient d'ultimes rougeoiements. Son mainate borgne se réveilla de suite. Sorbier-Ardent s'approcha. Le volatile avait le ventre gonflé, au point qu'il discernait les trouées dans son plumage noir et gras. Il avança le doigt sous sa gorge. L'oiseau grogna. L'éructation fit envoler son haleine, qui lui dévoila l'odeur fétide d'une souris qu'il avait dû gober.

« Bonsoi*rr* supe*rr*be So*rr*bier-A*rr*dent !

Il lui adressa un salut badin, d'un air de dire *assez !*

– Tu ne devrais pas avaler les souris. Les chats vont la sentir se décomposer en toi. Résultat ? Ils t'attraperont !

Le mainate cligna de son œil valide et fit un mouvement sur son perchoir. Il manqua tomber, comme sous l'emprise d'un alcool fort, guère habitué au nouveau poids de son corps. Il se rattrapa, *in extremis.*

– Supe*rr*be chapeau sur vot*rr*e supe*rr*be tête, ô, g*rr*and Sorbier-A*rr*dent !

Il opina du chef et ôta son nouveau couvre-chef, glissant une paume sur la longue plume de paon.

– Travaille un peu, oiseau fainéant, fabrique-moi une aussi jolie plume !

Il haussa les épaules. Sa requête n'avait aucun sens. Quel dommage, pensa-t-il, d'avoir expédié ce mage dans le précipice avec tous ses secrets, toute la pratique qu'il avait dû avoir de la magie. Quand il l'avait vu sortir des Portes, il avait éprouvé de la jalousie, une jalousie féroce ; ce mage était si beau, si plein de son pouvoir mélodieux. Il posa le chapeau au tissu passé au coin du perchoir. Le mainate avait refermé sa paupière valide, reparti dans un rêve. La principale occupation de l'oiseau consistait à sommeiller. Il se retourna, guigna la margelle du bassin, tout à côte de la cheminée.

L'*eau* faisait sur lui l'effet d'un aimant, surtout depuis qu'elle avait ouvert sa clairvoyance à son esprit, surtout depuis qu'il avait élucidé une page de son fameux livre. Il alla s'agenouiller devant le rebord de pierre froide. Tandis qu'il se penchait, son visage s'inscrivit à la surface de l'*eau* qui affleurait, avant de vaciller pour un scintillement de lueurs multicolores.

Elle l'observa, détailla le contenu de ses pensées. Son examen achevé, le timbre aigu de sa voix s'éleva.

– Je vois que tu t'es débarrassé de ce mage, comme je te l'avais conseillé. Je suis satisfaite que tu l'aies fait. Tu as tenu ta parole.

Sorbier-Ardent hocha le front.

– Est-ce pour bientôt, je veux dire, ce que tu m'as promis ?

Il y eut un long silence.

– C'est une demande faite à mon côté abstrait, ou une simple question adressée à ma conscience ? demanda l'*eau*.

L'homme maigrichon fut un instant désappointé. Les couleurs roulaient sous son menton, dans une forme de jeu destiné à l'aveugler. Quand il la questionnait sur son avenir elle se taisait pour nombreux jours, et ce silence le faisait souffrir car il avait du mal à se passer de sa conversation. Il se demanda si c'était un génie de l'eau qu'il avait appelé dans sa maison par le biais du livre, ou bien un démon qui se jouait de lui.

– À ta conscience, murmura-t-il, après-coup.

– Ce que j'ai promis te reviendra, sois-en certain, Sorbier-Ardent. Mais il te faut patienter, encore un peu. Conduis les enfants devant le roi, demain. Insiste auprès du roi pour qu'ils soient sacrifiés. Ils sont des démons ! Ils s'apprêtaient à envahir Orkose, à épauler les Sombres dans votre destruction, avant que ta magie ne t'eût permis de les sentir, de les trouver, de réduire leur méchanceté et leurs pouvoirs à quia !

– Quelle sorte de sacrifice satisfera Hâân ? Devrons-nous ouvrir leur gorge devant la grande faille, devant notre cité ?

– Cirrus n'apprécie pas ce genre de pratiques par trop barbares. Il les tolère, pourvu qu'elles ne salissent pas la cité et ses abords. Elle se tut un moment, avant que de reprendre. Pour ce que tu cherches à obtenir, il n'est qu'un moyen de contenter Hâân. Fais-les jeter dans le puits de la vérité !

– Le puits de la vérité ? Mais ils vont brûler, se consumer sans fin, encore et encore et, quand bien même leur corps serait ciron qu'il fera souffrir leur âme. Cela ne cessera jamais pour eux. C'est ce que demande Hâân ?

– Sorbier-Ardent, le peu scrupuleux. T'intéresses-tu autant à leur sort comme à celui de tes anciennes victimes ? Ta place de choix auprès du roi et de sa compagne évaporée t'a-t-elle offert une once de sensibilité pour faire de toi l'être le plus probe ? Ne demandes-tu pas le pouvoir depuis toujours ? Préfères-tu rester le minable, hasardeux mélangeur d'herbes à qui on a offert trois pommiers ravagé par la vermine ? »

Il encaissa la critique. L'*eau* frappait toujours juste. Il était si prévisible. *Elle* devinait tout de lui. Et, bien qu'il sût qu'il était son jouet, il obéirait.

CHAPITRE LVIII

Jade mit une main sur son front, tandis que l'autre levait avec une dramaturgie certaine un mouchoir de soie. Les deux fillettes assises près de son trône, qui s'occupaient à écaler des noix et des pistaches pour leur souveraine enchifrenée, suspendirent un moment leur tâche. Un tremblement remonta la nuque de la reine. Ses narines se dilatèrent, avant qu'elle n'éternuât avec force.

Le roi se pencha sur son siège en forme de conque. Avec grande commisération il essuya les larmes aux commissures des yeux de Sa Moitié.

« Que fait Sorbier-Ardent ? Qu'a-t-il de si important à nous montrer qu'il faille que nous soyons levés si tôt ? se plaignit la reine en se mouchant, comme si c'était la fin du monde, l'acmée de ses souffrances. Les éclats que lançaient les morganites et les citrines de son sautoir à son regard l'aveuglèrent un instant, ce qui la fit larmoyer de plus belle. Je rêve de prendre un bain chaud ! soupira-t-elle.

Cirrus lui tapota sa main tout indolente.

– Il ne va plus tarder ma mie, un tout petit peu de patience.

Il releva le front, attiré par un changement de musicalité dans le froissement des robes. Amassés de part et d'autre du chemin de cristal, les gens de la cour s'écartèrent. Force courbettes et compliments vinrent rouler sur la beauté de la princesse Safran, qui approchait. Elle ignora ces marques de déférence et vint se tenir près des trônes de ses parents, bras croisés sur sa robe dont la fibre pourpre chatoyait.

Cirrus fronça les sourcils. Il n'avait rien contre cette couleur, mais plutôt envers les lierres de soie noire qui étaient lovés à ses cheveux d'or. Il voulut se persuader qu'elle l'avait fait par volonté de moquerie des Sombres, que le blond de ses mèches anéantissait l'obscurité de ces parasites. Pourtant, une autre partie de lui se rebellait et se faisait jour, trouvant l'alliance des teintes plus qu'harmonieuse. Les murmures des conversations futiles reprirent vite leur cours, tissant plus avant des bourdonnements légers dans l'air. Sur son siège royal la reine éternua. Une des fillettes posa des pistaches sur un voile en pierre, qui faisait une vague au niveau de l'accoudoir.

– Je suis comme la fleur qui se recouvre d'aiguail, au petit jour ! dit la reine Jade, assurée d'avoir prononcé une phrase à la prose majeure.

Cirrus applaudit, suppléé par l'assistance, si bien que toute la cour se mit à taper des mains, bien qu'un tiers ne sût pourquoi, emporté par l'élan général, la nécessité de faire comme les autres.

Le fat magicien, qui venait de se montrer, dut prendre cette salve d'applaudissements pour son compte. Il se plia d'une révérence, avant que de s'apercevoir que cette manifestation d'admiration et de générosité n'avait pas été produite à son intention. Sur le sentier lumineux qui allait droit aux trônes, il se rendit compte que le cuir de ses bottes n'était pas du plus propre; quant à sa robe, il y avait des taches qu'il n'avait jamais réussi à éliminer, *comme mon dégoût de mon ancien maître es herbes*. Malgré tout il passa outre ; ce qui l'amenait était plus important que le contenu misérable de sa garde-robe.

Il fit ostensiblement sonner son bâton sur le cristal. Il savait que le choc de son bourdon résonnait dans la tête diaphane des courtisans comme une masse sur l'enclume, comme une menace. Il les prenait tous pour des écervelés, mais n'hésitait jamais à leur faire des ronds de jambe. Derrière lui, vingt gardes suivaient en rangs serrés, encadrant deux silhouettes ramassées. Des *oh !* s'élevèrent tandis qu'on découvrait la flamme noire qui dansait, auprès de la flamme blonde. Sur un signe du magicien les gardes se rangèrent suivant une disposition triangulaire. Les deux enfants furent un peu plus dissimulés, faisant monter le désir et l'indignation. Sorbier-Ardent se rapprocha du piédestal où étaient juchés les souverains. Il exécuta une courbette, enfin, quelque chose comme cela.

Les deux fillettes abandonnèrent leurs coques de pistaches et de noix pour aller se cacher près du trône de Jade. Elles firent comme des pépiements derrière elle, ce qui la souleva d'un rire argentin.

– N'ayez craintes mes douces colombes, ce n'est que Sorbier-Ardent ! Comme ça, il a l'air féroce, mais il a bon fond.

– Bienvenue, stupéfiant magicien ! lui envoya Cirrus.

– Je salue Sa Majesté, Sa gracieuse Majesté et, Sa gracieuse Altesse !

– Pouvons-nous savoir ce qui nous vaut ce déploiement matinal de nos hommes d'élite et des gens de notre cour ? Vous mettriez-vous en quête de rappeler à l'ordre des Sombres qui se seraient introduits dans notre insigne territoire ?

Sorbier-Ardent plissa les paupières et la bouche.

– Non, Majesté, bien que Vous ne soyez pas si éloignée que cela de la vérité.

– C'est-à-dire ?

L'homme efflanqué fit un signe aux gardes. Deux d'entre eux sortirent des rangs, dirigeant la fillette et le garçon à la pointe de leur épée. L'apparence d'Aaïla provoqua chez Cirrus la même étrangeté qu'il avait ressenti, quand sa fille était venue bras ouverts à lui, pour la première fois. La petite n'avait plus le visage ensanglanté. La peau avait désenflé. Il ne restait que le bleu des coups et la cicatrice au menton. Tous deux paraissaient comme reposés. Le garçon jeta un regard furtif à l'assistance. Vite, il remarqua Safran. Elle l'observait, feignait de les ignorer, jouant le même œil surpris, dégoûté des autres. Cet imbécile de garde, pris de pitié, leur avait fourni de l'eau et de la nourriture, songea Sorbier-Ardent. Qu'importait à présent, puisque la voix du bassin l'avait confirmé dans ses espoirs. Avec théâtralité, il mit son bras devant les enfants, qui s'arrêtèrent.

– Que signifie ceci ? Sa Majesté est malade ! Voulez-Vous la faire mourir en lui imposant cette horreur ! gronda Cirrus en désignant Aaïla du doigt.

– Vous vous emportez mon ami, tempéra Jade. Le garçon est mignon et semble des nôtres, ce qui équilibre avec cette horreur. Laissons Sorbier-Ardent s'exprimer, sur quoi elle se rompit d'un éternuement sonore.

– Voici deux démons ! commença le sorcier.

Un vent de panique tournoya dans la salle. Les dames agitèrent leur éventail tandis que les hommes mettaient la main au quillon de leur lame, bien qu'ils n'eussent aucune idée de leur maniement puisqu'ils la portaient pour se donner de l'importance – n'y avait-il pas des soldats sans état d'âme pour les utiliser, alors quel intérêt d'apprendre à ferrailler ?

Le magicien attendit que les rumeurs indignées retombassent d'elles-mêmes. Ils étaient si faciles à diriger, si prévisibles, pis que des volailles.

– Voyez-vous, reprit Sorbier-Ardent, mes pouvoirs m'ont prévenu, il y a plusieurs jours de cela, de la venue possible de démons. Je me permets de passer outre sur les détails qui m'ont offert la connaissance de leur proximité. L'esprit iridescent de Sa Majesté est enrubanné d'un rhume et, la magie est un art fastidieux et long à mettre en œuvre, qui plus est à l'expliquer à vos Grandeurs qui n'y sont pas initiées. Il semble que les hideux Sombres les aient appelés pour venir nous détruire. Là-dessus, il prit la pause, le menton en équilibre sur une main, comme en proie à la méditation

– Allons corriger les Sombres ! hurla un homme dans l'assistance, montrant du doigt les gardes pour qu'ils exécutent ses propos.

– Ce ne serait que justice ! renchérit un autre.

Cirrus agita les mains pour apaiser le courroux qui montait crescendo. Les chevelures ornées de fleurs paripennées se tournèrent vers le magicien, qui reprit la parole.

– Hier soir, j'ai préféré passer outre notre magnifique fête de terssème. J'ai rallié quelques-uns de mes amis, et nous nous sommes mis en quête de leurs traces, expliqua-t-il, paupières plissées. Nous les trouvâmes, après le long et épuisant chemin qui serpente et grimpe, jusqu'au sommet du précipice. Cette fois, les murmures de stupéfaction ne l'interrompirent pas. Les démons que vous voyez étaient avec un autre, fort dangereux, que j'ai tué !

– Vous allâtes en haut du précipice ? s'étonna le roi. Mais, c'est impossible! Personne ne s'y est jamais rendu. Il y a des créatures démoniaques qui y règnent, et vous tuent de leur souffle !

– Mon ami, vous oubliez que Sorbier-Ardent est un remarquable magicien, le coupa Jade. N'a-t-il pas mis un terme aux inondations dévastatrices des rivières en créant la grande faille ?

Sorbier-Ardent gonfla la poitrine. C'en était trop pour Safran qui ne souffrait plus d'entendre le verbiage de ce repoussant personnage, tout comme les assentiments de sa mère. Il était temps d'agir, quitte à renier ses origines, quitte à jeter le discrédit le plus total sur sa personne.

S'excusant sommairement auprès des quelques péronnelles qui lui bloquaient le passage et feignaient la pâmoison au récit de la folle aventure du magicien, elle vint se poster à quelques mètres du chétif personnage et l'interpella.

– Mais ce lieu est interdit, ne le savez-vous, Sorbier-Ardent ? Il est interdit à toute personne.

Cirrus rougit furieusement, mais il se tut. Craignait-il que le magicien se vengeât sur la princesse pour l'affront qu'elle semblait se préparer à lui servir ? redoutait pour sa propre personne ?

– Il faut savoir ignorer les interdits, Altesse. Savez-Vous que, là-haut, il y a des portes qui donnent accès à d'autres mondes que le nôtre, pleins de fracas, de terreurs ineffables ? Ces démons sont venus de là, appelés par les Sombres et leur magie noire ! Il expira avec force, comme pour se débarrasser d'un trop-plein d'émotions qui avaient manqué l'étouffer.

Dans la foule, les femmes agitèrent leur éventail.

– Eux ? Des démons ? Ce ne sont que des enfants !

– Safran ! intervint le roi, la mine devenue rubiconde. Combien de fois faudra-t-il insister pour te dire, te faire comprendre de ne pas te fier aux apparences ? Les démons savent revêtir une enveloppe fort différente de la leur. Nous les voyons comme nos semblables alors qu'ils ne sont à la vérité que hideur, les éternels corrupteurs des âmes dont ils sont dépourvu !

– C'est étrange, père. À vous écouter, je crois entendre quelqu'un d'autre s'exprimer par votre bouche.

Il passa du rouge au blême et changea de position, comme si un serpent se réveillait sous lui. Elle dévisagea plus avant Sorbier-Ardent, qui lui offrit un sourire narquois.

– Vous pouvez vous féliciter, ô magicien aux ineffables pouvoirs, d'avoir si bien insuffler vos leçons sur les démons et tout ce bric-à-brac dans l'esprit de mon père. Voyez le résultat, vous le menez par le bout du nez ! acheva-t-elle en exécutant un vague geste de la main.

– Altesse, je... Il se retourna vers le roi. Majesté, la princesse Safran aurait-Elle perdu la tête ? Je ne reconnais plus la jeune femme charmante qu'il m'était donné de rencontrer, chaque jour.

– Moi non plus... Safran, ton impertinente m'insupporte ! Ces propos captieux envers ce bon, serviable Sorbier-Ardent ne sont pas de ton rang! s'indigna Jade, avant que son visage ne fût déformé par la venue d'un éternuement, qui l'emporta dans un copieux tremblement. Blaise à toi de t'abuser à ce betit jeu, ces gamineries ! Elle se moucha. Mais préviens-nous quand tu t'y adonnes. Cela pourrait prêter à confusion !

– Que ma mère se rassure. En l'occurrence, il ne peut y avoir aucune confusion, puisque je ne joue pas. Je dis juste la vérité.

Cirrus détourna l'attention du magicien en secouant les bras.

– Ne faites pas attention à elle. C'est de son âge. Il ricana, sans grande conviction. Allons, parlez-nous plutôt de ces deux démons. Que comptez-vous en faire au juste ?

Sorbier-Ardent soupira. Il glissa un œil dur sur Safran, avant que ses sourcils ne se fussent arqués, et qu'il se fût tourné face aux enfants. Il leva son bâton et toucha l'épaule d'Aaïla. L'enfant initia un mouvement pour le repousser. Il n'insista pas. Le châtiment qu'il lui réservait, réparerait sa résistance, si futile soit-elle.

– Ce démon-la, n'a pas eu la conscience d'esprit de se faire à notre ressemblance, comme l'autre, qui aurait pu nous duper. Il a fallu se battre ferme pour maîtriser ce succube.

– Combien de coups lui avez-vous portés pour anéantir sa résistance ? Combien de coups donne-t-on à un enfant, pour le mater ? plaça la princesse.

– Autant qu'il l'a fallu. Leurs forces sont étranges et capricieuses, Votre Grâce. Elles sont encore là, intactes, quand vous les croyez anéanties, prêtes à vous sauter dessus au moment où vous vous y attendez le moins !

– Et, si elles venaient à se déchaîner, ici ?

– Altesse, il s'appuya au pommeau de son bâton avec toute la fatuité qu'elle espérait de lui. Mes pouvoirs les ont purifiés de ce dont les enfers les ont dotés. Maintenant, ils sont comme des agneaux.

– Ils n'ont peut-être été que cela, depuis toujours, rétorqua-t-elle.

– S'ils venaient à se déchaîner, comme Son Altesse le craint, je saurais fort bien leur faire sauter la tête !

Jade pinça Cirrus. Il se pencha pour écouter ce qu'elle désirait lui murmurer. Il crut qu'elle allait lui demander d'éviter que la tête de ces démons ne fût ôtée ici, parce que cela eût enlaidi le sol et posé à jamais un profond dégoût sur le souvenir qu'elle aurait des noix et des pistaches.

– J'aimerais tant que nous allions nous ébaudir, pépia-t-elle au creux de son oreille. Les imprévus de la sorte sont raretés ces derniers temps. Remercions Sorbier-Ardent qui nous distrait toujours tant, lorsque nous ne nous y attendons pas !

Cirrus remonta son ceinturon et se gratta la gorge. Il sourit brièvement aux mignardises de Jade.

– Et l'autre démon, celui qui est tombé, celui que vous envoyâtes aux tréfonds de la terre, vous ne nous en parlez que fort peu ! releva Cirrus.

Jade le pinça encore et gloussa. Il repoussa sa main et attendit la réponse du magicien.

– Je ne voudrais pas effrayer la noble assistance, Majesté. Le principal est que je l'aie fait disparaître, que nous n'avons plus à le craindre. Il sentit une brûlure infime parcourir sa nuque. Mais le phénomène ne dura que l'instant de sa naissance.

Aaïla éprouvait l'irrésistible envie de le détruire. Mais à quoi bon sans la perle, qui n'était plus. Hild voulut se rapprocher d'elle, ressentant la même chose, le même désarroi profond que Zar'ouath ne fût plus là pour corriger cet homme de rien, mais les gardes ne les surveillaient que trop.

– Soit, Sorbier-Ardent, soit, répondit Cirrus, lentement, soulagé que la blandice souveraine l'eût lâché, soulagé que sa fille se fut enfin tue. Que comptez-vous faire d'eux ?

Sorbier-Ardent haussa les épaules.

– Je me rendrai volontiers au jugement de Sa Majesté, pourtant, je me permets d'imposer mes exigences sur leur mort, en toute simplicité.

Cirrus sourit, mettant à jour ses dents laiteuses.

Jade picora des pistaches, ses grands yeux verts écarquillés.

–Il leur faut une mort exemplaire, dont ils se souviendront toujours, même quand ils ne seront qu'un presque rien. Le puits de la vérité me semble tout indiqué pour châtiment, ne trouvez-vous pas ? Ils brûleront éternellement, sans jamais pouvoir s'échapper de leurs souffrances que procurera le feu du puits.

– Le puits de la vérité, répéta Cirrus. Qu'en dites-vous ma mie ?

– Que Sorbier-Ardent fasse cobbe il l'entende. Bourbu que, elle se moucha, pourvu que nous n'en entendions plus parler !

– Mais enfin va-t-on les laisser s'exprimer ? intervint Safran. Qui a décrété que les mondes au-delà du précipice sont des berceaux infernaux, et je ne sais quel autre pandémonium imaginaire ? Devons-nous systématiquement recouvrir notre ignorance des autres de ce qui nous arrange le mieux ? Père, comment pouvez-vous vous laisser abuser par ce magicien de pacotille ? L'a-t-on jamais vu faire un seul tour digne du titre dont il aime à se targuer ? Vous allez me répondre qu'il a usé de son bâton pour créer la grande faille, que vous lui en êtes reconnaissant. Mais qu'a-t-il fait, avant cela ? Elle dévisagea le magicien, paupières plissées. Où avez-vous trouvé ce bâton, piètre mélangeur d'herbes ? À qui l'avez-vous volé ? Sûrement pas à l'apothicaire chez qui vous fûtes l'apprenti médiocre. Vous, qui pouvez vous rendre en marge de notre monde, et peut-être en deçà. Et si vous aviez été le chercher dans ces enfers que vous décrivez avec si peu d'originalité ?

– Safran ! s'énerva le roi.

– Laissez, laissez, Majesté, fit le magicien avec grand sang-froid, comme si les paroles de la princesse n'avaient fait rien autre que glisser sur lui. Si Son Altesse tient tant à entendre ces démons, plaise à Elle. Je rassure sa Majesté et sa Gracieuse épouse, leurs voix ne vous empoisonneront pas. Ma magie les a débarrassées de leurs sortilèges.

– Comment ? Ils s'expriment dans notre langue ? frissonna Jade.

Safran oublia la question insignifiante de sa mère. Elle s'approcha des enfants et fit signe aux gardes de rengainer leur épée. Ils lui obéirent de mauvaise grâce, ce qui arracha un long soupir au magicien.

– Allez, commença doucement la jeune femme, dites-nous d'où vous venez, et ce que vous êtes venus faire exactement en Orkose.

Les enfants se dévisagèrent.

–Dans quel guêpier sommes-nous tombés ? Ils ont vraiment l'intention de nous tuer. Si j'avais le courage d'Orlena, la force de Tworn, il y a longtemps que j'aurais corrigé ce magicien ! Si Zar'ouath était là, il saurait quoi faire ! Où sont-ils passés tous ces amis qui nous ont aidés, qui nous manquent tant ? Ils se sont tous dissipés, comme les images de mes visions. Ils ne nous servent plus de rien !

– Cesse de te plaindre, Hild ! Le garçon eut un réflexe de recul, comme si elle lui avait donné une gifle. Mais c'était impossible. Son imagination avait dû lui faire cela. Tu as une amie devant toi. Ne le vois-tu donc pas, ne comprends-tu pas qu'elle joue sa vie pour nous ?

Safran attendait toujours. Elle commença de pâlir devant leur refus obstiné de leur parler qui jouait tout autant contre eux que contre elle. Les paupières grandes ouvertes, elle les implorait de répondre. Il était temps qu'ils se manifestassent.

– Je m'appelle Aaïla. Lui, c'est Hild.

Des murmures s'élevèrent dans l'assistance.

– Êtes-vous certain que le poison de leur voix est anéanti ? s'inquiéta Jade, prête à se boucher les oreilles, voire à autoriser qu'on les bâillonnât ou qu'on leur coupât la langue.

– Celui que vous désignez comme démon, n'était autre qu'un mage, un grand mage, le plus grand de tous ! Il avait pour nom Zar'ouath !

Sorbier-Ardent fronça les sourcils. Sur son trône, Cirrus changea de position. Décidément, en plus du charme étrange qu'il dégageait de lui, ce démon avait de la suite dans les idées.

– Un mage ? Mais pourquoi ne s'est-il pas manifesté auprès de notre magicien Sorbier-Ardent quand ils se sont rencontrés ? Magicien et mage, c'est le même ordre, non ? Ils eussent dû se reconnaître, guère se détruire! argua le roi.

– C'est que votre magicien, Sorbier-Ardent, ne lui a pas laissé le temps de s'expliquer. Je crois même qu'il nous attendait. C'était un piège mûri de longue date, expliqua la petite, foudroyé par l'œil mauvais de l'homme malingre.

– Majesté je proteste ! Apporterez-Vous quelconque crédit au discours de cette, ignominie ? Il est évident qu'elle essaye de nous duper et de gagner du temps. Je puis Vous affirmer qu'elle était tout autre, là-haut. Qu'il a fallu être plusieurs pour la maîtriser. Tu n'échapperas pas à ton châtiment, démon !

– C'est faux ! Elle était évanouie quand vous l'avez frappée ! intervint Hild. La disparition de Zar'ouath a presque déchiré son âme, au point qu'elle s'est évanouie ! Vous aviez peur d'elle, comme jamais je n'ai vu quelqu'un avoir peur ! Vos hommes m'ont attrapé et tenu pendant que vous la frappiez, jusqu'à ce que vos poings vous fassent mal !

– Sorbier-Ardent, qu'avez-vous à répondre ? demanda Cirrus, un brin soupçonneux, ce qui fit doucement frémir la salle, vu que le roi n'avait jamais dit un mot plus haut que l'autre s'agissant du magicien.

L'homme fit un geste ample, achevant le tout dans une révérence.

– Puisque Vous me forcez, Majesté, à Vous fournir de plus amples preuves sur ce qui s'est passé au bord d'Orkose, soit ! Il haussa les épaules. Il suffit de demander aux hommes qui m'ont accompagné de donner leur version des faits.

Ce fut fastidieux et plutôt long, à croire que Sorbier-Ardent leur avait préalablement demandé, à chacun, de se perdre dans une multitude de détails sans importance. Les vingt hommes sortirent des rangs, et chacun expliqua ce qu'il avait vu. Tous s'accordèrent à dire que les enfants n'avaient été ce que tous voyaient en ce moment qu'après qu'ils les eussent maîtrisés. Quant au soi-disant mage, ils se souvenaient d'un monstre à tête de dragon que Sorbier-Ardent avait tué au bout d'un terrible combat dans lequel il avait bien failli rester. Et chacun de le remercier, de-ci de-là, d'une voix trémulante, dans les rangs émus de la cour du roi Cirrus et de la reine Jade.

Le magicien s'appuya sur son bâton, la victoire au bord des lèvres. S'il n'y avait eu les enfants, qu'elle pouvait encore aider par un moyen qu'elle trouverait, Jade lui aurait transpercé le cœur. Elle se résigna à l'attente, certaine des mots à venir de son père.

– La voix conjuguée de vingt de nos hommes a plus de poids que celle de deux étrangers, si convaincants puissent-ils paraître. Plaise à vous de les conduire au puits de la vérité, Sorbier-Ardent ! décida le souverain.

Un grand murmure secoua la Cour.

– Je remercie Votre Majesté, et me félicite fort que la vérité ait éclos, enfin ! Malgré tout, il jeta un regard en direction de Safran, les mots de son Altesse m'ont blessé.

– La princesse ne sait pas toujours ce qu'elle dit. C'est une enfant capricieuse, coupa Cirrus.

– Elle a dit qu'elle pensait ce qu'elle disait. Quant à ses allusions sur mes prétendus mauvais mélanges d'herbes, je dirai juste que je fais ce que je peux avec les maigres enseignements que j'ai reçus dans ce domaine. Allez donc vous tuer à la tâche pour recueillir ce genre de remerciements ! termina-t-il en claquant les mains contre ses hanches.

– Que faudrait-il faire pour apaiser votre peine ? Hon ?

– Mère ! s'indigna Safran.

– Mon enfant, tu as été malpolie avec notre bon magicien, coupa Jade. La moindre des choses, reprit-elle d'un ton mesuré, serait que tu fasses ce que souhaite Sorbier-Ardent. Eh bien, qu'en dites-vous ?

– Pour tout vous avouer, je ne pensai pas aller par moi-même au puits de la vérité. Vous savez combien mes affaires me retiennent ici, fit-il en prenant la reine pour confidente. Il y a tant à faire ! Pourquoi Sa gracieuse Altesse ne se rachèterait-elle pas en allant là-bas ? Les voyages forment la jeunesse, dit-on. Oh ! Il lui faudra passer non loin du pays vulgaire et obscur où vivent les Sombres, mais, si elle s'acquittait de cette mission, j'oublierai sans aucun doute ses propos peu élogieux à mon encontre.

– Safran, qu'en dis-tu ? questionna Cirrus.

Sorbier-Ardent ne pensait pas avoir été à ce point dans le sens de ce qu'espérait la princesse. Au fond d'elle, elle souhaitait accompagner les démons. Elle se savait leur unique espoir. Quant aux enfants, ils lui cachaient quelque chose qu'elle subodorait, et qui était d'une grande importance et qu'elle voulait préserver et mettre hors des atteintes de Sorbier-Ardent.

Elle fit celle qui errait entre le zist et le zest ; il fallait cacher son espérance. Le magicien l'observait par en dessous, à l'affût du rejet de sa proposition de rachat. Finalement, elle lui tourna le dos et s'adressa à son père. À présent, tout ce qui comptait pour elle était de fuir ce palais.

– J'irai, au puits de la vérité !

Cirrus la dévisagea. Il crut discerner autre chose dans sa voix qu'une résignation folle. La détermination qui nouait son timbre lui laissait deviner qu'il l'avait perdue. Il se contenta de hocher le front, tandis que Jade prenait le bras de son époux et se laissait envahir par un frisson de bonheur.

– Demain siéra-t-il à Votre Gracieuse Altesse pour envisager le départ? demanda le doucereux magicien. Sa Majesté Votre père ne refusera pas qu'une bonne garde de ses meilleurs hommes d'élite Vous accompagne. N'est-ce pas, Majesté ? »

« Es-tu devenue folle ? tempêta Cirrus, bras écartés.

Jade soupira sur son divan, importunée par le ton de brimade par trop sonore utilisé par son royal époux.

–Ne peut-on m'accorder un moment de répit dans mon boudoir ? Pourquoi m'avoir pourchassée jusqu'ici ? Cette confrontation avec ces deux démons a déjà été bien assez pénible sans pour autant continuer à en parler ici, gémit la reine. Plaise à Safran d'aller faire une petite promenade jusqu'au puits. Moi-même je n'y suis jamais allée, mais ce n'est pas l'envie qui me manque, vous savez ? Elle sortit avec élégance un mouchoir et s'essuya le nez. Elle remarqua que cela allait beaucoup mieux quand elle avait la tête penchée vers l'arrière, ce qu'elle s'imposa de retenter la prochaine fois que son nez lui serait trop encombré.

Safran haussa les épaules, sidérée par l'extrême vacuité de ses propos. Elle détaillait le contenu d'une colonne tout en verre, dont l'intérieur servait de gîte à quantité de poissons qui jouaient dans des algues. Des carassins s'approchaient de son minois, pour s'échapper sitôt qu'ils comprenaient qu'elle les traversait de son regard. Comment avait-elle pu naître d'une femme aussi stupide ? Elle commençait à croire que Sorbier-Ardent lui avait fait perdre la tête avec ses herbes et qu'il savait, après tout, les mélanger avec bien plus de talent et de pratique qu'il ne voulait le laisser croire.

– Réponds à ton père ma chérie. Tu vois bien qu'il bout littéralement sur place.

– Que dois-je lui répondre ?

– Que tu n'es pas folle et que tu penses que ce voyage te fera le plus grand bien, dit-elle, éreintée par ses paroles.

– Chérie ne te mêle pas de çà !

– Laissez-moi dans mon boudoir… expira-t-elle en fermant les paupières.

– Pourquoi avoir défié Sorbier-Ardent de la sorte, hon ? Que t'a-t-il fait de si mal pour le critiquer en public ?

– C'est un menteur ! Il ment sur tout ! Sur ses pouvoirs, sur l'estime qu'il vous porte, sur ces démons qui ne sont que des enfants !

Il voulut la rattraper, mais elle s'esquiva et le regarda, de l'autre côté d'un aquarium. La reine se fendit d'un long soupir, excédée.

– Quelle preuve as-tu ?

– Ne pouvez-vous croire votre fille plutôt que ce charlatan ? Il vous mène par le bout du nez. Et quand il aura obtenu tout ce qu'il souhaite il prendra votre place ! Il a toute la garde à sa solde, ne le comprenez-vous ? Quand bien même il ne sera pas avec les deux enfants pour leur exécution que ses bras droits seront là pour s'assurer que ses ordres seront bel et bien exécutés !

– Ma place ? Ma fille est folle !

– Ah ! Le voilà qui recommence ! Jade tendit le bras et tira sur un cordon richement passementé. Une servante entra.

– Sa Gracieuse Majesté désire quelque chose ?

– Dites à mon royal époux de quitter mon boudoir. Je ne puis me reposer avec son ton comminatoire. Ou alors, faites en sorte qu'il n'éructe pas, mais parle, sur quoi elle éternua avec force, mettant ceci sur le compte de l'air frais qui venait d'entrer.

La servante hésita.

– Majesté, je…
– Silence ! Dehors !
– Restez ! coupa la reine.
– Dehors ! hurla le roi, sur quoi la servante disparut, tout effrayée, une main sur sa bouche.
– Ne conspue pas les domestiques ! Qu'iront-ils dire dans les autres maisons ?
Il revint à Safran.
– Si tu es tellement sûre que mes gardes sont à sa solde, pourquoi pars-tu ? La mort t'intéresse tant ? Elle avait envie de répondre que la mort les intéressait tous. Tu t'imagines pouvoir les sauver du puits, c'est ça ?
– Vous me posez des questions comme si ce que je disais était vrai. Vous le sentez, n'est-ce pas, que tout s'effrite autour de vous, que vous êtes dans un piège inextricable.
Il se raidit tout entier.
– Ta décision est donc prise ?
– Elle l'est.
– Immuable ?
Elle se tut et s'abîma un moment dans son silence.
– Je souhaite que tu ne te trompes pas, que tu saches ce que tu fais.
– Prenez soin de vous, et de mère. Assurez-vous de la fidélité de vos proches, entourez-vous de leur protection.
– Te reverrai-je ?
Elle baissa la tête pour la relever, peu après, les pupilles embrumées.
– Je ne sais pas. Il faut que je parte. Il faut que je les accompagne. Elle donna un coup léger à sa poitrine et refoula ses larmes. C'est en moi, depuis toujours, sans que j'eusse jamais su ce dont il s'agissait avant leur venue, avant qu'ils ne le réveillent. Ils font partie de moi ! Ils sont, en moi, comme un souvenir que je retrouve, et que je dois protéger.
– Comment comptes-tu faire pour les sauver ? » demanda le roi, après une longue réflexion.

Elle se pinça les lèvres. La mine affable de ce vieux garde des cachots passa au ciel fragmenté de son esprit.

CHAPITRE LIX

RIEN NE POUVAIT TERNIR SA BONNE HUMEUR. Il se sentait léger, comme jamais auparavant. Le départ de cette petite impertinente y était pour beaucoup, tout comme les récompenses qu'il espérait, qui suscitaient des bouffées sonores aux limites de son esprit.

Quand il parvint dans sa pommeraie, il roucoulait un air qui n'avait ni queue ni tête mais qui l'amusa fort. Il chantait si mal que des freux, qui siégeaient sur un volis pourri tout gonflé de polypores, s'enfuirent à tire-d'aile. L'homme efflanqué singea leur vol désordonné bras ballants puis grogna, ce qui le fit rire, après coup. Il chercha ses clefs dans ses poches et acheva le restant du chemin jusqu'à sa maison. Il lui importait peu que de la terre se fût accrochée à ses semelles ; tout ceci changerait sous peu.

Il s'apprêtait à beugler pour réveiller son oiseau cagnard quand il perçut le timbre aigu d'une voix provenir de chez lui. Il s'imagina qu'il s'agissait de l'*eau*, bien qu'il fût impossible qu'elle parlât sans sa demande expresse. À moins qu'*elle* le pût ? Après tout, il ne savait rien de ses occupations lors de ses absences. Avec qui s'exprimait-*elle* ? Le mainate ? N'était-ce rien autre qu'un soliloque ?

Il introduisit prestement la clef dans la serrure et eut la désagréable surprise qu'un tour complet eût déjà été fait. Et si cette mijaurée avait pénétré ici, découvert le pouvoir du bassin ? De toute façon, il n'y avait que cette issue pour sortir. Il avait condamné les fenêtres depuis belle lurette. Elle était prise au piège !

Il tira son épée et donna un coup de pied rageur dans la porte.

« En voilà des façons par trop grossières d'entrer sans s'annoncer ! Veuillez essuyer vos pieds ! Je n'ai pas l'heur d'admettre ce comportement de malotru ! Déclinez votre identité !

Le magicien se retrouva sur le seuil, stupide. Sa colère envers ce qu'il s'imaginait être la princesse disparut tout de go.

Il se frotta les yeux à plusieurs reprises, pensant que tout cela était le fruit de son imagination, bien qu'il ne se sût guère sujet à l'élucubration ou au rêve en plein jour.

Un petit être pas plus haut que le mètre trônait sur une chaise en safre, que Sorbier-Ardent n'avait jamais vue puisqu'elle ne lui appartenait pas, pas plus que les couverts et la porcelaine, les mets et les vins ; pas plus que la table en portor qui recueillait le tout. Il prenait un copieux repas, chez lui, et sans lui. Son ventre protesta.

– Eh bien ? N'avez-vous jamais vu quelqu'un manger ? Cessez de bâiller aux corneilles ou je vais perdre tout à fait l'appétit ! Il plissa les paupières, comme sujet à une soudaine révélation. Votre palais n'est pas beau à voir, le saviez-vous ? À l'instar de vos dents gâtées ! Prenez donc un peu de liqueur pour dissiper l'odeur de votre haleine. C'est un aseptisant fort efficace !

Sorbier-Ardent se pinça le nez. Il ne rêvait pas. Quel accoutrement était le sien ! Un bonnet rouge. Une veste multicolore.

– À qui ai-je l'honneur je vous prie ?

– Pïl'k l'irisé. Pïl'k le magnifique. Pïl'k l'insigne voyageur. Pïl'k le lutin distal. Pïl'k le cordial des grands des mondes, pour peu qu'ils m'intéressent assez, bien entendu. Mais, laissons de côté toutes ces épithètes qui me siéent à ravir, il faut l'admettre. Appelez-moi Pïl'k, ce sera plus simple et écourtera nos conversations, si tant est que nous en ayons une autre, avec celle-là.

– Ah ? murmura Sorbier-Ardent en arquant les sourcils.

– Oui. Je vous préviens, vous êtes à l'essai. Si vous ne me convenez pas je me volatiliserai ! Comment dit-on déjà dans l'*Ode* d'Archibald l'archimage… « *Je me dissiperai dans l'air comme la fumée des feux d'automne* ». Mais vous ne connaissez pas l'automne puisque Orkose est le ventre mou des dimensions. Ici, vous avez à jamais un jour qui n'est pas vraiment le jour.

– Je suis à l'essai. À l'essai de quoi, et pour quoi au juste ?

– De moi, bien entendu ! Il claqua des doigts et une chaise apparut sous le postérieur du magicien. Pïl'k le pria de s'asseoir. Ne connaissez-vous pas les lutins domestiques et leur lot de bienfaisances pour qui sait les bien amadouer ? Non, je vois bien que non. Il soupira et fixa la coupe d'argent remplie de caroubes. Personne ne s'intéresse plus à notre remarquable et louable gente, et c'est fort regrettable. L'on ne croît plus aux bons génies, qu'ils soient issus d'une lampe, d'un dé à coudre, de ceci ou de cela, d'un saphir, d'une émeraude, d'un os ou d'un livre !

– D'un livre ?

– Oui, d'un livre, comme celui qui est dissimulé dans votre poche intérieure, si je ne m'abuse. Croyez-vous au pur hasard, *Sorbier-Ardent du pays d'Orkose qui a un jour qui n'est pas vraiment le jour* ? Croyez-vous que des livres de la sorte tombent sur le chemin des gens, comme ça ? Il ponctua ses dires d'un claquement de doigts. Y croire et nier l'existence des lutins, ne trouvez-vous pas que c'est un peu gros, une vaste blague ? Je vais vous dire une chose, moi, les hommes sont vraiment des fortiches ! Ils recouvrent du nom de chance tout ce qui survient à point nommé dans leur vie ! Il grimaça. Pourquoi s'encombrer l'esprit de petits rampants comme nous ? Pour eux, nous n'existons pas !

– Je ne nie pas votre existence, Pïl'k.

– Heureuses, chastes paroles ! Il faut vous récompenser. Prenez du clafoutis. J'ai cueilli les cerises dans un jardin où des demoiselles se pâmaient à prendre un bain de soleil, et à enrober leur peau du mordoré qui va si bien à leur teint, et à leurs seins, sur quoi il pouffa, et remit son chapeau pointu en place. Qui sait, peut-être verrez-vous leurs silhouettes, rien qu'en y goûtant ?

– C'est étrange. Je ne vous ai jamais vu. Malgré tout, votre voix, j'ai l'impression, le sentiment que…

Pïl'k ne pouvait plus parler. Il avait la bouche pleine. Il fit un signe en direction du bassin.

– Bien sûr, la voix de l'*eau*, c'est vous !

– À ce qu'il semble. Laissez donc votre épée, cela fait mauvais effet à table, dit-il, un brin excédé. Prenez donc un couteau, et coupez-vous un peu de lard, que je vous conseille de tremper dans la sauce piquante, juste-là ! proposa-t-il en haussant un sourcil.

– Ainsi, c'est grâce à vous que j'ai pu obtenir le livre ? Ce serait vous ? Vous m'auriez donné tous ces conseils ?

– Quelle chance est la vôtre, n'est-ce pas ? Chance incarnée qui porte le doux nom de Pïl'k. Je m'intéresse fort peu aux gens de votre espèce, du moins, pas beaucoup depuis ces dernières années. Oh ! Il y a bien eu ce nain et ce mage. Cependant, dois-je les prendre en compte ? Ils sont venus me voir. Tandis que, dans votre cas, c'est moi qui me suis déplacé.

– Un mage ? Un nain ? s'étonna Sorbier-Ardent, qui reposa sa flûte remplie d'un liquoreux élixir.

– Ch'avais ch'oublié de chous mechre au chourant ! Il se consacra un temps à la mastication appliquée de son dessert puis déglutit bruyamment. Où avais-je la tête, se morigéna-t-il. Voyez-vous, votre histoire n'est pas éloignée de celle du nain, et du mage dont j'ai parlé. Elle participe de *mon* histoire, dont vous ne discernez pas même le bord de l'ombre. Car, il s'agit du même mage que je vous aie demandé de tuer, du même mage qui m'a tant préoccupé. Il leva son verre et salua Sorbier-Ardent en souriant. Merci pour votre insigne coopération. Je n'eusse pu en espérer autant d'une tierce personne !

– Le mage que j'ai tué ? Je ne comprends rien à ce que vous me dites, rétorqua l'homme, légèrement agacé.

– Notre conversation vous énerve.

– C'est-à-dire…

– Bah ! Ne vous esquivez pas. Je le vois bien. Vous n'appréciez guère que les mots d'un autre vous égarent sur un terrain où vous vous enfoncez et vous perdez, comme la pierre dans les syrtes. Ce n'est pas un drame. À chacun ses limites. L'ennui, c'est qu'il ne faut jamais tomber sur moi, vu que les miennes sont haut placées, se gaussa-t-il.

– Je serais bien tenté de vous chasser illico de chez moi, le menaça l'homme.

– Chez *mô-â* ! Combien j'aime cet excès de propriété. Et, quelle propriété, rutilante et merveilleuse. Au fait. Apprenez qu'un lutin n'est jamais chassé d'un lieu, par quiconque. Lui seul décide de s'en aller. Souhaitez-vous que je vous explique ce qui vous est encore sibyllin, ami empoisonneur d'apothicaire, car vous avez empoisonné ce pauvre homme qui vous a tout appris, n'est-ce pas ?

Sorbier-Ardent reprit sa flûte. D'un bref coup d'œil, il se rendit compte que la porte avait été refermée derrière lui, lorsqu'il était entré.

– Le calme vous revient, il s'essuya les lèvres de sa serviette. Laissez-moi vous expliquer. L'homme que vous avez expédié dans le précipice avec votre bâton, était bel et bien un mage.

– Un mage ? Mais, il n'a rien pu faire. Un mage aurait…

– Un mage est comme un homme, en particulier lorsqu'il pénètre dans un lieu inconnu. Il lui faut un certain temps pour retrouver ses repères. Et puis, dans le gouffre que vous avez ouvert sous lui, il n'avait plus aucun pouvoir. Les hauteurs d'Orkose ont cet avantage, ou cet inconvénient, selon le parti dans lequel l'on se trouve, d'anéantir toute magie.

– Mage ou simple homme, cela ne change rien, rectifia Sorbier-Ardent. La voix m'a promis beaucoup pour ce travail !

– Holà ! Je vous arrête de suite quant à vos espérances. La voix était un petit jeu, qui m'a amusé. Vous fûtes mon jouet. Maintenant, je n'ai plus besoin de vous !

– Mais ! Le pouvoir ! Le sacrifice des enfants supposé me donner…

– Pas plus de tête qu'un enfant de cinq ans, soupira Pil'k à part soi. Pas étonnant que vous soyez là, dans ce logis insalubre si vous croyez dur comme fer à tout ce que l'on vous dit, tout ce que l'on vous promet. Il suivit le regard du magicien, qui se posait sur un couteau. À votre place, je ne tenterai même pas de l'effleurer. Il risquerait de vous traverser le ventre, sans que j'eusse esquissé le moindre geste. L'homme se ravisa. Pusillanime jusqu'au bout, se moqua Pïl'k. Enfin ! Il haussa les épaules. J'espère que vous ne ferez pas défaut pour le dernier petit travail que je me propose de vous offrir. Je vous arrête de suite, il n'y a rien en jeu. Pour la beauté de l'inutile, voilà tout. Pour la beauté du geste.

– Qu'est-ce, encore ? grincha Sorbier-Ardent.

– Ne boudez pas, cela risque fort de troubler ma digestion. Mon intellect est comme ma psyché. Il imprime son contenu dans mon corps. Une réflexion désagréable, une contrariété, et pouf ! Je me mets en colère !

Sorbier-Ardent sourit. Ses dents brunes arrachèrent une mine dégoûtée au lutin, qui examina la nacre de sa dentition sur un bol.

–Un dernier petit travail, disais-je. Je vois, à votre face réjouie, que tout s'est bien déroulé à la cour du roi. M'abusé-je ? Il faut vous préparer pour le voyage vers le puits de la vérité. Il se donna une tape au front. J'allai oublier l'essentiel. Je vais devoir, comment dire, emprunter votre corps pour mener à terme mon ultime escapade en Orkose. C'est que, j'ai besoin des deux enfants pour la fin de mon histoire, de celle du Grand Maître Obscur, Celui que vous avez osé nommer.

– À quoi bon toute cette comédie ? À quoi bon m'avoir poussé à forcer la décision du roi ? À le forcer à ce que Safran se joigne au groupe ? Si vous aviez besoin des enfants, vous auriez pu les prendre où, quand vous le vouliez.

–Le Temps roule sans arrêt, Sorbier-Ardent. Rares sont ceux qui y devinent ce-qui-sera, ce-qui-ne-peut-être et ce-qui-pourrait-être. Le Temps a ses règles, qui ne peuvent être transgressées. Je suis hors du Temps, comme l'Obscur. Je ne puis l'influencer en m'y rendant. Je peux faire qu'il prenne le chemin voulu, le chemin qui initie ce qu'Il veut. Il fallait que Safran et les enfants fussent ensemble, afin que je les retrouve, dans quelques temps. De cet événement découlent d'autres événements, dont vous ne pouvez pas même soupçonner l'ampleur.

Il se tut, l'observa de longues minutes.

– Cela se passera bien. N'ayez aucune crainte. C'est juste un changement d'enveloppe. J'irai en vous, tandis que vous partirez, je ne sais où, comme il vous plaira. Allez, pas de caprice. Votre résignation pourrait me toucher, mais j'ai depuis longtemps passé outre ces regards qui cherchent à vous apitoyer.

– J'ai bien peur, Pïl'k le lutin, que vous ayez négligé quelque détail du Temps que vous m'avez décrit. Safran est bien avec les enfants. Pas moi.

– Pas vous ?

– Ils sont déjà partis, depuis ce matin. Ce qui vous fait une journée de retard. J'ai passé le reste du jour dans une charmante taverne, à arroser leur départ. C'est une chance que l'alcool ne m'ait pas trop assommé, au point que j'en oublie le chemin de mon taudis.

Furibond, Pïl'k sauta hors de son piédestal. En un claquement de doigt, les luxueux services de table et tout ce qui allait avec disparut. Sorbier-Ardent se retrouva sur le séant. Il releva la tête et vit le lutin attraper son épée. Il n'eut pas le temps de reculer ni même de se lever ; la pointe faisait une douleur aiguë à sa pomme d'Adam, qui saillait. Il la sentait sur le point de se fendre.

– Quel est ce tour que tu me joues, fiente d'oiseau que personne ne voudrait lécher, pas même pour un pari ! *Eux* ? *Partis* ?

– Vous ne savez donc pas tout sur le Temps, parvint à articuler Sorbier-Ardent avec un soupçon d'ironie.

– J'en sais plus que toi ! gronda le lutin, la bave aux lèvres. J'en sais plus que quiconque dans ton misérable pays ! Il le prit par le col et, d'un coup sec, lui fit sauter la tête. Le sang gicla sur sa figure, où ses pupilles étaient traversées par des éclats terrifiants. Le corps décapité s'écroula, crachotant ses ultimes liquides de la tête et du corps sur le sol crasseux. La tête de Sorbier-Ardent avait valsé devant la cheminée. Pïl'k fit un geste dans sa direction pour retenir sa conscience. Le magicien le voyait encore. Il avait encore une perception de ce monde.

Le lutin cracha et balança sa lame. Le fracas réveilla le mainate qui, jusque-là, avait dormi comme une souche sur son perchoir.

– Bonssoir ! Superrbe Sorrbier-Arrdent !

Pïl'k se plia d'une souple révérence.

– Votrre chapeau, grrand Sorrbier-Arrdent, vous l'avez oublié !

– Quelle délicate pensée. C'est un amour que cet oiseau !

Il esquissa un geste et le chapeau de Zar'ouath vola dans sa main. Un instant, il écarta les lèvres, tel un prédateur. Les visages du mage et de ses amis passèrent aux ocelles de la plume.

–Vois-tu l'étendue des pouvoirs que Hâân confère à ceux qui courent pour lui, sans penser à eux, uniquement à lui ? Je pourrais faire que ta tête restât intacte, tandis que ton stupide cabot à plumes picorerait ton corps, assisté par les vers, et des légions de nécrobies ! »

Il sortit deux stylets de ses manches et lui creva les yeux, avant que de pousser la tête dans le feu d'un coup de pied. Des sons discordants s'en élevèrent tandis que la chair dégorgeait son eau et se calcinait.

Le voyage avait été pénible et long jusqu'au bas de cette colline. Au sommet se trouvait le puits de la vérité. Un chemin accidenté, encombré de caillasses pleines de traîtrise pour les pieds, serpentait aux flancs accidentés de l'éminence. Là-haut, ils distinguaient à peine le puits, point rubescent sur font de ciel incandescent. Le jour frémissait, mais il n'apporta pas au cœur de Safran les habituelles harmonies qu'elle venait chercher, au seuil des nuits.

Elle s'arrêta, observa les deux enfants. On ne leur avait rien donné à manger ces deux derniers jours. Ils avaient les mains liées. Leurs yeux étaient des taches dans les ombres violacées. Les cordes serrées à leurs poignets les faisaient souffrir. Leurs mains étaient comme deux fruits bleuissant qui se desséchaient, privés de leur sève vitale. Des lazzis furent adressés à la fillette, qui s'était également arrêtée. Un garde lui donna un coup sur la nuque pour la forcer à avancer. Elle ne répondit pas. Elle était passée au-delà des outrages, dans une sphère où ils ne pouvaient plus l'atteindre.

L'ascension continua, cernée par les silences de leurs peurs. Les gardes blancs les suivaient de près, leurs épées levées, leurs cheveux d'or apprivoisés par le vent. Derrière eux, les souvenirs s'effaçaient, anéantis pas les bruits secs des cailloux qui filaient sous leurs pas, soulevant des filets de poussières. Plus rien ne comptait autre que l'instant, que ces derniers gestes.

Aaïla chercha une trace de Zar'ouath, une trace d'Elliador. En vain. Le pourpre du matin se refermait sur elle. Plus rien ne s'ouvrait. Il n'y avait que le puits, la chaleur torride qu'y s'en échappait, faisait déjà chavirer son corps. Des sons argentins tournèrent autour d'elle. Une tenaille puissante se saisit de ses bras. La clarté des gardes la sépara du garçon.

Hild ne la regarda pas ; son esprit la regardait, dispensant à ses pensées ses ultimes sensations, comme les gouttes tomberaient d'un feuillage.

Sortir d'elle ! Elle voulait sortir d'elle pour le rattraper, pour le retenir, plonger en lui pour trouver, peut-être, un autre chemin ?

Un garde s'avança. Le garçon gravit les quelques marches qui conduisaient à la margelle du puits, poussé par la pointe d'une lame. Sur sa face, les mouvances lointaines du feu se mêlaient aux teintes du matin d'Orkose. Il tourna la tête, observa l'Est.

La monumentale portion rocheuse d'obsidienne, de verre et de granite était léchée par les fusains du jour. Il crut discerner le sommet bleu des Portes, le faîte de la dernière, la septième, censée donner sur le Bord-du-Monde, sur les larmes de Shââni. Une douleur foudroyante au bas de son dos le ramena au puits de la vérité. Le garde le fixa. Son visage était sans état d'âme, marmoréen. Il poussa sa lame plus avant, dans son dos qui saigna, fut tranché. Le garçon tomba.

Alors, Aaïla brisa ses liens.

Elle l'avait fait en silence, mue d'une étonnante maîtrise. Ils n'en furent que d'autant plus surpris. Les hommes blonds qui tentèrent de se mettre sur sa route, de l'attraper furent violemment rejetés dans l'air pour retomber lourdement sur les derniers lacets du chemin, la nuque brisée, les membres rompus. L'enfant parut comme devenue folle. Ses longues mèches obscures ouvraient l'air lie-de-vin de fleurs mystiques. Dans ses yeux, des éclairs foudroyaient quiconque la croisait. Un garde qui esquissait un geste dans sa direction fut changé en brumes et se volatilisa. Plus personne ne s'aventura à l'approcher. Ils fuyaient. Elle se précipita vers le puits et sauta sans hésiter dans la fournaise.

Safran la rappela, mais rien n'y fit. Elle courut à la margelle, à demi aveuglée par la chaleur. L'ultime vision qu'elle eut d'Aaïla fut une silhouette qui s'enflammait, tout entière, d'une sorte de plumage igné qui se consumait sans jamais s'amoindrir aux facettes d'un diamant noir.

Sa conscience fit un bond. Son âme fit un bond prodigieux dans les tourments du puits. Elle passa au-delà des supplices, au-delà des agonies de son corps, qui disparut en un poudroiement de lucioles. Le feu la débarrassa, une à une, des couches de ce qui la constituait, de ce qui faisait qu'elle avait eu une ombre silhouettée par le Soleil qui avait laissé ses traces, quelque part dans l'Yss'Bahâr', dans le secret d'une dune, dans la fraîcheur d'une ombre.

Une feuille d'or vint tournoyer aux franges de son œil, qui était *elle*, tout entière, l'œil et la conscience, le désir et la volonté. L'œil et la conscience roulèrent, manquèrent perdre leur équilibre, pour se retrouver.

Elle chercha Hild, le parfum de sa présence qui devaient dispenser les traces blanches de sa mémoire, l'encens de ses paroles.

Orlena apparut dans un bouquet de flammes, vite engloutie par une brûlure hallucinante. Aaïla la traversa, plus intacte en deçà, plus elle-même.

Des serpentins nés sur son passage cherchèrent à se lover à elle. L'image faseyante de Simmar lui servit pour s'esquiver. Elle y bascula, débouchant au cœur d'un océan peuplé de couleurs qui mouraient, tandis que d'autres naissaient de leurs lavis.

Ici il n'y avait pas de poissons, rien autre que ces algues qui s'effilochaient. Elle retourna chaque strate, chaque forme trouble qui errait dans la flore en dissolution. Peu à peu, l'univers qu'elle traversait fut gagné par sa peur de l'avoir perdu, d'être venue jusque-là trop tard. Tout commença de se ternir, alors, de devenir monochrome.

Quand tout ne fut qu'obscurité elle se vit, dériver dans le néant qui était éclos de son œil, de sa conscience. Existaient-ils des phénix ici, capables de chercher le garçon, juste pour elle ? capables de la guider, d'allumer les étoiles absentes ?

Soudain elle se retourna. Elle ne savait pas si c'était elle qui s'était arrêtée, si c'était l'obscurité environnante, si elle était prise au piège dans un repli trop épais de son désespoir.

Dans le noir qui commençait de se mouvoir quelque chose se déploya, se tissa. Elle se vit, prise au piège dans une arantèle aux mailles desquelles se dilataient ses pensées, se dissipait ce qui la faisait. Tout commença de s'étirer, de se fendiller. Quelque chose cherchait à l'atteindre.

Aaïla se retourna, à la recherche de la lumière. Elle n'avait plus la perle. Elle comprenait, enfin. Elle *était* la perle, l'*abandon*, le *pouvoir* tout à la fois. Elle n'y avait pas même songé quand elle avait plongé dans la fournaise du puits.

Elle tendit ses mains, les souvenirs blêmes de ce qu'elles étaient. Une lueur en jaillit, qui fut presque aussitôt dissipée, lui revenant avec le dégoût profond de ce que le quelque chose portait à la lumière, et qui se rapprochait. Elle réessaya, faisant en sorte que la lueur fût tissue de son amour pour elle. Cette fois rien ne lui revint en retour, mais elle vit nettement que le halo doré qu'elle venait de générer était dilaté par une puissance extrême. Elle paraissait jouer avec la lumière, jouer avec Aaïla, qui était la lumière dans la nuit.

Celle qui avait été l'enfant de l'Yss'Bahâr' se souvint d'Ousse, des voiles aveuglants qui fleurissaient aux heures immobiles, quand tous les hommes allaient sommeiller sous les ruines, que la rose de Pricham écartait ses corolles minérales et diffusait ses mirages aux confins du Royaume du Sud. Dans sa mémoire s'éleva la silhouette du garçon, qu'elle n'avait pas retrouvé. Le sable roulait sous lui, sans qu'il en fût jamais déséquilibré.

Elle comprenait. Elle n'avait pas à chercher son ami. Hild était en elle. Il l'avait été dès qu'il s'était jeté au feu, dès qu'elle fût entrée dans le puits, dès qu'elle eût retrouvé les bribes de ses visions, les bribes de la mémoire d'Ousse. Elle se matérialisa dans le désert, sur le chemin du garçon. Ils se voyaient, s'observaient. Cela semblait si réel, si prégnant.

Des nuages passèrent au-dessus de l'Yss'Bahâr', éclipsant le Soleil, inondant les dunes d'un millier de taches obscures qui se joignaient, petit à petit. Aaïla se mit devant le garçon, assaillie par un pressentiment. Une silhouette approchait. Elle était là, sans l'être.

D'autre part, d'un autre lieu, un vent secouait les plis de sa robe. Il n'y avait ni pieds, ni mains. Pourtant la robe se mouvait et progressait, emplie de quelque chose. Aaïla prit le garçon dans ses bras et l'emporta au loin. Il voulut la retenir, mais elle cassa les liens qu'Il dessina pour la posséder.

Dans les cachots, ils se réveillèrent au même moment. En vis-à-vis, la fillette et le garçon se dévisagèrent, sidérés par ce qu'ils pensaient comprendre. Ils n'en étaient pas sûrs, jusqu'à ce que leurs gestes mutuels, leurs attitudes eussent découvert le fond de leurs pensées. Il avait rêvé. Elle avait été dans son rêve. Ils se demandèrent si cela avait changé le cours du Temps. Si c'était bel et bien dans les plis de Hâân qu'ils s'étaient égarés.

Sur les murs, les torches palpitaient. Aaïla mit la main sur sa poitrine. La perle du Sii'had n'était plus là. Il restait la plume blanche de Gálwïn.

Le rêve, songea-t-elle.

Elle avait sectionné ses liens, erré dans l'inconcevable univers des flammes sans disparaître.

Elle observa les torches, les danseuses enflammées qui se mouvaient tout au bout. Hild lui serra l'épaule. Elle initia une vague légère aux rivages de sa conscience. Sur les murs, les lumières redoublèrent d'intensité. Elle revint à Hild, tandis que le phénomène s'estompait.

Dans le rêve qu'ils avaient quitté, la silhouette se fit plus menaçante.

CHAPITRE LX

Même si Sorbier-Ardent ne les avait pas suivis, Safran se doutait bien que chacun des soldats qui constituaient leur petit groupe appliquerait à la lettre les instructions du magicien de pacotille. Elle les dirigeait avec son ami le vieux garde, mais leurs volontés sur les actions à mener cesseraient, lorsque le puits de la vérité se dresserait devant eux.

Ils cheminaient à l'orée de la forêt depuis une heure, dominés par les fûts gigantesques des cèdres, telles des taches grisâtres et blanchâtres dans le domaine parfumé, murmurant des résineux. Parfois, des brindilles tombaient des hauteurs. Quelques-unes ne tournoyaient pas plus bas que les premières branches, tandis que d'autres achevaient leur chute et venaient s'accumuler sur des arbres encroués, des jeunes pousses tendres, d'un vert clair, ou bien au creux de quelques accidents de terrain.

Chaque pas qu'ils faisaient avait une signature sonore. Sous eux, les aiguilles crépitaient doucement, lâchant des essences melliflues et musquées. Parmi les bruissements, Safran entendit un filet d'eau qui coulait, non loin d'eux. Sans doute un lacet de la rivière qu'elle connaissait, qui prenait plus d'importance au sud de cette forêt. Ils percevaient le friselis sans même voir l'eau. Le vieil homme et la princesse eurent un bref échange. Les voiles d'aiguilles camouflaient le ru. Il ne fallait pas marcher dessus, des créatures pouvaient y sommeiller ; Safran le savait.

Le chef des soldats fit un preste moulinet avec son épée, sans réussir à chasser l'essaim de minuscules insectes qui le suivait, qu'il nommait *la pouillerie* des Sombres. Il se rapprocha de Safran et soupira. Il n'avait pas voulu camoufler ses habits clairs, pas plus que les hommes qu'il commandait. *In petto*, il en voulait à cette princesse qui reniait la couleur bénie de leur royaume puisqu'elle, et ce vieux porteur de clefs presque moribond, s'étaient habillés de gris.

« Que dites-vous tout bas que je ne dois pas entendre ?

– Il faut vous méfier de l'endroit où vous posez vos pieds, Capitaine. Les sylvains de la forêt sommeillent un peu partout. Ils détesteraient qu'une botte leur défigurât le visage, alors qu'ils rêvent.

– Altesse, je saurai bien faire taire semblable créature, sylvain ou pas !

– Parlez moins fort, Capitaine. La forêt a des oreilles !

Le Capitaine haussa les épaules. C'était peut-être leur chance que cet énergumène fût si prosaïque. Quand la nuit viendrait, ils tenteraient leur chance. Un subtil mélange de feuilles pouvait envoyer ces hommes aux songes.

Le petit groupe s'arrêta au point où la conversation venait de commencer. Aaïla et Hild s'assirent sur une motte moelleuse qui faisait comme un chapeau. Le Capitaine allait donner l'ordre qu'on les fît se relever quand le vieil homme intervint.

– Ne peuvent-ils se reposer ? Le supplice qui les attend ne suffit-il pas, sans pour cela leur refuser le repos ?

Le Capitaine grogna et siffla à l'adresse des deux enfants. Aaïla se massa les poignets, suivant le butor du coin de l'œil, qui faisait des va-et-vient.

– Je ne sais pas ce que vous mijotez tous les deux. Mais vous ne m'aurez pas. J'ai des ordres de sa Majesté. Rien ne pourra me départir de la tâche qu'il m'incombe.

– Des ordres de sa Majesté ou, tout simplement, de Sorbier-Ardent ? plaça Safran sur un ton peu amène.

Le Capitaine haussa les épaules. Ses hommes attendaient eux aussi un ordre pour se reposer. Il fit un geste brouillon et l'atmosphère se détendit un peu. Safran s'agenouilla près des enfants. Elle écarta les longues mèches de la fillette et examina son visage. La petite ne la regardait pas, plutôt ce Capitaine qui tournait en rond avec son air de brave. Le vieil homme effleura l'épaule de Safran pour lui tendre sa gourde, lorsque la princesse entendit des jurons du Capitaine, qui venait de se prendre les pieds dans des branches mortes. Aaïla et Hild échangèrent un regard complice. Safran les observa, énigmatique cependant qu'intriguée par cet incident. La petite ouvrait grand les yeux, comme si elle souhaitait lui dire quelque chose. Mais il y avait ces gardes qui ne les quittaient pas d'une semelle.

– Ce soir, leur murmura-t-elle tandis qu'elle se relevait, et s'enquérait des nouvelles du Capitaine fraîchement chu.

– Je vais fort bien, Altesse ! Fort bien ! claironna-t-il en époussetant sa veste. Sûrement un de ces sylvains qui m'aura joué un tour de son invention. Allez ! Il faut nous en aller. Je n'aime pas cette forêt. Plus tôt nous en serons sortis, mieux je me porterais ! », et il expectora.

Ils repartirent, les sons de la cédraie reprenant leur cours, comme s'ils avaient mis un bémol, dès que les voix humaines se fussent élevées.

Le sous-bois s'épaissit plus avant.

Ce fut bien étrange à leur esprit, car ils eurent bientôt le sentiment que les arbres fredonnaient des paroles qu'ils connaissaient, sans les comprendre, élevaient au plus profond d'eux des choses qui y avaient sommeillé, depuis toujours, que leur présence ravivait.

Les enfants, Safran et le vieil homme se laissèrent faire, s'ouvrant sans retenue à ce langage particulier, organique et minérale. De leur côté, plus le Capitaine et ses gardes y résistaient, plus ils se sentaient observés, épiés.

Le terrain vallonné ne fit qu'accentuer en eux l'impression d'être surveillés. Ils voyaient les troncs massifs et les enchevêtrements des frondaisons, mais guère ce qui se cachait dans les replis et les encaissements, qui ne se découvraient, ne dévoilaient leur contenu qu'au dernier moment. Les ramilles caressaient leur visage. Quelques gardes coupèrent de leur lame ce qui les approchait, mais ils en furent vite fatigués et se résignèrent à ces attouchements dérangeants, de plus en plus rapprochés qui les faisaient grimacer. Et puis, ils entendirent des frémissements, des grognements lointains, ponctués de ululements et de bruits de respiration.

Un instant, dans une trouée cendrée, Aaïla discerna une chevelure émeraude et humide, ainsi qu'une paire d'yeux lumineux posés droit sur elle. Elle esquissa un geste afin de mettre Hild au courant mais le regard disparut, sitôt que cette pensée d'une présence, tout près d'eux, l'avait effleurée.

À un endroit, ils furent contraints d'avancer l'un derrière l'autre. Les racines montaient haut au-dessus d'eux et plongeaient en arches énormes. Le chemin que suivait Safran descendait en pente raide et n'avait de cesse de bifurquer, de gauche et de droite. Ils allèrent sous les mousses épiphytes, sous les ponts de racines. Des odeurs nouvelles et fraîches remontèrent jusqu'à eux.

Et, comme le sentier s'écartait, ils se retrouvèrent face à un étang qui servait de tain aux faîtes des arbres. Il avait élu domicile au cœur d'une cuvette. De grosses pierres gonflées de lichen le bordaient. Çà et là, des tiges de roseaux se dressaient hors de l'eau claire. Safran se demanda si ce point d'eau était naturel, si une main autre que celle de la nature ne l'avait pas construit tant le site lui semblait extraordinaire, espèce d'anacoluthe poétique dans cet univers de verdure surabondante.

Le Capitaine ôta un morceau d'usnée qui avait chu sur son épaule. Il voulait être à l'avant-poste. Il se rapprocha de l'étang et mit un pied sur une pierre, comme on le ferait pour contempler le cadavre d'une bête abattue. Son regard inspectait l'étendue placide lorsqu'un *plouf !*, quelque chose fracassa l'onde puis éclaboussa l'homme. Il s'essuyait la face et grommelait quand une voix s'éleva.

« Que la pisse du roi des Clairs, le putride monarque, mange vos viscères !

Le Capitaine tira sa lame, mais une flèche se ficha dans son œil gauche avec un son hideux. Foudroyé, il s'effondra tête la première dans l'eau, vite ternie par son sang d'un rouge vif et épais. Alors, ce fut une panique totale parmi les gardes. Des silhouettes obscures apparurent au bas des arbres en criant. Il n'y en avait pas une qui n'agitât un arc, pas une qui ne lançât devant elle tout ce qui était susceptible d'être lancé, et jonchait le sous-bois. Le sol tout entier était devenu un prétexte à déchaîner sa rage, à lancer tout ce qui se pouvait prendre.

Les gardes repoussèrent avec violence les enfants derrière le volis d'un cèdre. Hild tomba à la renverse sur Aaïla, dont la nuque se tapa contre le tronc mort. Il la retourna et la secoua, mais elle avait perdu connaissance. Des hommes vêtus de mailles sombres venaient. C'était comme une plaie obscure qui se propageait auprès du lac, sans que rien ne pût l'arrêter. Leur face était à demi camouflée sous des casques à nasal. Les flèches se mirent à pleuvoir, vecteurs de leur contagieuse progression.

Safran et le vieil homme se regardèrent. C'était le moment opportun pour s'esquiver. Dans un excès de vanité et de folie, la plupart des gardes étaient sortis de leur cachette pour affronter les Sombres. Il n'en restait plus qu'un à leur côté. Safran l'assomma avec son sac.

– Coupez nos liens ! supplia le garçon.

– Pas le temps ! Prenez la petite dans vos bras, Altesse ! Toi, je te porte ! décida le vieil homme.

Ils rebroussèrent chemin et allèrent à toute allure entre les racines. Ils eurent la singulière sensation que ces dernières s'esquivaient pour les laisser passer sans encombre, qu'elles s'enchevêtraient après qu'ils furent passés pour devenir inextricables.

Aaïla était légère, qui plus est, la princesse avait l'habitude de ce genre de course de par ses escapades nocturnes. Elle dut ralentir à maintes reprises, car le vieux garde peinait à soutenir son rythme. Hild s'agitait contre lui et continuait de le supplier de le libérer. Un moment, ils entendirent une branche se casser au-dessus d'eux. Un Sombre se planta sur leur route, balançant avec menace son épée à l'aide de ses deux mains.

– Courez ! cria le vieil homme à Safran. Il s'agenouilla et sortit son couteau. Courez, vous dis-je ! Je vais le retenir.

Safran lui effleura la main.

– Je ne demande pas votre sacrifice. Nous devons partir, ensemble !

– Il a raison, fit Hild en frottant ses poignets libérés.

Derrière eux, la bataille continuait. Ils perçurent des bruits de pas qui martelaient lourdement le sol. Des silhouettes fondaient sur eux et lançaient des flèches. Une volée atteignit le petit groupe, tandis que l'homme qui était planté devant eux beuglait de ne pas tirer. Safran reçut une flèche dans le bras gauche. Aaïla n'avait rien ; elle n'avait pas repris connaissance.

Safran sentit une pression sur son bras valide. Le regard du garçon était dur. Leur vieil ami venait de tomber, percé d'une flèche dans le dos. Ils se relevèrent. Il y avait une issue à gauche. Safran prit la petite dans ses bras. Elle fut trop prompte à l'homme, à l'instar du garçon, qui sentit le souffle de l'énorme lame passer près de sa nuque tel un fiel glacé.

Ils tombèrent plusieurs fois mais se relevèrent. Là-bas, les silhouettes s'étaient arrêtées un bref instant, mais elles venaient de reprendre leur poursuite.

– Si seulement elle pouvait se réveiller ! se mortifia Hild. Si seulement je pouvais rêver, et la réveiller dans mon rêve !

Safran ne comprit rien à rien à ses propos. Elle chercha une voie, un endroit pour les cacher. Il fallait gagner du terrain, se camoufler dans un vallon, songea-t-elle. Le vacarme des armes l'alerta. Cela provenait d'une autre direction. Combien étaient-ils donc ? Plus que le groupe qu'ils avaient vu devant l'étang en tout cas. Puis, des cris s'élevèrent. Aussitôt, Safran resta sur place. Quelque chose venait soudain de les arrêter.

– Il ne faut pas rester là ! C'est peut-être pire qu'eux ! fit le garçon.

Mais elle ne l'écouta pas. Son visage était en sueur et le sang affluait à ses tempes, redoublant le cours de ses émotions. Là-bas, le chaos s'élevait de nouveau, attestant les craintes de Hild qui tira de plus bel la manche de Safran.

– Il faut partir ! Elle peut nous sauver si elle se réveille ! Il lui faut juste un peu de temps !

– Regarde ! murmura la princesse.

Un être étrange et gracile surgit d'entre les arbres. Des hommes le poursuivaient en beuglant. Ils n'avaient plus de flèches et ne pouvaient plus que le menacer de leur lame et de leurs borborygmes. À chaque fois qu'il se retournait sur ses pas et pointait le sol du doigt, des arbres surgissaient, comme par miracle, les projetaient haut dans les airs. Quand ils retombaient, leur dos se brisait, et leur corps se changeait en une tache noire, huileuse.

La chevelure de la créature tintinnabulait au gré de ses gestes et, quand elle entrebâillait ses lèvres, une gaze diffuse couleur peau de citron s'évaporait. Ses membres, pareils à des lianes, s'emmanchaient sur un corps frêle, d'une étonnante souplesse.

Les hommes furent de nouveau surpris, pour un temps. Il sembla à la princesse que l'être les regardait, qu'il allait droit sur eux. Peut-être même leur souriait-il ?

Un sylvain, songea Safran. *C'est ce qu'il est !*

Elle se releva, Aaïla tout contre elle. À prestes enjambées, la créature fut devant eux. Il écarta ses bras et les emporta, tous trois, vers les cimes inaccessibles des cèdres.

Tout ce dont se souvint Safran, ce fut l'odeur surette, si particulière de l'être qui les porta, ses gestes précis qui les menèrent, de branche en branche, d'arbre en arbre, espèce de musique visuelle ciselée dans la beauté.

Par la suite, le vertige, la douleur de la perte du vieux garde et la fatigue se conjuguèrent pour l'emporter. Elle s'était évanouie, baignée d'une douce résignation, certaine que tout irait bien pour les enfants comme pour elle.

Quand elle revint des brumes où sa conscience s'était dissoute, ce fut cette même odeur acidulée qui l'entoura, de nouveau. Des timbres familiers la rassurèrent, mais ce fut le regard mordoré du sylvain qui la captiva tout entière et apparut en premier, dans le grand flou des lumières qui s'organisaient, et firent qu'elle voyait, enfin.

Il sut qu'elle l'observait, ce qui le fit sourire. La peau de son visage émacié changea de teinte, allant du brun au sépia. C'était comme si l'aspect de sa peau témoignait de l'état de son cœur. Tandis qu'il s'écartait, les mines réjouies de Aaïla et de son petit compagnon se pressèrent devant elle. Le sylvain agita posément ses mains, comme pour les inviter à y aller modérément avec elle.

Safran jeta un coup d'œil à son bras, un peu effrayée de voir comment avait évoluée la blessure. On avait ôté sa veste, consciencieusement pliée et rangée non loin de là. Elle ouvrit la bouche, stupéfaite. Derrière les enfants, tout sourire, le sylvain recula et mit sa tête sur ses genoux cagneux, comme sous l'emprise d'une longue rêverie qu'il n'avait pas achevée, et qu'il reprenait.

« Il vous a guérie ! s'enthousiasma la petite. Si vous aviez pu le voir faire ! Il a posé ses mains sur la flèche, et elle a fondu ! Il a soufflé sur votre bras, et la blessure s'est résorbée pour disparaître !

– C'est vrai ! approuva le garçon. Incroyable !

– Guéri la blessure ? Mais, si la chair est guérie, mon esprit l'est-il, également ?

– Bien sûr ! rétorqua Aaïla, à genoux et en équilibre sur ses paumes, son minois posé devant elle.

La princesse redressa le buste.

Elle se rendit compte qu'elle avait été allongée sur une litière de mousses et de fanes. Ils étaient dans une sorte de grande cabane. Les murs, constitués de branchages légèrement assujettis les uns aux autres, laissaient le passage à la lumière pâle du jour, si bien que mille pinceaux festonnaient l'intérieur de la petite construction, drapaient leur chevelure, leur souffle et leur corps. Apercevant les houppiers des arbres en deçà de l'entrée, elle se sut fort haut, dans un des gigantesques cèdres de la forêt.

Elle frotta son bras et hocha le front en direction du sylvain afin de le remercier. S'il avait pu arriver plus tôt, le vieil homme eût pu être sauvé. Il lui répondit en secouant la main. Quelque chose fit doucement vibrer le plancher sur lequel ils se tenaient. Peut-être était-ce le contentement de cet être qui se propageait ?

– Il ne parle pas notre langue, la renseigna Hild.

– Mais il s'exprime par une suite d'images, expliqua la fillette.

– Des images…

Safran cilla, se tint les tempes. Elle avait faim. Presque aussitôt, des odeurs sucrées flottèrent sous ses narines, intimement liées à des images de fruits qui passaient dans son esprit. Le sylvain déplia ses longs membres et poussa devant lui des coupes que Safran n'avait pas remarquées.

Les fruits étaient identiques à ceux des images qui s'étaient éveillées en elle. En sus, il y avait un bol plein d'une eau tout entière habitée de lueurs qui s'animaient. La jeune femme se pencha et sentit le liquide, dont les reflets firent comme un ruissellement sous son menton. Ce n'était pas la lumière du jour qui pouvait faire cela. Elle ne comprenait pas.

– J'aimerais savoir quelle est la source qui donne semblable eau. Ses narines s'arquèrent. Cela sent si bon !

Le sylvain se gratta une joue. Alors, Safran vit l'endroit où jaillissait la source, fort loin, quelque part dans le Nadir. Elle se demanda comment il fût possible que la lumière pût jaillir ainsi de l'obscurité, avant de croiser la silhouette d'Aaïla, la lumière puissante que se dégageait d'elle.

Incidemment, elle se remémora les mots énigmatiques du garçon lorsque les Sombres les avaient poursuivis. Qu'était donc Aaïla pour qu'il eût confiance en elle, même en grand danger ? Qu'étaient donc venus faire ces enfants en Orkose, et de quel monde venaient-ils ?

Le sylvain tapota doucement un bol pour mettre un terme à sa réflexion. Elle reçut une image. Aaïla était debout, sur fond de ciel étoilé. Le point de vue se déplaça, et Safran put voir un désert mauve. L'enfant se mit à courir, à rattraper le jour qui commençait de chatoyer aux courbes des dunes. Soudain, Safran se mit à avoir chaud. Elle ne savait pas comment cela était possible, mais les odeurs de ce pays lui revenaient, avec tout ce qui pouvait flatter ses sens. Elle pouvait les éprouver, les humer. Elle clôt ses paupières, ce qui lui offrit une vision plus précise encore de l'Yss'Bahâr'.

– Plus tard, nous vous expliquerons, chuchota Aaïla, le front teinté de sérieux, pour peu que vous vouliez nous suivre, encore…

Safran opina du chef.

– Où allez-vous, exactement ?

– Au Bord-du-Monde. Le sylvain cessa de faire tourner un doigt dans ses mèches, interrompant sa rêverie. Il toussota dans son coin. Il était temps. L'enfant se mit debout. Je dois m'absenter. Lui et moi avons à parler. Si Hild est bien luné, il vous racontera peut-être un peu de notre histoire ? un peu du mage Zar'ouath, du nain Gálwïn, qui forgea son épée de lumière, Elweïn…

Les yeux en amande du sylvain s'étrécirent. Sa main se posa sur l'épaule d'Aaïla. L'essence acidulée de son corps changea un moment, pour se rapprocher de celle de la tubéreuse.

– À tout à l'heure, souffla-t-elle une dernière fois, avant que le sylvain ne l'attrapât par les hanches et ne l'emportât dans aux ramescences mouvantes du dessus.

Le garçon vint s'asseoir auprès de Safran. Il fallait qu'il racontât leurs aventures. Il songea à Minduïn, à la *mémoire* d'Ousse et se prit à sourire. C'était la première fois qu'il s'apprêtait à partager son savoir de la sorte, à livrer ce que le vieux silencieux lui avait offert au haut de sa tour ; il dut reconnaître qu'à présent il en éprouvait une forme de plaisir.

Il se demanda s'il pouvait, à son tour, passer ses connaissances à Safran, rien qu'en effleurant son front. Cela devait être possible, puisque ses pensées l'incitaient à le faire. Il se gratta la gorge, à la recherche d'un point de départ. Son ami Erlan qui se guidait aux étoiles lui sembla un bon prologue.

Le sylvain se déplaça à une vitesse vertigineuse entre les arbres. Il devait craindre que la route qu'il prenait ne s'inscrivît trop nettement dans la mémoire d'Aaïla, non qu'il ne lui faisait pas confiance, mais c'était plutôt une précaution contre ceux qu'elle pourrait rencontrer, et qui ne manqueraient pas de venir détruire le lieu où il la conduisait.

En un point où la forêt s'étalait en chaque bord de l'horizon, l'être descendit droit vers le fond du sous-bois.

Sous le couvert des frondaisons régnait une pénombre légère traversée, çà et là, de flèches de lumière autour desquelles voltigeaient des insectes. Le sous-bois brun et roux était un océan d'aiguilles. Des odeurs anciennes qui inspiraient le respect planaient dans l'air, quasi immobile. Même le sol paraissait saturé de ces essences. Le sylvain lâcha la main de l'enfant et lui fit signe de le suivre. Le terrain déclive poussait les regards vers un cercle de pierres dentelées de lichens, qui semblait tout entier générateur de ce silence. L'être filiforme alla dans cette direction, Aaïla au bord de son ombre diffuse.

Quand ils furent entre les pierres, le sol se mit à tourner. Ils se retrouvèrent dans l'obscurité la plus totale, avant qu'un friselis léger ne se fût élevé. La petite crut qu'ils s'étaient perdus dans la nuit, mais la main du sylvain se resserra sur la sienne.

Il la guida dans les ténèbres du Nadir. Bientôt, engendrées par le son de cistres et de flûtiaux, des formes minérales s'allumèrent et s'ouvrir. L'enfant vit croître des buissons de tourmaline. Plus loin, des abeilles de fumée butinaient des boutons de citrine, des gouttelettes enflammées glissaient et s'agglutinaient à la surface de petits lacs, servant de sémaphores à des lucioles voltigeuses. Le sylvain montra du doigt un serpentin qui enluminait l'obscurité. Ils bifurquèrent et prirent garde de ne pas briser les champignons nacrés qui poussaient aux murmures de leur marche.

Il devait s'agir de la source que la créature avait montrée à Safran. Il y recueillait une partie de son pouvoir. Ce fut ce que l'enfant comprit lorsque l'image du sylvain couché au bord du ru se dévoila dans son esprit. Ils longèrent le mince cours d'eau, pas plus large que cinq empans, et ils s'assirent sur sa berge sombre comme l'onyx. Aaïla examina le point d'où l'eau sourdait et retombait, doucement, comme au ralenti, formant une sorte de long cou de cygne d'un verre crémeux.

Le sylvain se pencha et joua de sa main dans le ru. L'enfant l'imita avec l'adorable fébrilité d'une néophyte, ce qui le fit rire. Il sortit ses doigts et esquissa un geste dans l'air. Aaïla aperçut le visage de Zar'ouath. Elle eut envie de pleurer, mais quelque chose l'incita à faire la même chose que le sylvain, à l'imiter. À gauche du mage qui disparaissait la mine d'Elliador se matérialisa à son tour.

Aaïla dévisagea la créature. Elle lui parla des Portes Bleues d'Orkose. Elle était venue avec le mage pour les passer. Elle était venue pour les larmes de Shââni. À présent, elle était perdue, Hild et elle s'étaient égarés. Il lui effleura l'épaule pour mettre un terme à ses inquiétudes. Il connaissait le chemin qui mène au Bord-du-Monde. Mais cet endroit n'était pas ce qu'elle croyait, ni même ce que le mage avait longtemps cru.

Le Bord-du-Monde était au Nord de la forêt. Là-bas, la terre s'arrêtait. Il s'y trouvait un vide incommensurable qui se noyait invariablement dans les jours et les nuits d'Orkose. Un sentier suivait cette limite, entre ciel et gouffre. À mesure qu'on le suivait, il s'en détachait pour, en un point, aller sous la terre, sous la masse rocheuse qui soutenait les Sept Portes Bleues.

Le sylvain lui montra tout ceci, chaque parcelle de la route qu'il lui fallait suivre. Elle secoua la tête pour lui signifier qu'elle comprenait. Elle avait envie de le serrer contre elle lorsqu'une chanson se répandit à l'orée de la source. Alors, ils relevèrent leur visage et le virent.

Il avait les deux pieds dans l'eau et semblait en retirer grand plaisir. Un instant, il porta une main à ses lèvres pour leur demander de garder le silence. Puis, il leur indiqua le cours d'eau, où un bateau en papier dérivait, tournait sur lui-même sans jamais perdre sa route.

« D'habitude, je salue ceux que je croise. Mais… Il enfonça sa tête entre ses épaules, comme écrasé par le poids de l'air. Il ne fait pas assez sombre ici. Vous vous contenterez bien d'un salut verbal, non ? Pïl'k le lutin vous dit bonjour !

Le sylvain se releva illico. Le lutin ne s'intéressa pas à lui, mais au bateau qui se déplaça soudain vers la berge, s'y immobilisa.

– Pourriez-vous le décoincer, s'il vous plaît ?

Aaïla se leva à son tour et se tint contre le sylvain. Elle avait bien souvenance d'un lutin du nom de Pïl'k. Elle se demanda si c'était lui, qui avait offert le crin sacré de la licorne à Línnahon et Zar'ouath. Il pouvait voyager de dimension en dimension. Cependant, elle s'interrogea sur le fait qu'il l'eût trouvée si facilement.

– Fillette ! Peux-tu demander à cet épouvantail de repousser le bateau ? Il faut y aller doucement avec cette embarcation. C'est du genre fragile !

Les cheveux du sylvain se mirent à émettre des sonorités discordantes. L'enfant pressentit le drame peu avant qu'il n'eût lieu. À peine se mettait-elle à croupetons que le lutin faisait un bond par-dessus l'eau lumineuse. Il attrapa le bateau, qui se changea en une épée filiforme et rouge.

Le sylvain toucha le front de la petite. Il eut le temps de lui offrir le chemin de retour jusqu'à son cèdre, puis il la repoussa, libérant une image de fuite. Tout juste se relevait-elle que la lame traversait le ventre du sylvain, de part en part. Il s'écroula, brisant l'onyx où sa tête retombait.

Le lutin et l'enfant se dévisagèrent.

Elle était bien comme il se l'était imaginée, comme il l'avait entr'aperçue parmi les traces indélébiles qu'elle laissait à l'esprit de ceux qui la rencontraient. Un diamant noir, plein d'un pouvoir qu'il voulait pour son maître. Il lui sourit, sans rien recevoir en retour. Il se félicita que le long périple depuis Ousse l'eût rendue ainsi, aussi forte, aussi sèche. Il remercia, en crachant au souvenir de leurs visages, ceux qui l'avaient faite. Elle avait du courage.

– Il y a longtemps que je te suis.

Elle recula. Le sylvain vivait encore. Pïl'k le tira par les cheveux et le poussa dans l'eau. L'enfant refoula ses larmes. Elle avait le désir de lui sauter à la gorge, mais quelque chose lui disait de se retenir, qu'il se nourrissait à la rage et au désespoir.

– Il ne faut pas que tu aies peur. Je ne te ferai rien. Il jeta l'épée dans l'eau pour asseoir ses propos, plissa les paupières, la regardant par en dessous, narquois. Ce n'est pas pour cette fois que tu viendras à Notre Maître. Tu as encore un peu de temps. Mais il te faut t'y préparer. Il rit. Je me souviens de Zar'ouath lorsque je l'ai croisé, au bas de la Citadelle des Nains, ces fourmis qui veulent tout faire à leur image. Je n'aime pas les Nymphes, mais je les préfère à ces cafards du Narönggath. Ils sont si prosaïques. Que disais-je sur le mage ? Ah ! Oui ! J'ai eu l'extrême gentillesse de le prévenir qu'il disparaîtrait sitôt le seuil d'Orkose franchi. L'on néglige trop ce genre de conseils, dit-il en claquant la langue. Résultat ? Il est tombé à la troisième Porte, sans t'avoir dit tout ce qu'il voulait. À moins qu'il savait qu'il tomberait, déjà, et qu'il n'eût jamais rien à te dire ?

Elle recula, encore.

– J'ai fait une erreur avec lui. J'eusse dû me rappeler à son souvenir plus souvent ! Il secoua la tête, comme s'il venait de prendre une décision. Je ne vais pas me fourvoyer une seconde fois. J'ai l'intention que tu restes avec moi, jusqu'au bout du voyage !

Aaïla dirigea ses mains en direction du sol. Aussitôt, un panache lumineux s'éleva, aveuglant Pïl'k.

– De la poudre aux yeux ! Voilà tout ce que t'ont appris tes chers disparus? cria ce dernier en se frottant les paupières, qui le brûlaient.

Elle ne tint pas compte de ses paroles et courut à fond de train. Pïl'k s'offrit le luxe de ne pas la suivre. Il ne pouvait pas la toucher, pas encore. Ses paroles n'avaient été que mise en garde.

Il l'observa, tout le temps que ses prunelles le lui permirent, puis il examina cet endroit fort disgracieux qui avait tant plu au sylvain et à l'enfant. Il remonta son ceinturon et se mit dans l'idée de changer tout cela à sa manière, par le feu et la décrépitude.

CHAPITRE LXI

AÏLA SE CRUT À MAINTES REPRISES PERDUES. N'eût été le chemin que le sylvain instilla dans sa mémoire, chaque arbre, chaque portion du sous-bois se serait ressemblé, la jetant tête la première sur une fausse route.

Elle n'eut pas conscience du chemin qu'elle avait parcouru pour échapper au lutin, lequel ne semblait pas l'avoir suivie. Sa situation était étrange, cependant que grisante. Le *pouvoir* commençait à rompre, lentement, ineffablement les distances qui la maintenaient dans l'onde commune du Temps. Elle avait toujours su que le Temps n'était pas linéaire, irréversible. Le Temps faisait des boucles sur Lui-Même. Certes, Il allait toujours de l'avant, mais prenait sans arrêt ses sources dans le passé et le futur. C'était ce que Selena avait nié, peu avant que la petite s'égare au désert, rejetée dans les confins brûlants par ses paroles.

De toute sa fuite effrénée elle ne se permit aucun repos. Il lui semblait que Pïl'k pouvait surgir à tout instant au cœur même de son ombre. Le plus étonnant était que chaque élément de la forêt faisait en sorte de ne pas la blesser. Des courants d'air soulevaient les basses branches pour laisser libre place à sa course, les raidillons trop glissants devenaient plus accrocheurs, les coins aigus des pierres s'adoucissaient, dès que le parfum de sa sueur s'en approchait.

Et, même quand elle s'égarait de quelques mètres de son chemin, tout autour d'elle s'animait pour la remettre dans la bonne direction ; à croire que l'âme du sylvain la suivait, encore, et l'aidait. Enfin, elle se sut proche de son but.

Elle leva la tête et reconnu le cèdre, chapeauté par la cabane de la créature sylvestre. Elle se rendit compte à quel point il était haut. Cela avait été un jeu pour la créature de lianes que de gravir ces branches, mais eux, ils n'étaient que des humains. Ils avaient tendance à perdre courage, lorsqu'ils sentaient leurs forces au bout de leur limite.

Elle se demandait comment s'y prendre, s'il fallait tenter une escalade, au risque de se rompre le cou. Devait-elle alerter Hild et Safran en criant ? Mais le souvenir obscur du lutin la dissuada de cette dernière solution. S'il avait momentanément perdu sa trace, elle ne ferait que l'attirer.

Quelques pas supplémentaires la menèrent sous les frondaisons odoriférantes. Comme elle levait la tête, il lui sembla discerner une silhouette dissimulée un peu plus loin, derrière un épais écran clairsemé d'aiguilles, mais pas assez toutefois pour qu'elle ne l'aperçût pas. Instinctivement elle ramassa un bout de bois. Le lutin l'avait-elle devancée ? Elle se persuada du contraire. La présence qui se trouvait là était tout autre, familière. Elle s'apprêtait à faire le tour du monticule quand elle se dit qu'une diversion ne serait pas déplacée. Au moins, cela aurait le mérite de lui donner le temps de réagir. Elle prit une pierre et la lança sur sa gauche.

La silhouette se releva d'un coup.

« Hild ! souffla-t-elle.

Le garçon se retourna. Il la vit, sans la voir. Son visage commença de se déformer, comme sous l'effet d'un effroi que son corps ne pouvait contenir. Était-ce *elle* qui engendrait cette peur ?

Elle jeta un œil par-dessus son épaule, redoutant que… Mais le lutin n'était pas là. Ils étaient seuls.

Hild se leva et se mit à courir. Elle le rappela, sans résultat. Elle le poursuivit. Il titubait, abandonné dans l'ivresse de la peur, un morceau d'étoffe grise et ensanglantée dans la main. Il se cogna à des branches mais se releva, toujours. Aaïla tendit ses doigts vers une pierre, qui vint se placer sur le chemin du garçon. Elle profita de sa nouvelle chute pour le rattraper, le saisir avec force par les épaules. Elle le retourna dans les draps d'aiguilles. Ses yeux roulaient. Elle le secoua, encore et encore.

– Lâchez-moi ! Lâchez-moi !

– Hild ! Que s'est-il passé !

– Lâchez-moi !

Elle le gifla, ce qui le fit taire. Il l'observa, et elle eut ce sentiment étrange, détestable qu'il la dévisageait, sans la reconnaître.

– C'est toi, Aaïla ? C'est bien toi ?

– Qu'est-ce que tu as ? Où est Safran !

Ses mâchoires se serrèrent. Il lui cracha à la figure et la lui débarbouilla de son étoffe pleine de sang. Elle le gifla une nouvelle fois.

– Prouve-moi que tu n'es pas le lutin ! Prouve-moi que tu es *toi* ! hurla le garçon, à mi-chemin entre la raison et la folie.

Elle le repoussa, écœurée. Ce monstre était partout à la fois. Elle baissa le front, le releva. Elle pouvait perdre son seul ami pour toujours. C'était sans doute ce que Pïl'k avait voulu, qu'elle fût seule pour la fin de son voyage, que tous l'eussent abandonnée, même son dernier ami, son dernier espoir.

– Un jour, nous sommes descendus dans le temple du Sii'had. Te souviens-tu ? Il y avait un bassin et le visage d'Elliador. Là-bas, nous avons découvert la perle. L'as-tu jamais dit à quiconque ? As-tu jamais confié à quiconque autre que moi que tu étais revenu avec Florffinlën du seuil bleu du pays où Gálwïn s'est retiré ? renchérit-elle.

– Tu as pu lire tout ça en moi ! argua-t-elle.

Aaïla eut peur. Des nœuds gagnèrent son ventre. Y avait-il encore un espoir de le convaincre ? Les paupières du garçon se plissèrent.

– Montre-moi la perle !

– Je ne l'ai plus, Hild, fit-elle, résignée. Je ne l'ai plus… Elle s'est consumée, le soir où j'ai tenté d'appeler Zar'ouath, répondit-elle tout bas, atteinte par l'étendue de ses propres mots, les ravages, la douleur que cela mettait en elle. Je ne l'avais pas non plus quand je t'ai rejoint dans ton rêve, quand je t'ai poursuivi dans le feu, quand j'ai traversé tes souvenirs. Sais-tu que c'est toi qui m'as sauvée, quand je me suis retrouvée dans l'Obscur ? Ton souvenir, seul, m'a sauvée. Tu étais en moi et c'est par toi que je me suis libérée.

Il hoqueta et fondit en larmes. Leurs chevelures se nouèrent. Il ne dit rien. Il ne pouvait plus parler. Aaïla ne fit que peu d'efforts pour comprendre ce qui s'était passé. Ce qu'elle vit dans le chagrin du garçon la terrifia, à son tour.

Pïl'k avait tué Safran. Il était venu, peu après son départ avec le sylvain, et s'était fait passer pour Aaïla, en prétextant que la créature lui avait juste montré les alentours et était momentanément repartie. Ensuite, il avait parlé de la *mémoire* de Hild à la princesse, lui avait demandé de la lui montrer, de lui montrer tout ce qu'il savait. Envoûté, le garçon n'avait pas refusé, ne comprenant pas que ce cadeau fait à la princesse allait corrompre l'immense plupart des souvenirs qu'il avait en lui. Alors Safran était tombée en syncope, parce qu'aucun humain ne pouvait contenir tous ces souvenirs. Hild avait tenté de la réveiller, mais la fausse Aaïla l'avait repoussé, avant de tuer Safran sous ses yeux pour ensuite emporter son corps.

Aaïla le berça, avant de chuchoter à son oreille.

– Je l'ai vu, aussi. Il a tué le sylvain.

– Le sylvain ? mort ? fit le garçon d'une voix atone. Il t'a suivie ?

Elle mit une main sur sa bouche.

– Je ne sais pas. Je ne crois pas.

Elle réfléchit un instant, se demandant si tout ceci, le sylvain, la maison dans le cèdre, la source dans le Nadir n'avait pas été une incroyable machination, un vil prétexte à sa rencontre avec le bras de Hâân, en prélude à leur dernière rencontre. Mais Safran était morte. Elle sentait un peu de sa douleur sur sa face.

– J'ai pu m'enfuir. Je crois… Je crois qu'il voulait faire naître la peur en moi. Juste la peur. Il espérait sans doute que je me perdrai, que j'utiliserai sans mesure le *pouvoir*, que je perdrai la tête, comme il a voulu le faire avec toi. Il ne sait pas à quel point Zar'ouath et Elliador m'ont aidée. Il ne sait pas ce que nous sommes, au plus profond de nous, parce qu'il n'a plus grand-chose à faire avec les humains. Viens. Il faut que nous partions, dès maintenant !

– Partir ? Pour aller où ? Il n'y a plus personne !

– Je sais où est le Bord-du-Monde. Le sylvain me l'a montré.

Ils se relevèrent et ne perdirent pas de temps inutile à ôter les aiguilles qui s'étaient accrochées à leurs cheveux.

Hild avait dissimulé un sac de provendes, qu'il avait jeté du haut du cèdre. Il fouilla le sol, tout près de l'endroit où Aaïla l'avait découvert, extirpa une petite musette à quoi était attachée une outre. Elle regarda tout autour d'elle, au-delà des ombres des feuillages. Il n'y avait aucun signe de Pïl'k. Elle se garda d'utiliser le *pouvoir* pour le chercher, craignant qu'il fût un aimant pour le lutin, pour qu'il ne les retrouvât que d'autant plus vite.

– Partons ! »

Sans tergiverser, ils prirent la direction du Nord, droit vers ce que le sylvain avait nommé le Bord-du-Monde. L'après-midi était déjà bien avancée. Aaïla n'avait pas d'idée sur l'étendue du chemin qu'ils avaient à parcourir. Dans sa mémoire, c'était une suite d'images qui se dilataient, dépourvues de toute notion de distance. Ce qu'elle espérait, c'était sortir de la forêt au soir, avant les ultimes frémissements du jour. Alors, ils sauraient à quoi s'en tenir quant à la route à prendre. Tandis qu'ils se hâtaient entre les arbres, elle confia son idée au garçon, qui ne fit aucun commentaire, envahi qu'il était par mille choses. Elle accéléra le pas, préférant le laisser errer dans ses pensées. Elle lui parlerait, plus tard, lorsque tout se serait plus ou moins apaisé.

Ils parvinrent à l'orée de la forêt peu avant la tombée de la nuit. Ils n'avaient jamais vu à quoi ressemblait la brune en Orkose. Ils furent surpris qu'une pénombre légère et grise se fût installée, après le départ furtif du jour.

La sylve s'achevait subitement face à une terre étrange qui les renvoya à eux-mêmes. Le sol de verre était à la ressemblance de celui qu'ils avaient déjà foulé, entre les Portes Bleues, quelque part au seuil de leur plus grande peine, la perte de Zar'ouath. Devant eux naissait une large route, qui filait tout droit vers l'horizon nimbé d'un clair-obscur orangé. Elle miroitait, çà et là, des scintillements stellaires sur ce ressemblait à des flaques d'eau. À gauche, le puits de la vérité répandait sa lumière rubescente. Les enfants oublièrent qu'ils l'avaient vu de près, en rêve.

À droite, une plaine de verre s'étendait, un peu plus bas que la route. Elle aussi était constellée de petits étangs dont la surface oscillait, affectée par le vent léger soufflant d'Ouest. Ils distinguaient avec peine l'énorme masse rocheuse par où ils étaient venus avec le mage.

Aaïla ne chercha pas à savoir comment ils parviendraient tout là-haut. Tout était inscrit en elle. Seul l'instant comptait, fruit précieux qu'il ne fallait pas gaspiller, comme si elle n'avait attendu que cela de toute sa vie. Elle s'était arrêtée et Hild l'avait observée, intrigué par son regard éloigné, par son être comme suspendu dans l'expression d'une certitude unique. Un peu effarouché, il lui effleura la main.

« Tu devrais laver ton visage, suggéra-t-il.

Elle baissa la tête puis revint à lui, en souriant. Il reprit l'outre qu'elle avait portée et la suivit. Ils marchèrent jusqu'à la première flaque d'eau.

– Crois-tu qu'elle soit potable ?

– Il faut bien qu'elle le soit. L'eau qui nous reste ne suffira pas, et nous devons nous rendre devant les larmes de Shââni, dit-elle, énigmatique.

– Tu dis cela comme si tu savais déjà tout, tout ce qui va se passer.

– Je ne sais pas tout, non. Mais je sais ce qui précède la fin.

– La fin ?

– La fin du voyage. Elle noua sa longue chevelure et la coinça dans le col de sa veste. Puis, elle posa le bord de son visage dans l'eau. L'image qui lui resta à l'esprit avait quelque chose de sacré.

– Je me demandai, chuchota Hild, comme s'il craignait qu'on ne l'entendît. Pourquoi le lutin m'a-t-il laissé en vie ?

Aaïla se redressa, essuyant ses joues de ses manches.

– Il pensait te rendre fou, t'éloigner de moi, pour toujours, faire que je serais seule avec le poids de ta rancœur dans ma mémoire, plaie vive qui me grignoterait. Il n'y aurait eu, alors, qu'en acceptant de le laisser me manipuler, comme il l'a fait de mon oncle, Jern, que j'aurais pu trouver une manière de paix. Oublier en lui obéissant, pour oublier l'horreur, le sentiment de perte.

– Je me demande si tu ne devrais pas rester seule pour la suite du *voyage*. Je ne fais que t'embarrasser. Il te faudra me défendre, en plus de *te* défendre. Au fond, Zar'ouath ne m'a jamais vraiment accepté. Je suis faible.

Elle le fixa et riota, avant de le serrer tout contre elle.

– Zar'ouath était avare de ses sentiments. Tu devais trop lui rappeler ce qu'il était, lui et Elliador. Il aurait pu te repousser quand tu m'as suivie dans l'Yss'Bahâr', avec tes casseroles et tes herbes aromatiques, lui rappela-t-elle. Elle soupira, fondit d'un amour sincère contre lui. Tu te perdrais que je te chercherais, reliquat de mon âme dans le sable. Je ne t'aime pas, Hild. Tu le sais bien.

Elle lui faisait songer au désert, à l'Yss'Bahâr'. Elle était si lointaine, parfois, si inaccessible. Mais c'était des idées qu'il se faisait. Elle était en lui, plus que quiconque. Elle le laissa et jeta un œil à la route. Il leur fallait trouver un endroit pour dormir. La forêt, même en sa lisière, ne lui plaisait pas. Elle lui faisait l'impression d'être une bouche sur le point de les avaler.

Comme une étoile bleue glissait sur l'eau, elle se souvint du mage, de ses guetteurs, de ces fils mystérieux qu'il avait tendus, au soir de leur première journée de voyage vers le pays des Nymphes. Ils pouvaient s'installer à droite de la route, protégés du vent, se reposer tandis que les filigranes magiques, qu'elle se savait capable de créer, la préviendraient de toute venue.

Le garçon se mit debout et l'observa attentivement. Elle caressa le sol. Les lambeaux d'arantèles se matérialisèrent à son appel.

– Qu'est-ce que tu fais ? Qu'est-ce que c'est ?

Elle chuchota pour le faire taire. Bientôt, il eut la surprise que tout le réseau de fils qu'elle avait tissé, disparût. Aaïla n'avait pas échoué. Elle les avait rendus invisibles.

Son compagnon hocha le front.

– Pas mal. Mais si on fait le tour ?

La fillette ouvrait une paume. Hild écarta plus grand les paupières. Plus loin, juste au bord de la route, deux silhouettes recroquevillées faseyèrent, puis se figèrent. Sans plus attendre, ils allèrent en contrebas de la route et s'installèrent au creux d'une faille conséquente. Là, ils se rapprochèrent et partagèrent la tiédeur de leurs vestes. En Orkose, il ne semblait pas y avoir de contraste thermique important entre le jour et la nuit, ce qui dans leur cas était un moindre réconfort. Au moins, ils ne souffriraient pas du froid.

Ils n'eurent pas grand faim et se nourrirent comme deux souris de quelques gâteaux des Nymphes des Eaux. Ils discutèrent, surtout, murmurèrent sur l'océan, sur Ousse et la blancheur de ses ruines qui leur manquait. Ils se promirent de retourner dans ce temple du Sii'had dont ils n'avaient pas achevé l'exploration. Aaïla se demanda si Mnasidika et Erlan avaient fait un autre voyage vers la Mer Immobile depuis leur départ. Ils se perdirent dans d'autres détails, dans d'autres conjectures qui n'avaient que peu d'importance, mais qui entretenaient leur moral.

Puis, Hild s'endormit, tandis qu'Aaïla restait à demi éveillée, son esprit diffusant un appel pour Zar'ouath, fumée diffuse et musicale qui espérait, encore, une manière de miracle.

Au petit matin, une bruine légère les réveilla. Le front du garçon fut vite ruisselant. Il avait envie de se lever et de grogner, mais il se souvint du lieu où il était.

Sous la lumière du jour, Orkose ressemblait fort à ce qu'ils en avaient vu de nuit. Leur visibilité n'était guère plus importante ; les quelques couleurs avaient changé, passant d'un monochrome délavé à un gris pâle, mais il n'y avait rien de bien excitant, sauf les quelques points coruscants, là-bas, au sommet des rochers – les Portes Bleues – et peut-être l'horizon où un halo orangé frémissait.

Aaïla se rassura qu'ils dussent aller là-bas ; elle ne sut dire pourquoi.

« J'imagine que personne n'est venu pendant que nous dormions, murmura le garçon.

– Si Pïl'k avait décidé de nous suivre, il y a longtemps qu'il nous aurait réveillés.

Elle lui donna un coup de coude et lui tendit une gamelle, pleine d'une tisane. Les ourlets chauds et parfumés flattèrent ses papilles. Le temps pour lui de chercher une réponse qu'elle se relevait, éclipsait les deux silhouettes et les guetteurs.

– C'est une des premières choses que Zar'ouath m'ait apprise. Faire chauffer de l'eau, dit-elle, attirée par le panache blanc qui s'échappait du puits de la vérité. Lève-toi ! Tu boiras en route. Tu sauras faire ça, hein ? Nous avons du chemin à faire.

Le garçon grogna mais lui obéit. Il remit sa veste, chargea la musette sur ses épaules et remonta jusqu'à la route.

– Nous allons là-bas ? demanda-t-il en pointant l'index vers le Nord. Aaïla secoua la tête.

– Le chemin passe par là.

– Sûrement pas le plus court. Ça fait un sacré détour.

– Il doit y avoir une raison, que le sylvain n'a pas eu le temps de m'expliquer. Nous verrons bien. »

Il ne cessa pas de pluvioter. Tant et si bien que les petits lacs se rejoignirent pour former tout autour d'eux une sorte de mer dont les vagues se mirent à clapoter, à faire comme des bruits de bouches. Ils accélérèrent le pas, craignant que le niveau de l'eau ne montât, que la route s'en retrouvât inondée.

« Et si tu faisais apparaître un cheval ? Nous irions beaucoup plus vite. Je ne dis pas que j'en ai assez de marcher, que je n'ai pas envie de nager, mais sache je nage fort mal.

Sa litote fit sourire la petite.

– Je sais que tu nages fort mal. Veux-tu vraiment un cheval pour te faciliter la tâche ?

– C'est que…

– Tu hésites, Tu fais bien. Songe à ce que l'on dira lorsque nous reviendrons. Voyez, c'est Hild, la *mémoire* d'Ousse ! Il marcha sur cent lieues, au cœur d'indescriptibles tempêtes !

– Tu ne peux pas, c'est ça ?

– Je le pourrais peut-être, mais ce serait un cheval bancal, avec un cou de chameau et des cornes d'antilope. Rien ne s'improvise, Hild. Elle agita son pouce par-dessus son épaule. Et pourquoi utiliser mes forces si le lutin se montre ? J'en serais dépourvu, et nous mourrons.

Le garçon soupira.

– Je suis sûr que tu peux faire les deux, nous créer un cheval et repousser ce lutin. Il la dévisagea, espérant qu'elle fléchirait. Tu deviens comme le mage, avare de ton *pouvoir*.

– C'est sans doute pour cela qu'il a vécu si longtemps » déclara-t-elle, mettant un terme à ces débats en se dissimulant sous sa capuche.

Plus avant, le terrain ne changea pas et il plut encore. Les flaques qui encombraient la route, qu'ils avaient évitées jusque-là, furent impossibles à contourner, à moins de faire un détour dans ce qui avait pris l'ampleur d'une mer. Pieds humides, habits trempés et tout grelottants, ils durent s'arrêter à maintes reprises pour retrouver un peu de chaleur autour d'une décoction. Au corps défendant du garçon, qui sentait bien que tous ces efforts fatiguaient Aaïla, l'enfant s'appliqua à contenter leurs estomacs d'un semblant de chaleur, tout du long de leur chemin.

Quand la pluie redoubla de plus bel et tambourina sur leurs visages, ils se demandèrent si Orkose même n'avait pas une conscience propre, si ce pays du bout du monde ne se jouait pas d'eux, ne cherchait pas à les pousser à bout. Il y avait longtemps que le halo orangé de l'horizon avait disparu. N'eût été la route, ils se seraient cru perdus. Mais ils avaient toujours suivi la même direction sans se retourner, sans rebrousser chemin.

Soudain, des flèches de lumières tombèrent en vrilles du ciel, qui se déchira. La masse nuageuse révéla son côté surnaturel. Elle ne se disloqua pas au-dessus d'eux mais en avant, tout au long de cette ligne qu'ils nommaient l'*horizon*. Ils s'aperçurent que le ciel n'était pas bleu mais mauve à sa base, pour devenir orangé, puis doré au plus haut. Ils eurent la surprise de voir apparaître une longue ligne blanche devant eux ; elle suivait l'horizon sur leur gauche pour se perdre dans des nuances mauves, sur leur droite. Ils estimèrent sa longueur à deux ou trois lieues, avant qu'elle ne s'interrompe brutalement, non loin des falaises des Portes Bleues.

Ils se rapprochèrent l'un l'autre. Quelque chose d'ineffable épanchait en eux un étrange bien-être. Aaïla leva le bras et des formes s'élevèrent dans la blancheur comme pour répondre à ce message silencieux. Avec la lumière qui revenait, leurs yeux qui s'habituaient, ils découvrirent que cette ligne liliale qui soulignait l'horizon était une galerie à arcades à l'inconcevable longueur. Tout à coup, Aaïla rejeta sa capuche. Le garçon l'entendit rire. Elle se mit à courir en levant les bras aux cieux, comme si tous les bonheurs des mondes l'envahissaient tout entière. Il resta un instant sur place, réduit à quia, pour finalement se mettre à la suivre et à l'imiter, gagné par sa joie.

Alors, il fut comme elle, une corde qui vibrait au rythme d'un inexplicable bonheur, éclatant d'une ivresse limpide et simple. Ils ne se rendirent pas compte du chemin qu'ils parcoururent. Aux marges de ce qui était le Bord-du-Monde, les distances ne comptaient plus. Ici, seul les tournoiements de leurs sens et de leurs âmes importaient.

CHAPITRE LXII

RKOSE ÉTAIT UNE CONTRÉE qui ne livrait que rarement ses secrets les plus précieux. La longue galerie blanche aperçue par les enfants en était un. Tandis qu'ils s'en approchaient, ils découvrirent l'accumulation insensée d'ornements délicats dans la blancheur de jade des arches et des corridors.

Aaïla vit des dentelles bleutées fleurir aux voussures des arcs trilobés et brisés, selon les inclinaisons que prenait la lumière du Bord-du-Monde. Elle leva les paumes et crut que les photons lui répondaient, lovant des bracelets de nuances à ses poignets tendus. Ils marchèrent parmi les lucioles vibrionnantes pour ne s'arrêter qu'au garde-fou de cristal. Devant, en bas s'ouvrait une façon d'infini qui disloqua le Temps, en fit un notion de mesure obsolète cependant qu'inutile.

La lumière les pénétra de sa conjugaison de poudroiements.

Un vent d'une incroyable célérité poussait les grains lumineux vers le ciel. Et, bien qu'il dût en naître des hurlements des plus insupportables, les enfants goûtaient des sons de harpes et de célestas qui les ravissaient. Sous eux, des fonds mouvants qui ne paraissaient s'achever que dans l'Abysse des Commencements les émerveillèrent.

Quand ils trouvèrent assez de forces au fond d'eux pour relever le visage, ils se regardèrent et se mirent à rire de plus bel, parcourus par cette même hilarité qui les avait menés jusqu'ici. Ils avaient pleuré, mais cela avait été des larmes de joie pour tout ce qu'ils avaient connu, pour tous ceux qu'ils avaient aimés.

Ce ne fut que bien après qu'ils s'aperçurent que leurs vêtements avaient miraculeusement séché, que toutes traces de fatigue avaient disparu de leur corps. Les lèvres de la petite s'entrebâillèrent. Elle ne se demandait pas comment tout cela fût possible.

Elle posa juste ses pupilles d'aigues-marines parmi les hauteurs sans fond. Dans le doré des cieux, quelque chose frémit et lui répondit, comme si le plus infime de ses mouvements influençait l'agencement du Bord-du-Monde, comme si des paumes indescriptibles s'entrouvraient et recueillaient ses pensées pour les lui renvoyer, lovées d'un pollen exquis.

Sous l'impulsion du garçon ils reprirent lentement leur route de par la longue allée d'arcades. Les pas feutrés de leur démarche trouvaient sous eux des équivalents lumineux qui flottaient tout autour d'eux, formant des liants délicats aux mouvances de leurs silhouettes. L'esprit infusé par la sérénité des lieux, Aaïla chercha dans sa mémoire. Le chemin reprenait tout au bout, dans la plaine de verre. Elle observa le paysage sur sa droite.

À quelque cent mètres, il pleuvait. Si seulement ce Bord-du-Monde radieux pouvait dispenser ses vertus jusque-là, pensa-t-elle. Le garçon l'avait observée, sensible à son inquiétude.

« Malheureusement, nous allons devoir retourner là-dedans, soupira-t-il. Dommage que les Dieux, ou Ceux qui ont créé le Bord-du-Monde, n'aient pas songé à le prolonger. »

Elle ne répondit pas, un peu plus refermée sur elle.

Ils allèrent de l'avant, n'échangeant que de brèves paroles, comme si la distance les séparant d'avec la sortie faisait germer en eux une fleur d'anxiété, qui dévoilait déjà la noirceur de ses corolles.

Les lueurs tournoyaient toujours au-delà du garde-fou, rejetant leurs ailes au bord de leur sentier. Et puis la qualité de l'air changea, se refroidit et il plut, de plus en plus fort. Les averses faisaient des crépitements disgracieux dans les mélodies de la galerie. Hild se rapprocha d'Aaïla, plus inquiet qu'il ne voulait le montrer. Elle serra avec force son avant-bras, mais n'en ralentit par pour autant sa course.

Ils remirent leur capuche en place et firent une pause en marge de la plaine inondée, auprès de ce qui était l'ultime arcade. Aaïla se rapprocha une dernière fois des abysses lumineux, rejeta sa capuche et gava son âme des sortilèges profonds qui en provenaient.

Mal à l'aise, le garçon fit bouger la musette sur son dos. Comme il trouvait qu'elle s'attardait beaucoup trop au Bord-du-Monde, il posa une main sur la soie de sa nuque pour la rappeler. Une énergie passa entre ses doigts.

« Aaïla, le Temps nous attend.

– Toi qui détestes avoir les pieds mouillés, tu ne vas pas être déçu. »

Elle examina les vaguelettes, leur mort docile, les chevelures liquides, sièges de rouleaux infimes parfois traversées par des rais qui les éclaboussaient d'or. Elle ne sut trop pourquoi. Dans le don précieux qu'elle découvrait, le *pouvoir* ancien d'Elliador princesse d'Ousse, le luxe ne se devait pas d'exister, parce qu'il avait un autre nom, une autre fonction qui s'appairait à la jubilation. Elle prit le garçon par la main et le mena au cœur de cette mer d'un gris argent.

Alors, sortant des lambeaux de brume qui avaient commencé de naître, Hild distingua une barque d'onyx. Il était impossible qu'elle flottât. Il était impossible qu'elle fût venue juste pour eux, avant de comprendre au sourire qui débordait sur son épaule qu'Aaïla avait enfreint sa prétendue avarice. Le souvenir de Zar'ouath passa en eux, emperlant leurs sens d'émotion. Sans mot dire, ils s'installèrent dans le petit esquif. Le vent d'Ouest poussa l'embarcation droit vers la barre rocheuse.

Il ne lui demanda pas pourquoi elle l'avait fait pour lui. Cela devait la fatiguer, tout du moins, puiser dans ses réserves précieuses. Il se rendit alors compte qu'il n'avait aucune idée de ce qu'était le *pouvoir*, de la façon dont tout ceci s'agençait dans son esprit. Il avait la vague idée que l'*abandon* était quelque part dans une dimension proche, seulement accessible à l'enfant. La manière dont elle l'effleurait de sa pensée lui échappait. Elle n'en voulait pas vraiment, ne le forçait en rien, et c'était peut être là la clef de son secret.

Une lueur légère, presque brumeuse, se matérialisa sur leur droite. L'embarcation la toucha, puis dévia quelque peu de sa route. Ils allaient tout droit sous les Portes Bleues d'Orkose, pour peu qu'il y eût un chemin là-dessous, dans cette masse colossale. Il fallait espérer que le sylvain ne se fût pas trompé, et surtout qu'il eût été ce qu'ils crussent bien.

S'ils eurent une raison de se consoler un tant soi peu de l'inconnu vers lequel ils voguaient, ce fut la fin des averses. Il ne plut bientôt plus, mais le ciel charriait toujours autant de nébulosités grandement organisées au-dessus de leurs têtes. La fin de la plaine, et de la mer, se rapprochant, Aaïla se mit en quête de l'entrée.

En face, les hautes parois noirâtres et vitreuses miroitaient, à tel point qu'il parût impossible à l'enfant de dénicher une quelconque entrée vers les hauteurs. Entre-temps, d'autres lueurs avaient éclose, dirigeant la glisse de l'esquif. Aaïla stabilisa leur route vers ce qu'elle s'imaginait être la proximité de l'entrée. Il y avait un léger méplat au-dessus du rivage. Ils pourraient le suivre et chercher, les pieds au sec.

Enfin, le brion racla le sol et l'esquif s'immobilisa. Les deux enfants sautèrent par-dessus bord, tandis que la petite barque devenait floue et s'évanouissait en fumerolles dans leur dos. Quelque chose comme une buée infime planait là, aux pieds des sombres falaises. Ils passèrent une main devant leurs yeux, persuadés que tout ça était un jeu logé entre leurs cils, mais le phénomène persista. Aaïla fit signe au garçon de la suivre. Elle décida qu'il fallait longer la berge en direction du sud.

Ils cherchèrent une heure, sans résultat, avant de revenir sur leur pas et de s'asseoir, circonspects. Hild fouilla dans la musette. Ils partagèrent un biscuit.

« Es-tu sûre que c'est par-là ? C'est peut-être plus au Nord ? Des gouttelettes clapotèrent sur son front. Il grommela, remit la capuche. Voilà que ça recommence. Il pleut donc toujours dans ce fichu pays ? J'en viens à regretter la chaleur !

Elle s'approcha de la paroi le long de quoi ruisselait un voile léger. C'était surprenant. Il lui sembla que des fleurs madicoles poussaient, qu'elles étaient faites du même verre sombre que ce qui leur servait de support, qui soutenait leurs corps. *Des falaises de fleurs noires qui poussent et avancent, lentement, ineffablement*, songea la petite. *Des fleurs ont-elles poussées sous nous à mesure que nous avancions ?*

Elle ferma les yeux, se fia au *pouvoir*. Les paumes sur la roche lisse, elle envoya une requête de faible énergie. Les informations qu'elle reçut en retour furent toujours les mêmes. Tout ce qu'elle émettait lui revenait, intact. Le garçon cessa de mâcher et suivit ses gestes. Un instant, elle se figea.

– Aaïla ?

Elle recula d'un pas. Devant elle, rien ne laissait deviner de la proximité d'une quelconque entrée.

– Recul un peu, demanda-t-elle au garçon, qui s'exécuta sans trop comprendre.

Elle aussi se positionna un peu en retrait et, après qu'elle eût exécuté un signe mauve, la base de la falaise s'incurva comme sous l'emprise d'une puissante force. Un pan minéral s'écroula en millier d'abacules. Quelques poussières volèrent non loin d'eux, mais ils s'étaient suffisamment reculé. Les infimes tesselles firent une couche légère sur le sol, et ce fut tout ce qu'il resta de ces fleurs étranges, qui avaient dissimulé l'entrée à leur regard. Au-dessus d'eux, le ciel retrouvait de sa furie. Il leur fallait entrer dans ce qui paraissait être le début d'une galerie souterraine. Ils ne voyaient pas grand-chose à plus de trois mètres devant eux. Un acouphène, puis un bourdonnement indéfinissable et lointain, posèrent en eux des nœuds d'inquiétude. Là, tout n'était que noirceur et minéralité.

– Il nous faudrait une bonne torche. C'est ce que je dis ! » fit le garçon.

Déjà, une espèce de papillon aux ailes mordorées se matérialisait entre les deux enfants. Les membranes allaient au même rythme que le cœur de la petite. Ils s'écartèrent pour le laisser passer et le suivirent. Le chemin devait conduire aux Portes Bleues. La galerie sinuait, unique route à prendre, sans aucun couloir annexe. Au début, ils s'évertuèrent à retenir, plus ou moins, combien de fois ils tournaient, mais toutes ces bifurcations s'emmêlèrent à un point tel dans leur esprit qu'ils ne surent plus où ils étaient.

Alors, ils crurent qu'ils allaient étouffer. Ils n'avaient plus de silhouette, pas un indice de leur existence autre que la vision d'un clair-obscur noué à leurs mouvements. Ils avaient envie de se recroqueviller, de fermer les yeux pour échapper à cette nuit monolithique. Le papillon flottait doucement à hauteur de leur tête ; le halo de vif-argent qu'il dispensait ne semblait être que toléré, ne servant qu'à la stricte condition qu'ils pussent se diriger.

Parfois, des ruisseaux fluorescents et flous dérangeaient les profondeurs minérales. Ils ne surent quelle distance les en séparait, mais elle devait être importante. Ils ne savaient s'il s'agissait du reflet du reflet d'un ruisseau, ou bien d'une lumière résiduelle qui n'en finissait pas de mourir, de rebondir de par les facettes du Nadir d'Orkose.

Les pauses qu'ils s'accordèrent ne furent que de courte durée, parce qu'ils sentaient que leurs corps s'appesantissaient, portés dans le bain d'une pesanteur hors norme, qu'ils redoutaient de ne plus pouvoir repartir, cloués à jamais au sol. Alors, Hild avait l'impression que tout se refermait derrière eux, inexorablement, que la galerie disparaissait dans la masse de verre et pouvait les engloutir à leur tour, parce qu'ils acceptaient son monolithisme.

Le mage, songea la fillette, avait dû tomber quelque part non loin d'ici. Peut-être même chutait-il, encore ? Peut-être lâchait-il encore des pensées d'amour pour Elliador, pour elle ? Il devait être bien loin, et bien isolé pour qu'elle ne l'entendît pas. Si seulement elle avait pu trouver le chemin pour le recueillir. Son image viendrait peut-être s'inscrire dans la tourmaline et la calcédoine, à force d'y avoir trop longtemps tombé ; et ceux qui la verraient se demanderaient qui il était, qui il avait été, qui avait été cet homme mince aux traits harmonieux, au cœur trop bon, qui avait toujours mis sa vie entre parenthèses.

Leurs déambulations continuèrent, encore et toujours, au point qu'ils ne surent plus trop s'ils allaient vers le sommet des falaises ou tout au fond, parmi les gouffres d'Orkose, les secrets de la nuit.

Le premier visage qu'ils avaient eu d'Orkose fut bientôt devant eux. La galerie s'était subitement arrêtée à un mètre sous le niveau du sol. Hild sortit le premier avant d'aider Aaïla.

La troisième Porte était là, sur leur gauche. La texture si particulière de la matière dont Elle était faite diffusait sa lumière pure et céruléenne. Il n'y avait plus de nuages, juste cette expression de pénombre grisâtre, soutenue par la douceur du fond de l'air. Ils reconnurent les buissons, les arbres aux feuillages aiguisés comme des lames. Hild s'assit sur un gros bloc de mica émeraude et cétoine. Il avait besoin de souffler, de détendre ses muscles.

Et, même si cette forêt à l'aspect hiératique qui s'intercalait entre chaque Porte l'impressionnait tout autant que la première fois, elle lui provoqua moins d'appréhension et de peur que le voyage qu'il venait d'achever. Il allait boire quand Aaïla passa devant lui, comme s'il n'existait pas, comme s'il n'existait plus.

« Tu veux de l'eau ? Où vas-tu ? Elle ne lui répondit pas. Aaïla, où vas-tu ? Réponds-moi !

– Il faut que j'aille voir. Je veux être sûre, murmura-t-elle, ne s'arrêtant qu'une fraction de seconde, fixant le bout de ses chaussures avec un drôle d'air.

– Sûre ? Sûre de quoi ?

Il examina sa démarche. Elle allait, tel un fantôme obscur, alourdi, résigné par le passé. Hild se releva et la suivit, tout en gardant ses distances. Le sol allait en pente. Le garçon crut comprendre ce qu'elle cherchait.

– Ce n'est pas bien, Aaïla. Tu ne devrais pas. Le passé est le passé. Tu n'y pourras rien, rien du tout ! M'entends-tu ? Il faut retourner à La troisième Porte, trouver les larmes de Shââni et partir d'ici ! Línnahon nous attend de l'autre côté. Tu ne t'en souviens donc plus ?

Ses paroles étaient dites en pure perte. Il le savait avant de les prononcer.

Elle se pencha, chercha des traces. Elle reconnut ces plaques glissantes, coupantes, constellées de lézardes infimes. Ses longs cheveux noirs et brillants se déroulèrent le long de ses joues, emportés par leur masse tandis qu'elle examinait le sol. Enfin, elle distingua des rayures plus profondes. Elle avança, lentement ; le silence remonté en spirales du gouffre passa sur elle. Elle s'agenouilla et resta ainsi, recroquevillée, sans rien dire. Elle agrippa le bord, les yeux grands ouverts sur la nuit du dessous. Le sang afflua à ses tempes, éveillant les souvenirs des coups qu'elle avait reçus ici, à la cicatrice qu'elle porterait toujours au menton. Elle chassa ces reliquats d'égoïsme et ne s'intéressa qu'à *lui*, qu'à Zar'ouath. Elle fouilla le vide, les murmures par-delà le silence. Elle offrit sa présence à tout ce qui pouvait se trouver en dessus, sans résultat.

Elle cassa le pétale d'une fleur de verre et s'en servit pour couper des mèches de sa chevelure. Elle les lâcha dans le gouffre et les enflamma du *pouvoir*. En retour, une vision partielle mais suffisante lui revint, ainsi que des effluves sporadiques de dictame. Les images rémanentes des virevoltes d'une épée bleue s'inscrivirent dans la lumière. Elle ne vit pas le mage. C'était comme s'il n'avait jamais été là, comme s'il n'avait jamais existé, que ce fût pour elle ou pour le monde. Cette négation de son existence avait peut-être été insufflée par Hâân. Là-bas, ses mèches se consumèrent, tombèrent en cendres et se perdirent, effacées par l'abîme.

Alors, elle se mit à crier après cet homme d'Alden qui ne répondait plus à ses appels. À mesure que son absence se précisait, plus son être se déchirait. Lorsque ses cordes vocales se relâchèrent et ne remplirent plus leur rôle d'avoir été par trop tendues à l'extrême, l'enfant aphone n'eut plus que ses larmes. La pluie de ses yeux roulait sur sa bouche, pour chuter dans ce puits profond. Les larmes se dissolvaient dans la nuit. Celles qui parvinrent à rejoindre le fond se mêlèrent à des flaques d'eau et de boue.

Hild assista à la scène, impuissant, terrassé et tremblant sous un arbre de verre. Pétrifié par la douleur de son amie, il lui fallut longtemps avant de pouvoir se relever, d'aller la chercher. Elle était figée dans une attitude qu'elle eût pu garder pour toujours s'il n'avait pas été là.

– Allez, viens ! Il essuya ses yeux. Il reste du chemin à faire. Faisons-le pour les autres. Faisons-le, pour lui. »

L'enfant prit une grande bouffée d'air, comme s'il s'agissait de la première depuis une éternité. Hild l'aida à se relever. Ses jambes flagellaient. Le désespoir et la douleur de la perte passa encore dans son corps. Il rangea ses longs cheveux dans le col de sa veste et, à l'aide de doux murmures, l'incita à avancer. Elle tourna le visage à plusieurs reprises, espérant qu'une silhouette viendrait, fût-elle fantomatique et bleue, mais la Troisième Porte était déjà là, et rien ne répondit à son appel désespéré. Le garçon la força à accélérer le pas. Ils traversèrent le battant, abandonnant le passé.

Línnahon se réveilla, ou plutôt ce fut Nahib, le gros chat paresseux du mage qui le tira du songe où il était plongé. Le matou le fixait droit dans les yeux, les vibrisses de sa moustache sur la fleur de ses joues. Les narines du nain du *Cœur* frémirent et il éternua avec force. Il redressa le buste, tandis que Nahib reculait, l'observait sur son séant, hautain, surpris par la tonitruance qui était sortie de cet être trapu.

« Je ne me savais pas allergique aux chats. Le matou cligna langoureusement des yeux, ce qui le fit sourire. Il faudra que j'en parle à Zar'ouath. Des auréoles fleurirent à l'horizon. Tiens, regarde. Le jour ne va pas tarder à se lever. Il tendit l'index, le délai instauré par ton maître sera bientôt passé. Je dois t'avouer que je commence à avoir la bougeotte. A-t-on jamais vu un nain réduit à vivre sur quelques mètres carrés, ce durant trois jours entiers ? Nahib clôt ses paupières plus longuement. Bien sûr, tu t'en moques. Il chercha dans une poche intérieure de sa veste. Un peu de liqueur ? questionna-t-il, tandis qu'il exhibait une flasque. À moins que tu ne préfères du lait ? Sur quoi il étendit une paume au seuil de la première Porte d'Orkose, donnant naissance à une soucoupe remplie de lait. Le chat abandonna sa pause aristocratique et daigna approcher sa truffe du cadeau du nain. Pourtant, son intérêt ne fut qu'éphémère. Il émit une espèce de petit bruit, à mi-chemin entre l'éternuement et l'insatisfaction, pour tourner carrément le dos à Línnahon et porter toute son attention au levant. Il ne s'en formalisa pas pour autant ; Zar'ouath lui avait maintes fois dit que Nahib était un chat facétieux.

Il but une rasade du tord-boyaux que contenait sa flasque et fit comme le chat, observa la pourpre murmurante du petit jour investir l'aube silencieuse. Les étoiles s'effacèrent, l'une après l'autre. C'était comme si l'espace se réduisait avec la levée du Soleil, comme si toute une partie du monde se dissimulait. Il trouva curieux qu'une seule étoile fût encore visible, là-bas, à l'Est. Il comprit que le chat l'avait vue, depuis longtemps, et que toutes ses pensées se portaient vers elle.

Cela venait peut-être de la hauteur à laquelle ils se trouvaient au-dessus de l'océan, ainsi que de la proximité d'Orkose. Les transitions entre la brune et le jour différaient peut-être d'avec celles qu'il connaissait dans le Narönggath. Malgré tout, il se dit que c'était tout autre chose que cette lueur. Il se gratta le front. Nahib ponctua son geste par un miaulement diffus.

– Crois-tu à cela, Nahib ? Crois-tu qu'une étoile puisse survivre à la nuit ? Crois-tu ?... Crois-tu qu'une étoile puisse grossir, voleter comme un papillon ?

Il tapota le dessus soyeux de la tête du chat, qui tendit le cou pour mieux sentir le contact de sa main. L'étoile se déplaçait, bel et bien, et elle prenait leur direction. Une aura dorée cerclait son cœur couleur hyacinthe. Línnahon l'avait déjà vue, une fois. Il ne s'en souvint que trop bien. Il ne l'avait plus revue depuis son départ vers les montagnes du Gallan. Il se mit debout. Sous eux, les feuillages du matin croissaient sur l'océan étale, buissonné en ses crêtes infimes. Vite, ils purent bientôt la voir tout entière dans sa splendeur nouvelle. Elle avait coupé sa chevelure, qui n'allait pas plus bas que les lobs de ses oreilles. Il ne lui demanda pas ce qu'elle avait fait de Fannílos, si elle s'était vengée de lui, si elle l'avait conduit au Gallan afin d'y soigner son âme corrompue.

Elle écarta les bras et se posa au seuil d'Orkose. Son minois pâle était un écho de sa robe de neige. Tandis que la lumière gagnait en vigueur, ses pupilles bleu d'écume s'étrécirent. Nahib s'enroula à ses jambes. Elle s'agenouilla, le prit dans ses bras avec affection.

– Faudra-t-il que ce soit moi qui parle pour briser le silence ? commença-t-elle sans regarder son frère.

Línnahon haussa les épaules. Il n'y avait jamais vu autant d'émotions assaillir son esprit en si peu de temps.

– Tu peux venir m'embrasser. Je ne le prendrai pas pour une faiblesse. Je n'en parlerai même pas quand nous serons de retour à la Citadelle.

Le nain parcourut la courte distance qui le séparait d'avec sa sœur en un éclair. Alors qu'il bondissait sans se préoccuper de lui, Nahib miaula vivement et se retira à temps pour ne pas se retrouver entre deux nains. Ils tournèrent ensemble devant la porte, emportant dans leur élan des écharpes de grains jaune et indigo. Elle sentait l'ozone, l'arôme rare des cimes. Lui sentait l'iode de cet immense océan. Ses mèches en étaient saturées en raison des heures qu'il avait passées là.

–Tu arrives au bon moment. J'allais entrer en Orkose accompagné du chat paresseux de Zar'ouath, rit-il.

Florffinlën s'écarta. Nahib leva sa tête triangulaire dans sa direction, ses iris hantés d'inquiétude. Une ombre tomba.

–Zar'ouath et les enfants sont de l'autre côté. Le mage m'a imposé un délai de trois jours. Le délai est passé.

–Un délai de trois jours ? Tu es resté là, depuis tout ce temps ? Et tu n'as rien entendu, rien senti de ce qui est arrivé ?

Le nain opina du chef, avant de rapprocher de sa sœur.

–Que veux-tu dire par *rien senti* ?

Elle pivota sur ses talons et chercha une assise dans les dorures du ciel.

– Zar'ouath n'est plus. Il ne reste que les enfants à présent.

– Zar'ouath ? Mort ? C'est impossible, je… Rien ne peut l'emporter, dût-il être brisé par la foudre !

Quelque chose dans son attitude lui signifiait qu'elle ne plaisantait pas. La magie d'Orlena était en elle, bien plus forte, différente de celle dont il usait.

– C'est pour cela que je suis ici. Il ne reste plus que nous pour les aider. Allez, viens ! »

CHAPITRE LXIII

HILD CILLA, tandis qu'Aaïla élevait ses prunelles changeantes vers la Porte Bleue qui les dominait. C'était la dernière des Sept Portes d'Orkose. Au-delà se trouvait le destin du Monde. La fillette le savait. Elle savait également que Pïl'k, ou l'être corrompu qui habitait le corps du lutin, l'attendait de l'autre côté, tout du moins, s'il n'était pas encore là-bas, qu'il ne tarderait pas à se montrer, sûr de son fait, sûr de la victoire du Dieu Obscur sur les Sept.

À y bien songer, elle savait juste qu'il y avait les larmes supposées de Shââni en deçà. Mais quoi faire ? Que faire d'elles au juste ? Maîtriser plus avant le *pouvoir* ? Non qu'elle se sentît capable de le mener en des limites inimaginables, mais elle se savait susceptible de beaucoup sans ces larmes. Ce qu'elle redoutait c'était perdre son humanité, cette part d'elle qui faisait qu'Hild l'aimait. Que faire de ces larmes ?

Elle se remémora l'histoire d'Elliador que Zar'ouath lui avait contée, un soir, dans l'intimité d'une tente aux marges de l'Yss'Bahâr'. Il y avait une communauté singulière de prêtresses, quelque part tout près des monts Zilds. Les sahyasis. Une sahyasi était venue en Ousse, au seuil d'un orage. Elle avait annoncé la mort de Den Kôdha, prophétisé l'*abandon* dans le fleuve du temps par la princesse afin que la lumière des Sept fût sauvée, que le pouvoir vînt à Aaïla et que l'enfant défendît le sort du Monde avec toutes ses chances.

Elle passa une main sur son front. Un frisson lui parcourut l'échine. En face, son reflet dansait doucement au tain de la Porte. Elle mit un temps à reconnaître la silhouette de son compagnon. Lui aussi était préoccupé, bien qu'il ne le montrât pas. Il se trouvait plus nu qu'un ver. Une épée. Si seulement il en ceignait une à la taille ! Il serait déjà de l'autre côté de ce battant ! Une épée ? Mais, qu'eut-il fait d'une pareille arme dont il ignorait tout du maniement ? Et même s'il en possédait une, le lutin l'aurait réduite en poussières, avec lui par la même occasion.

– Il n'est pas de l'autre côté, fit-elle.

– En es-tu certaine ?

– Viens. Viens !

Elle le prit par la main et le força presque à la suivre. En une fraction de seconde ils traversaient l'acier étrange. De l'autre côté, ils durent se protéger les yeux, à demi aveuglés par la puissante lumière qui brillait là en flots éblouissants, en ce point où Shââni était censé avoir laissé les hommes.

Il faisait presque chaud. Le Soleil jouait au-dessus d'eux, pas l'astre faiblard qui éclairait à grande peine Orkose, mais bien le leur, celui qui dressait des sortilèges sur la Mer Immobile.

Quand ils se furent habitués aux scintillants tournoiements, ils purent distinguer quelque chose. Ils n'avaient guère bougé plus loin que le seuil de la Porte, craignant de rencontrer ce qu'ils redoutaient. Bien leur en prit, car il n'y avait guère plus de cinq mètres devant eux. En réalité ils se tenaient sur une sorte de corniche, en surplomb de l'Inconcevable. Sans avoir poussé plus avant leurs investigations, ils devinaient qu'un vide monumental s'étendait en dessous. Ils ne firent pas le parallèle avec le Bord-du-Monde et sa longue galerie d'arcades ; ce lieu était tout autre. Le garçon sentit la main d'Aaïla se poser sur ses paupières.

–Il ne faut pas regarder en dessous. Je crois que c'est dangereux. Je crois que nous pourrions être attirés, et tomber pour toujours. Nous ne sommes pas des Dieux. Notre chair est diffuse. Nous pourrions nous y consumer, y tomber, pour toujours, répéta-t-elle.

– Dans ce cas, prends-moi la main. Fais que mon âme reste encore avec ma chair, et que ton âme soit proche de la mienne !

Aaïla attrapa la menotte qu'il lui tendait. Elle l'agita. Voyait-il ce qu'elle discernait, à l'instant, au cœur de la saillie devant eux, à moins d'un mètre? Elle reçut un serrement léger au creux de sa paume; oui, Hild avait vu le réseau de minces fissures, juste là. Elles sinuaient, s'élargissaient pour devenir des lézardes plus conséquentes, se réunissaient en formant une petite cavité. Celle-ci était remplie à ras bord d'un liquide hyalin, d'un bleu cendré. Des oscillations légères parcouraient sa surface, révélant, lorsqu'elles passaient au sommet des crêtes, de minuscules citrines qui naissaient là, et s'évanouissaient aussitôt. Les deux enfants osèrent quelques pas.

Des fragrances épicées et sucrées flattèrent leurs narines, issues de l'alliance entre les grains lumineux et les bulles qui s'envolaient du liquide.

– Je ne pensais pas que les larmes d'un Dieu sentiraient cela ?

– Moi non plus, je ne le pensais pas, répondit la fillette, curieusement entre le zist et le zest, sans qu'elle pût dire d'où lui venait cette soudaine hésitation teintée d'une gêne ineffable. Ils se rapprochèrent un peu plus, leurs petits corps littéralement lovés, séduits par les écharpes melliflues.

– Dois-je boire pour maîtriser le *pouvoir* ?

Hild haussa les épaules. Il n'en savait pas plus qu'elle à ce sujet. Du reste, à y bien penser, personne, pas même le mage ou la Mère de l'Île d'Elhys, ne leur en avait parlé.

– Que t'en dit le *pouvoir* ?

– Passe-moi quelque chose, fit soudain Aaïla.

– Quoi ? Que veux-tu ?

– Passe-moi… Elle tourna ses yeux bistre dans sa direction, traversée par une idée. Tu permets que je coupe un peu de tes mèches ?

Hild haussa les épaules. Il n'émit aucune objection lorsqu'elle passa ses doigts neigeux dans sa chevelure. Elle fit de même dans la sienne et réunit en une touffe tout ce qu'elle avait coupé, avant de lancer le tout dans les larmes de Shââni. Sous eux, quelque chose vibra, de fort loin au début, comme si une source sourdrait, dont ils pouvaient ressentir les effets jusques ici. Puis, les bulles gagnèrent du volume.

Leurs prunelles inquiètes cherchèrent les mèches, une quelconque trace d'elles, mais ces dernières avaient disparu, absorbées par le liquide vitreux. Des spirales se mirent alors à s'enrouler, grises au tout début, noirâtres et fuligineuses par la suite. Au-dessus de leurs têtes, la lumière et sa bienfaisante chaleur se mirent à vaciller. Hild manqua s'évanouir, mais il sentit Aaïla retenir sa conscience avec une tendresse qu'il ne lui avait jamais connue. C'était comme si un arbre venait les recouvrir de la lumière tempérée qui passait, à travers son feuillage.

La clarté s'amoindrit, disparut pour n'être plus que des filigranes ténus dans la pénombre. Ils distinguaient tout juste le bord de la corniche. Les angoisses les plus enfouies au fond d'eux voulurent resurgir, comme dans la forêt des Sombres. Pourtant, sitôt qu'elles apparurent Aaïla éleva une barrière sur leur route.

Les enfants ne surent avec exactitude combien de temps ils restèrent ainsi, esseulés dans ce qui se résumait au rien, leur faible respiration d'oiseau chuintant dans le silence.

Avant que les deux pupilles ne se fussent allumées, la fillette se mettait devant le garçon pour le protéger, ce qui provoqua aussitôt un long rire suraigu et moqueur, quelque part devant eux. Aaïla devina une petite silhouette qui commençait de se découper sur le fond obscur. Elle la vit s'animer, initier des gestes vers ce qui avait été le ciel. L'enfant se tenait sur ses gardes lorsque des globes de cristal qui contenaient des particules ignées se matérialisèrent juste au-dessus d'eux.

–Ah ! Voilà ! C'est tout de même mieux avec un peu de lumière. Ne trouvez-vous pas ? Le lutin s'étira, respira en profondeur. L'on a beau dire. Rien ne vaut un retour aux sources !

Il se tut et les observa. Le *pouvoir* de la fillette était en alerte. Il le sentait se tendre. Il le discernait presque, arc couleur sépia entre les paumes de la petite, d'une étonnante fermeté. Il fut un peu gêné qu'elle le maîtrisât à ce point. Conduire son esprit du côté de Hâân ne lui serait peut-être pas si aisé qu'il l'avait cru. L'arracher aux Sept lui ferait peut-être perdre un peu de ses forces, mais elles suffiraient toujours à libérer l'Obscur.

– Bonjour, Aaïla. Hild. Il attendit une réponse, qui ne vint pas. Comment justifier ce dédain ? On ne me salue point ?

–Comment doit-on vous appeler, au juste. Pïl'k l'assassin ? Lána ou Hoÿtak ?

–Charmant petit garçon. Je constate que ta mémoire n'est pas encore totalement vide, bien que je m'en fus préoccupé, jusqu'à peu. Il parut réfléchir. Appelle-moi Pïl'k, cela me va plutôt bien, me sied plutôt bien. Tu fus formidable, petit garçon, quand tu donnas tous ces souvenirs ineptes à Safran. Pauvre Safran, se lamenta-t-il. Mais elle devait mourir, n'est-ce pas ? Elle concourt à l'achèvement de cette aventure par son magnifique sacrifice ! dit-il après coup en riotant.

– Pïl'k, l'abomination ! grinça Hild.

Des éclairs passèrent au regard du lutin. Il tendit ses mains vers le garçon, mais le sort qui devait lui traverser le front de part en part afin de lui trouer la cervelle fut détourné par la fillette. Un éclat sale et verdâtre alla se perdre dans le lointain. L'obscurité fut contrariée. Il était fort rare qu'une énergie qui partait d'elle lui revînt. C'était ce que Pïl'k ressentit également.

Il ôta son chapeau pointu et le bouchonna, avant que de le jeter avec dégoût et de l'écraser du talon. Cette simagrée, bien qu'inutile, lui sembla opportune pour dissimuler l'aversion qu'il portait pour tout ce qui touchait à la Lumière. Aaïla ne se laissa pas distraire. Elle entrapercevait déjà l'esprit vicieux de ce suppôt de Hâân propager son poison.

–Tu ne pourras pas toujours le défendre, Aaïla. Du reste, est-ce bien utile que tu t'évertues à cette tâche ingrate. Tu gâches le *pouvoir* à des futilités. Cette fourmi ne t'apportera rien que du chagrin quand elle ne sera plus. Qu'elle rejoigne les cirons d'où elle est issue. Libère-toi d'elle. Que ta conscience porte et s'épanche sur les millénaires, avec l'Unique !

Aaïla pointa le sol de l'index. Un bruit sourd se propagea et s'amplifia sous le lutin, qui manqua vaciller dans le gouffre qui s'ouvrait sous lui. Une partie de la corniche fut dispersée, mais Pïl'k se rattrapa *in extremis* au bord et parvint à se hisser. Dans son effort pour échapper au vide, il les injuria. Le fiel de son souffle roulait hors de sa bouche sous forme de minuscules fumées rouges.

– Oh ! oh ! C'est que nous avons nos humeurs, dit-il en époussetant ses habits. Je pense qu'il est temps d'arrêter de jouer et de nous expliquer, sérieusement. Juste avant, j'ai un compte à régler avec ce petit pleurnichard qui m'insulte sans savoir à qui il s'adresse !

Un rai jaillit de ses mains. Comme Aaïla se baissait et s'apprêtait à le repousser, le lutin décochait un autre rayon au ventre du garçon, un bref instant à découvert.

La douleur fut vive. Cela fit comme une flèche sans penne ni pointe qui le brûlait. Elle resta en lui quelques secondes, puis elle se volatilisa, laissant libre le passage à son sang, à la quintessence de son être. Aaïla s'écroula avec lui afin de le rattraper. Elle entendit son ami râler de douleur.

Pïl'k riait à gorge déployée, la mine défigurée par une grimace simiesque. La fillette ne le regardait plus, cherchant un moyen de retenir la vie de son ami cher.

Ce ne fut que lorsqu'il se retrouva à un mètre d'elle qu'Aaïla songea à se protéger. Elle esquissa un geste, déroulant une roue lumineuse devant le lutin. Il tenta de la passer mais fut bloqué par ces grains dont il ignorait tout de l'agencement. L'enfant savait qu'il trouverait la solution, mais elle avait un peu de temps pour fuir et, peut-être, trouver un moyen de sauver Hild. Elle se retourna. Il n'y avait plus de Porte Bleue, aucune possibilité de fuir ce point extrême d'Orkose.

Soudain, l'apparence d'Elliador lui revint à l'esprit, fulgurant. Ses yeux étaient posés sur elle. Elle avait les cheveux mouillés, des fleurs curieuses accrochées au bas de sa robe. Près d'elle se tenait Zar'ouath, un bout de branche encore vert lui servait de bâton pour se tenir debout. Il n'avait plus son couvre-chef ; il était coiffé d'une curieuse façon, les deux nattes de sa sombre chevelure tombaient sur ses épaules et se réunissaient sur sa poitrine, aux entrelacs d'une forme opaline. Ses paupières se plissèrent, comme s'il pouvait la voir, comme s'il l'incitait à faire ce qui naissait tout au fond de son ventre.

Elle se redressa, faisant un effort afin qu'Hild tînt debout. Il ne disait rien. La conscience cernée de vacillements, il faisait son possible pour capter toute l'énergie qu'il portait, encore, l'entretien de sa simple respiration. En face d'eux, Pïl'k n'avait de cesse de chercher à fragmenter le rideau magique qui lui bloquait le passage.

– Laisse-moi, pars d'ici. Une bordure de silences peupla les mots de son esprit. Il a raison sur un point, ajouta Hild. Je ne fais que t'embarrasser.

Son souffle fluet et tiède se déversa sur sa joue. Elle ne le regarda pas. Elle n'en avait pas le temps, pas encore. S'il n'y avait aucune issue en Orkose pour qu'ils pussent fuir le bras de Hâân, il leur suffisait peut-être de partir dans ce qu'ils créeraient, dans ce qu'Aaïla ferait surgir des limbes du *pouvoir*. C'était ce que le mage avait semblé lui dire du bout des yeux, créer, pour s'enfuir de cet imprévu.

Pïl'k s'excita un peu plus pour passer le rempart d'Aaïla à l'aide de feux étranges, liquides et pleins de particules visqueuses, nés de l'Œil de son Maître qui le regardait, quelque part. La protection de l'enfant s'évanouirait sous peu. Parfois, l'haleine du lutin passait de l'autre côté, signe qu'il y avait urgence.

Aaïla noua un bras à la taille du garçon. Elle le tint fermement. Et, comme le rideau se fissurait de toute part sous un ultime sort du lutin, les deux enfants glissèrent dans le seuil de lumière pour y disparaître. Pïl'k se laissa retomber sur cette porte afin de les retenir, mais ses longs doigts crochus lacérèrent l'obscurité. Il se releva aussitôt, essoufflé et en sueur. Il trouverait bien une solution pour les rattraper. Il ne fallait plus perdre de temps. Hâân avait déjà assez gaspillé trop de sa puissance pour que cette rencontre eût lieu. Sans perdre une seconde il se jeta dans la nuit abyssale qui faisait un océan d'encre.

Ils dérivèrent en marge du *pouvoir*. Aaïla ne sut avec exactitude si c'était leurs âmes qui pénétraient là, ou celles-ci avec leurs corps. Ils ne les sentaient plus, comme s'ils n'avaient jamais été. C'était un lieu chimérique attenant au *pouvoir*, peut-être créé par Elliador il y avait fort longtemps, ou peut-être créé par la fillette soi-même, lors d'un rêve, depuis des années.

Ils glissaient lentement dans un ciel or peuplé de nuages pelucheux, de longues traînées rubis qui faisaient un peu partout comme des blessures. Sous eux, les courtes buttes d'une contrée désertique et poussiéreuse se précisaient. Un bref instant, Aaïla clôt les paupières, le souvenir de ses paupières. Lorsqu'elle les rouvrit, elle était de nouveau elle-même, le garçon dans les douleurs de sa chair.

Des fleurs pourpres poussèrent. Elle mit une main pour arrêter leur progression, mais rien n'y fit. Elle se rendit compte qu'il faisait chaud, que sa plaie au ventre, conjuguée à la chaleur, lui dérobait un peu plus de sa vie.

Les cieux lançaient comme les poudroiements épuisants d'un Soleil. Ils avaient traversé tout cela sans s'en rendre compte.
Hild ne répondait plus à ses sollicitations, pas plus qu'aux plaintes de sa voix qui le suppliaient de se lever. Elle approcha son oreille sur son cœur pour s'assurer qu'il vivait encore.

Un arbre, songea-t-elle. Il lui faudra l'ombre d'un arbre pour se reposer.

Elle le prit sous les aisselles et parvint à le hisser sur son épaule. Il était plus léger qu'elle ne l'eût pensé. Une main au-dessus des yeux, elle se mit en quête de l'arbre solitaire.

À quoi bon marcher ? L'arbre viendra, puisque tu es réfugiée dans un bord du *pouvoir*. Elle reposa Hild et attendit.

Un vent léger s'insinua non loin d'eux, juste à la surface de la terre aride. Des arabesques poussiéreuses se détachèrent du sol et s'agencèrent, de plus en plus haut, pour former des courbes et des sinuosités tangibles. Bientôt, le feuillage de l'arbre qui naissait se mit à croître pour recouvrir les deux enfants de son ombre veloutée. Une indéfinissable fraîcheur palpitait aux basses branches.

Elle offrit une paume à l'air. Une coupe remplie d'eau apparut. Elle la porta aux lèvres violettes du garçon qui eut un haut-le-cœur et cracha du sang. Au fond d'elle, quelque chose se brisa.

Elle le tira doucement, l'adossa au fût de l'arbre protecteur. Hild n'ouvrait pas les yeux. Elle le sentait si loin, si flou à sa conscience. Elle le secoua pour le ramener, le distraire des brumes rassurantes où il s'était retranché afin d'échapper à sa torpeur grandissante.

Derrière elle des fracas retentirent, brisant le silence. Elle se retourna et vit distinctement la silhouette longiligne d'un homme qui approchait. Elle aurait pu le prendre pour Zar'ouath ; il avait la même stature, mais sa mine sombre et ses cheveux saturés de labdanum l'effrayèrent.

À mi chemin entre la folie et le chagrin, elle revint à son compagnon. Il lui fallait plus de temps si elle espérait le sauver. Incidemment, les oscillations des poussières lui apportèrent la solution, ainsi que cette phrase lointaine de Fallasséhan.

Car, ce qui meurt ne disparaît jamais.

Elle se souvint de cette petite icône que la naine des Eaux lui avait donnée. Elle la serra entre ses doigts.

Alors, elle tissa une robe des fils de son âme, enroula Hild des pieds au cou d'une insigne soie blanche tramée de brindilles d'argent.

Elle examina le feuillage de l'arbre, ses feuilles convolutées, minérales. Elle esquissa des gestes brouillons et tout commença de disparaître, l'arbre et le garçon. Au fur et à mesure, les branches s'amenuisèrent et se recroquevillèrent. Tout ce qui avait été l'arbre se lova au corps du garçon, qui se mit à rapetisser, lui aussi. Enfin, la transformation s'acheva, la chaleur du lieu reprenant ses droits. Elle se pencha, ramassa l'espèce de petite graine qui était restée, pas plus grosse qu'une perle, la mit dans ses poches.

L'homme se rapprochait inexorablement, sûr de son fait. Elle réfléchit. Il ne pouvait pas être là. Personne ne pouvait entrer dans son *pouvoir*, pas même un suppôt de Hâân, à moins qu'elle ne fût, déjà, entre les mains du Dieu obscur. Non. Il devait s'agir d'une illusion.

Elle se redressa et lui fit face. Il s'arrêta à une dizaine de mètres d'elle, comme s'il savait qu'elle le lui aurait demandé. La robe noire qui le recouvrait lui faisait une seconde peau, lisse et brillante comme de l'onyx humide, étrangement élastique. Il posa ses paumes l'une contre l'autre dans une manière de salut. Un instant, sa silhouette faseya, telle une flamme sur le point d'être soufflée. Elle comprit qu'il avait à lui parler, sinon il n'aurait pas suspendu ses pas si loin d'elle, qu'il aurait tenté de se rapprocher.

– Tu ne pourras pas te cacher éternellement, Aaïla. Tu sais bien que notre rencontre doit avoir lieu. Tu ne peux t'y soustraire. Sans moi, tu n'existerais pas

Son timbre sirupeux tenta de jouer sur elle comme la corde d'un instrument, flatteuse et enjôleuse. Elle fut aussitôt sur ses gardes. Ce devait être l'unique moyen qu'il avait pour la mener à lui ; sa voix était son arme.

–Aaïla, reprit-il tout bas pour la forcer à l'écouter, à accaparer son attention par sa voix. Princesse Aaïla, devrai-je plutôt dire, car ton sang est de ceux des rois de Sahêt. Tu descends de la ligne des rois d'Idymas.

– Qu'importe mes origines ! coupa la fillette. Vous n'êtes pas venu discourir sur ma filiation, si loin de vos forfaits du Royaume du Sud, Hoÿtak.

– Mes, forfaits ? Ses sourcils s'arc-boutèrent. Les gestes incompris par les autres se transforment en forfaits, souvent, dit-il à part soi. Plaise à toi de comprendre ce qui pousse tous les enfants de L'Obscur. Viens de notre côté, viens, mon enfant.

–Votre côté n'est que mort, désolation. Vous détruisez la lumière, tout ce qui émerge d'elle !

– Tu te trompes. Nous ne faisons que rayer ce qui ne se doit pas d'être. Les Sept sont des abominations ! Il faut rétablir l'ordre qui fut celui de toujours. Sur la terre, tout se disperse. Toutes ces vermines qui se prennent pour des Dieux, railla-t-il. Toute cette puissance gaspillée pour former toutes ces âmes, et toutes ces âmes qui se divisent pour en engendrer d'autres, encore et encore. Une duplication à l'infini qui n'apporte que bâtardise, affaiblissement des vertus et du sang. N'as-tu pas constaté par toi-même ? Les hommes ne respectent plus Ceux qui les ont créés. Pauvre Shââni, pauvre Nordéna et pauvre Panthès !

– Les Sept ne sont pas issus d'un cauchemar de votre Dieu, comme vous le prétendez partout. Ils viennent du même point dont Hâân, Lui-même, est venu. Hâân s'est écarté de ses origines pour répandre Sa pensée chaotique, tandis que les Sept pérennisaient la lumière. Au début, la lumière et la nuit étaient un. Hâân les a séparées !

– Qui t'a mis ces inepties dans le crâne ? Pas ton imbécile de compagnon que tu as fourré dans ta poche en tout cas, ainsi qu'on le fait d'un animal familier. Dis-moi, qu'est-ce que tu veux en faire au juste ? Penses-tu le sauver ? Il est mort, comme Zar'ouath et Elliador, et comme ce vieux nain malicieux, Gálwin. L'ensemble de tes amis forme une couche abandonnée depuis des lustres !

Il donna un coup de pied devant lui. Il n'y avait rien, mais l'enfant entendit distinctement le bruit qui avait résulté du choc, puis les différents autres bruits répugnants et morbides. À ses pieds, des mouches voltigeaient tout autour d'une tête. Des agrions avaient dévoré les yeux, tandis que d'autres grouillaient dans la bouche entrebâillée. Frappée par l'horreur et la hideur de la scène, Aaïla recula de quelques mètres et vomit. Hoÿtak l'observa, amusé par sa réaction.

– Elle avait une jolie tête cette autre princesse, la princesse Safran. Ce fut un plaisir de la sectionner, bien que le corps de ce lutin se montra parfois ingrat et retors à utiliser. Regarde donc. Regarde la pourriture. Vois l'Œuvre admirable de tes Dieux. À quoi bon créer si c'est pour finir comme ça !

– Vous ne comprenez rien, parvint à articuler l'enfant.

– Non. Je ne comprends rien à rien. Mais ce que je sais, c'est que je vais m'occuper de toi, rendre son dû à Hâân ! »

Il écarta les bras au-dessus de lui. Dans le ciel, l'or, les striures rubis et les nuages filandreux se désorganisèrent, entamant leur vacillement dans la pénombre.

L'enfant commença d'avoir peur. Il n'était pas supposé déranger l'ordre dans son *pouvoir*, pas ici. Pourtant, tout paraissait bien réel et fondre vers le même point, sans échappatoire possible.

Un peu ivre elle se releva. Au plus vite, il fallait qu'elle réagît. Hoÿtak devait se douter qu'elle ne croirait pas en sa réalité, en sa possibilité de modifier l'univers où elle s'était réfugiée afin de le fuir. Elle ne voulait pas savoir où il souhaitait la mener pour mieux gagner son esprit.

Elle se mit à courir, à prendre ses distances. Et, quand elle se considéra assez loin de lui, elle imposa sa volonté au paysage où elle se trouvait.

Une longue minute, son *pouvoir* et celui d'Hoÿtak s'affrontèrent. Enfin l'obscurité recula tandis que la lumière reprenait son domaine. Lui, il se tint immobile et resta muet, la figure menaçante.

Aaïla n'en perdit pas pour autant son sang-froid. Il cherchait assurément une autre ruse pour la destabiliser.

La lumière, pensa-t-elle, qu'admirait-elle de plus que le Soleil aux dunes de l'Yss'Bahâr' ? sur les ruines d'albâtre d'Ousse ? Elle l'affronterait sur un terrain qu'elle connaissait. Le désert, les murmures de ses nuits et ses étourdissements avaient imprimé en elle son amour profond pour la lumière. Elle écarta les bras à son tour, et les projeta au cœur d'une dimension qu'elle avait nourrie de ses rêves tout le long de son voyage.

Hoÿtak n'esquissa aucun geste. Il appréciait de l'affronter là, dans ce lieu qu'elle chérissait plus que tout, pour le détruire, de la priver de tout ce qui lui tenait à cœur.

CHAPITRE LXIV

ss'bâhar'. Ce fut en son couchant, dans sa marge pourpre et mauve qu'ils se retrouvèrent. Elle, l'enfant dont le corps et l'âme avaient été ciselés par le désert, et lui, bras droit de Hâân, qui n'avait pour souvenirs les plus anciens rien autre que le fond de l'Œil infini et prescient de son Dieu.

Ils étaient face à face, sur la dernière place d'Ousse, celle qui était une sorte de porte sur l'immensité de sable. Il ne s'y trouvait pas de chameaux, puisqu'il ne s'agissait que d'une illusion. Pourtant, délimitant l'espace dallé, les colonnades à moitié détruites par les Ailes du Temps se découpaient avec la même noblesse devant le ciel que dans la véritable cité d'Ousse.

Chaque arc était une ouverture aux lueurs inédites qui changeaient et se mouvaient, sans arrêt. Au centre de la place, la rose minérale de Pricham déployait ses ultimes sortilèges. Quelque chose comme des bulles de chaleur remontait du sol vers les corolles ; le distillat étrange qui en résultait s'éloignait avec lenteur en direction des dunes les plus proches.

Tout ceci, toute cette procession onirique du soir lui fit hausser les épaules. Il tira de son fourreau une lame d'un acier fort noir qui pendait à son côté, fendit l'air devant lui. Les sortilèges furent coupés net, tandis que la rose répandait son eau vitale, échappant des vapeurs éphémères au contact de la pierre brûlante.

Aaïla ne réagit pas.

Elle ferma les yeux un bref moment.

Le Soleil ne descendait plus, figé par la volonté de la fillette dans l'horizon lie-de-vin.

Elle perçut le bruit que faisaient les talons de l'homme sur les débris de la rose, de ce souvenir précieux. Ils se jaugèrent une seconde. Il fit un bref moulinet de son épée devenue fuligineuse et la jeta dans sa direction, mais elle ouvrit sa veste et rejeta l'arme avec une incroyable vélocité. La lame se ficha dans le tissu, et le tout valsa plus loin, le tranchant et la pointe lâchant des étincelles qui crièrent.

D'une voltige de ses doigts crochus, Hoÿtak fit que l'épée se redressa, vola en direction de l'enfant. Aaïla la pulvérisa aussitôt en gouttelettes enflammées. Et, comme elles retombaient, sa volonté inclina le *pouvoir* afin que chacune d'elle allât droit sur l'homme pour l'en cribler.

Touché, le grand prêtre de Hâân poussa un cri démesuré. Au-dessus d'eux, quelques voussures se désagrégèrent, martelées par l'expression de sa douleur. Sa longue robe apyre avait résisté au feu, mais pas son visage ni sa chevelure, consumés çà et là. L'enfant le regardait, la tête entre ses paumes, visiblement à l'agonie.

Quand elle revit sa face, sa peau était noircie, carbonisée, cassante comme de l'ardoise humide. Quant à ses cheveux, les flammes les avaient calcinés. Elle se persuada qu'il aurait pu mettre un terme à cet incendie, qu'il aurait même pu l'éviter. La douleur, il se nourrissait de *sa* douleur. Il devait juger que l'offrir à Hâân était une preuve irréfutable de sa fidélité à son égard. Le plus impressionnant vint de son regard, de ses yeux en amande d'un jaune fort sale, dirigés droit sur la petite avec une animosité sans égale. Il aurait pu la brûler, à son tour, mais quelque chose le retenait, comme s'il craignait de la tuer trop vite sans avoir pu lui prendre l'*abandon* d'Elliador, et déplaire à son dieu.

Il joignit ses bras, formula un appel aux eaux sombres et glacées de cette mer mentale où il maintenait, prisonnières, quantité d'âmes. Aaïla sentit des picotements lui venir aux plantes des pieds, avant de se rendre compte qu'il s'agissait de ces vagues étranges qui commençaient de se matérialiser sur la place, formaient déjà des lacs en bordure de l'Yss'Bahâr'.

Elle essaya de reculer, mais chaque pas qu'elle tentait lui pesait immensément. Elle avait l'impression d'être devenue plus lourde qu'une montagne.

Le niveau de l'eau monta, encore et encore. Lorsqu'elle l'eut au niveau des genoux elle ne pouvait plus bouger. Là-bas, Hoÿtak avançait, sans le moindre effort, des étincelles cruelles au regard.

Elle n'en fut pas certaine, mais elle crut discerner une silhouette féminine. Elle était là, dans ses yeux, figuration de fumée qui s'y débattait, comme sous l'emprise d'un puissant sortilège qui la retenait là contre son gré. Un instant, cette silhouette se figea, rompit tout entière puis disparut. De brèves images s'imprimèrent dans l'air ; une masse rocheuse, qu'elle identifia pour être les rocs d'Arnt ; une longue colonne humaine battue par une tempête ; le regard conciliant d'un homme qui reposait une forme frémissante dans une anfractuosité, qui *la* reposait, *elle*, la princesse Aaïla.

Son regard se porta au désert, aux dunes incarnates à la recherche d'une diversion.

Lorsque le grondement lointain s'éleva, le grand prêtre eut à peine le temps de se retourner et de voir ce qui se passait. Le sable avait soudain jailli, appelé par une ineffable voix, telle une source colossale qui sourdrait hors du désert depuis une hauteur prodigieuse.

Aaïla vit Hoÿtak se recroqueviller, s'écrouler et disparaître sous la masse. Brutalement, les entraves qui la retenaient prisonnière se dissipèrent. Retrouvant ses assises, le poids léger de son corps, elle fut encore un peu étourdie, mais elle se mit sur-le-champ à courir car l'océan qu'elle avait créé grandissait derrière elle, une bonne partie du sable volant encore dans l'air. Elle aurait pu se protéger, mais elle était certaine qu'il vivait encore, qu'elle devait économiser ses forces, que cette première attaque n'était rien en comparaison de ce qu'il préparait.

Elle courut sans trop savoir où elle allait, uniquement préoccupée d'accroître la distance qui la séparait de lui. Elle reconnut les frêles tentes dressées entre des murs, les frontispices lézardés et les temples effondrés. Elle ne voulait pas s'attarder là, craignant qu'un être cher vînt à se monter. Elle redoubla le rythme de ses pas et ne s'arrêta que bien plus loin afin de reprendre son souffle.

Debout dans leurs voilages liliaux et inertes, deux caryatides gardaient un escalier aux énormes marches. Au front des statues oscillait le sang diffus du soir, ce baiser immémorial qui revenait, sans désemparer. L'enfant gravit les degrés, comme guidée, portée par un souvenir lointain qui la sécurisait et venait juste d'être délivré des fruits abîmés de sa mémoire.

Elle reconnut la plate-forme, les rares colonnes disposées ici et là. Le temple du Sii'had était quelque part sous elle. Était-ce lui, le temple, qui l'appelait à présent avec une telle intensité ? Elle jeta un bref coup d'œil au désert, au point où le sable avait enseveli Hoÿtak. Il n'y avait rien, rien que les dunes, leurs crêtes rousses et carmin, les dentelles qui peuplaient leur faîte.

Elle retourna parmi les traces qu'elle laissa avec celles de Hild. Les gros blocs de pierre étaient là, de part et d'autre du trou béant par où ils étaient descendus.

Elle s'agenouilla sur l'obscurité. Elle se souvint des images étranges qui avaient traversé l'esprit du garçon, de sa chute dans un puits où il brûlait. Il ne lui en avait pas parlé, alors. Il ne le lui avait avoué que bien plus tard. Maintenant, elle comprenait. Tout concordait, le passé et le présent. Tout avait sa logique.

Elle effleura la petite forme dans la poche de sa robe, un nœud au fond de la gorge. La forme opaline était toujours là, tout contre elle, ce qui la rassura. La mort dans le puits de la vérité n'avait été qu'une prémonition d'un rêve. Dorénavant, son rêve à elle, c'était de le faire revenir.

Elle se releva et se laissa tomber dans la large faille. L'aura cristalline qui l'entoura fit qu'elle descendit tout doucement vers le temple. Elle ne sut si ce fut sa présence qui fit que tout s'illumina à l'intérieur, ou si les lieux même répondaient à sa présence, comme s'ils l'attendaient depuis toujours, comme s'ils attendaient ce qu'elle était devenue, ce qu'elle devenait.

Comme avant, comme avec Hild, les joyaux sans âge chatoyaient aux murs, aux cintres et aux arcs richement damasquinés. Elle reconnaissait les camaïeux, la grisaille des encorbellements et des voussures, les bassins à l'eau translucide, les mosaïques qui ornaient leur fond, les papillons qui se consumaient au panache d'un aérolithe, les éléphants, les panthères et les napées, ainsi que l'odeur pure, quasi originelle de l'eau qui coulait en eux, s'éloignait vers d'autres salles plus immenses encore, plus chatoyantes et plus irisées.

Elle s'arrêta au rebord frais du bassin, un peu en hauteur, baignée dans l'émerveillement de cette redécouverte. À peine fut-elle sur la plante des pieds qu'un éclair violet brisait la bulle qui l'avait portée jusque-là.

L'instant où elle chavirait dans l'eau, ce même étrange appel qui l'avait guidée ici la somma d'aller plus avant dans le temple, de rejoindre au plus vite l'immense visage de femme qu'elle avait vu, la première fois qu'elle était venue là.

Un fiel putride passa sous ses narines. Les pupilles en amande de Hoÿtak s'allumèrent sur son visage. Elle ignorait comment il avait fait pour se libérer de sa prison de sable. Il serrait ses poignets à un point tel que son cœur ne pouvait presque plus les abreuver en sang. Il rit, tel un dément. Elle essaya de se soustraire à sa puissante emprise, mais il lui enfonça son genou dans le ventre. Comme elle roulait dans l'eau, le souffle court, et qu'il cherchait à noyer la part de sa conscience qui lui résistait, elle entraperçut le dessin d'une panthère s'inscrire, en deçà des miroitements de l'onde.

Le même singulier appel revint, plus fort, plus pressant encore.

L'enfant amena le fauve à la vie. La panthère jaillit de son univers chimérique, du fond de cette eau et sauta sur le dos du grand prêtre. La douleur lui fit relâcher Aaïla. Elle se hissa comme elle le put hors du bassin puis roula à terre.

Bien qu'Hoÿtak fût aux prises avec l'animal qui lacérait sa chair de ses crocs et de ses griffes, il essaya d'interdire toute retraite à l'enfant. Des sorts fusèrent de ses mains et passèrent au-dessus d'Aaïla. Les murs furent frappés de plein fouet. Les entrelacs de tourmaline furent fracturés, percés par ce qui ressemblait à des coups de foudre. Des topazes et des feuillages adamantins fondirent comme de la cire, formant un singulier parterre coruscant et informe sur le sol dallé. La petite se mit à croupetons et parvint malgré tout à rejoindre la sortie, toujours appelée, attirée par cette voix ineffable.

Dès qu'elle fut hors de portée des attaques, elle se releva puis se remit à courir. Hild était encore là, intacte sur elle, contre sa poitrine. Il y avait encore de l'espoir. Elle oublia toutes ces choses magnifiques qui passaient à gauche et à droite, l'invitaient à s'arrêter pour les contempler. Déjà, les bruits de lutte dans la salle qu'elle avait quittée s'estompaient. Il avait dû se libérer de la panthère. Elle accéléra le rythme, ses tempes martelées avec force par le sang. Elle le savait à sa poursuite, elle le sentait en plein effort sur sa trace. Si seulement elle avait pu s'arrêter pour faire surgir une autre créature, un phénix, un dragon comme Simmar ou celui qui avait surgi des eaux boueuses du Khorm, aux jardins sacrés de Panthès afin de le retenir !

L'appel, encore.

Qui l'appelait de la sorte, avec cette ferveur ? Cela concourait-il de cette attraction qui la mena jusqu'ici, jusqu'au temple du Sii'had ? Toute son aventure était née de là, du collier et de la perle d'Elliador qu'elle avait trouvée dans la chevelure, au fond de ce bassin. La chevelure…

La chevelure d'Elliador !

C'était donc son image qu'elle avait vue là, avec Hild ? C'était elle qui l'appelait ? Den Kôdha était-elle revenue pour l'aider ?

Elle dévala un escalier, se hâta dans un autre couloir, dans une autre salle, à en perdre haleine, pénétrée par une manière de frénésie qui la faisait sourire. La course sourde de l'homme se rapprochait, mais quelque chose fit qu'elle avait confiance en elle, une confiance inouïe.

Elle reconnut l'entrée de la pièce qu'elle cherchait, qui l'attirait. Quelque chose siffla derrière son ombre, près de sa nuque. Le dard alla se ficher au-delà du grand bassin, dans un décor de lilas et de fleurs qui se liquéfia aussitôt. Elle se hâta de rejoindre l'eau, comme si elle lui serait d'une protection quelconque au déchaînement de Hoÿtak. Sous ses pieds s'étalait la chevelure, la face d'Elliador.

Un bref instant, elle discerna les images dans ses yeux, ces mêmes images qu'elles avaient déjà observées sans les comprendre tout à fait, la première fois. Hild y avait vu des oiseaux sur leur perchoir, des palatines qui riotaient dans la fraîcheur de leurs doigts. Maintenant, Aaïla voyait tout autre chose.

C'était elle, elle-même qui était dressée au fond des yeux verts, au cœur du bassin comme en ce moment, avec une silhouette claire qui se rapprochait. Oui, tout cela, ce moment avait été dessiné au fond de ce bassin.

D'où venait cette silhouette ? Elle ne faisait pas partie des yeux d'Elliador, elle était là, dans la réalité, tout près d'elle. Un parfum suret se mêla à celle de son corps en sueur, à l'essence particulière de l'eau, aux battements frénétiques de son cœur. Une main se posa sur son épaule. Sans heurt, l'enfant se retourna. Elle vit les quelques cicatrices de son visage tandis qu'elle, également, voyait celle à son menton, les reliquats de meurtrissures à son front. Aaïla enserra sa taille qui frissonna à son contact. Elle était comme drapée d'un habit de lumière qui dissipait toutes ses peurs, lui redonnait sa foi.

« Hild et moi vous croyons partis à jamais, loin de nous ! Vous nous avez manqués ! Les râles d'Hoÿtak firent un chaos dans les murmures de leurs retrouvailles. Il ne faut pas rester là. Il est devenu fou. Il veut le *pouvoir*.

Florffinlën fit un petit bruit du bout des lèvres pour la calmer. Elle passa une main sur son front qui était brûlant et en sueur.

– Ne t'avons-nous pas retrouvée, et appelée ? Tu dois avoir foi en nous, Aaïla.

– En vous ?

– L'on ne peut se reposer sur soi, toujours. Il faut que tu aies confiance dans les autres, en moi et Línnahon. L'enfant ouvrit grand les yeux. Grand-père, Gálwïn m'a prévenue, dès qu'il a su pour Zar'ouath, dès qu'il passa de son Côté, de celui d'Elliador. Nous sommes revenus pour t'aider.

– J'ai brûlé son visage, mais il s'est relevé. Je l'ai enfoui sous des dunes, mais il a réapparu. On ne peut l'anéantir. C'est comme si la haine qu'il me porte le transcendait. Comme si ma peur élevait au fond de lui mille pouvoirs !

Hoÿtak s'arrêta en marge du premier bassin où la fillette et la naine se tenaient. Sa robe était en lambeaux. En dessous, sa peau avait été profondément marquée par les griffures du fauve. Il souriait, malgré tout, comme si les souffrances du corps lui importaient peu, ne l'atteignaient plus.

–Tenez ! envoya-t-il avec dédain. L'apôtre de la lumière est de retour parmi nous. Et, quel apôtre. Vous êtes merveilleuse ! Prodigueras-tu, à moi aussi, tes insignes conseils ? Il fit une courte pause. Des lambeaux fuligineux cernèrent le bas de sa silhouette. Ne t'avais-je pas prévenue de ne pas te mêler de cela ? l'admonesta-t-il. À moins que tu ne souhaites tomber, à tout jamais, dans le berceau de Hâân ? Fannílos le piètre a peut-être découvert une nouvelle vocation après que tu eusses guérie son âme ? Mais il n'y aura personne pour apaiser les souffrances de la tienne lorsque je l'aurai prise. Il réfléchit un instant. Et si tu contaminais la magie des Nymphes, si tu détruisais pour moi ce qui t'a fait ? Ce serait merveilleux.

Les frémissements d'une venue lui firent tourner sa face défigurée. Línnahon approchait, son épée filiforme à la main. Un gros chat sortit d'un bord d'ombre, l'air mauvais.

– Où vas-tu donc avec ce canif, nain, en compagnie de ce gros matou par-dessus le marché ? Prends garde de ne pas te blesser ! railla-t-il.

Le nain-magicien du *Cœur* suspendit ses pas.

– J'aurais dû me douter que c'était vous, Pïl'k. Vous avez tué le lutin, n'est-ce pas ? Pourquoi l'avoir remplacé ? Pourquoi nous avez-vous donné le crin sacré d'Ankën, sans broncher ? Pourquoi nous avoir joué tout cette comédie ?

Hoykak rit à part soi. *Décidément, ces Nains avaient fort peu de cervelle.*

– Je ne savais pas où étaient les larmes de Shââni, qui ne sont plus ses larmes, d'ailleurs, puisque je me suis permis de les détruire, et de les remplacer. Je vous ai donné ce que vous m'avez demandé, le crin, juste pour connaître votre destination. Je n'ai jamais su où étaient les larmes. C'est aussi simple que cela. N'allez pas dire que je me sois montré discourtois. Je vous ai offert un bon repas et, par ailleurs, sans avoir la désobligeante arrière-pensée de vous empoisonner. Un dernier repas, avant la bataille, souligna-t-il.

Línnahon leva sa lame céruléenne. Des bourgeons germèrent, des spirales ondoyèrent dans l'air.

– Il faut une fin à tout ceci.

– Vous avez raison, prince du Narönggath, il faut que cela cesse. Retournez dans votre Forteresse, et priez pour que l'Obscur accepte les diamants que vos smilles façonneront pour Lui, en échange de votre vie.

Le nain se rapprocha un peu plus. Il ne se laissa pas gagner par la rage et la rancœur que le grand prêtre espérait insuffler en lui. Conscient de son échec, une lame faite d'étoiles rouges apparut à la main de Hoÿtak.

Le premier choc entre les épées fut un foudroiement fabuleux. Des étincelles sonores roulèrent sur leurs visages. Les deux adversaires se fixèrent avec intensité, comme s'ils cherchaient à mesurer leur détermination et leurs forces par le regard.

Ce nain, songea le grand prêtre, n'avait pas fait que se promener dans le *Cœur*, comme on irait chercher un butin dans un coffre ouvert. Il connaissait quelques-uns des dangers, des secrets des Fonds. Son expérience s'en était enrichie.

Línnahon recula un bref instant son arme, la ramena sur celle de Hoÿtak, qui l'écarta avec arrogance.

Il y eut de longs échanges, où chacun se contenta d'envoyer un coup sans jamais se livrer tout à fait, histoire de voir ce dont l'autre était capable.

Il s'avéra que tous deux brettaient avec la même dextérité. Et, même si la façon qu'avait Hoÿtak de ferrailler était toute reptilienne, instinctive et organique, elle répondait aux attaques académiques cependant qu'efficaces de Línnahon. Il était évident que la magie, seule, déciderait du camp de la victoire. Aaïla ne le devinait que trop. Elle bougea entre les bras de Florffinlën, mais celle-ci la retint. Il était encore trop tôt pour entreprendre quoi que ce fût.

Les combattants longèrent le même mur. Pendant qu'ils s'affrontaient, leurs ombres reculaient avec leur corps, mais sans se battre. Lorsque Línnahon sentait qu'il reculait de trop, qu'il était menacé d'être acculé, il redoublait d'effort pour regagner le terrain perdu. Et, chacun de renouveler ce petit jeu, encore et encore. L'impatience du grand prêtre commença de se faire sentir. Non qu'il s'affaiblissait, mais il savait que tout ceci ne le mènerait nulle part. Et puis, il y avait l'autre naine et surtout l'enfant, qui pouvait recouvrer son courage.

Il rejeta avec un peu plus de violence qu'à l'accoutumée un coup d'estoc du nain et ouvrit une paume dans sa direction. Ce dernier mit son épée en travers pour parer toute attaque et ramena un pli de sa cape devant lui, en un éclair. La boule de feu fut stoppée de suite, n'entamant que légèrement la fibre du manteau. Línnahon riposta par un sort similaire. Les flammes ruisselèrent sur Hoÿtak, pour couler et disparaître, comme bues par le sol dallé.

Il profita du bref instant de répit pour atteindre le cou du nain, qui recula *in extremis*. Du sang s'écoulait d'une entaille. Ce dernier plia le buste et fit des moulinets sibyllins que l'homme obscur ne sut interpréter. La lame du nain virevoltait partout devant lui, formant comme le réseau complexe d'une arantèle. Il généra une sorte de bouclier brun ; un instant, l'épée filiforme passa en deçà et sectionna un bord d'oreille. Agacé, Hoÿtak tenta d'attraper la lame de sa main. Ce mouvement de folie lui fit perdre un pouce.

Línnahon fit quelques pas à reculons, attentant sa réaction. Le grand prêtre prononça des paroles sauvages que le nain ne comprit pas. L'épée étoilée se divisa et, un maléfice fit que chaque élément stellaire fut projeté droit sur le nain. À court de riposte, Línnahon s'emmêla les pieds et chuta lourdement, ce qui lui valut de vivre, car sa cape s'enroula tout autour de lui, formant une cuirasse bénite aux foudroiements des étoiles. Dès qu'il eut recouvré ses esprits, il dût se débarrasser de sa cape, grignotée par ces étoiles singulières.

À peine debout, Hoÿtak tentait de l'ensevelir sous un flot acide et visqueux. Mais le nain lui répondit, générant des vagues mordorées dont les lueurs l'éblouirent. Il renouvela plusieurs fois ce sortilège, jusqu'à ce que l'homme fût à genoux, les yeux cachés entre ses mains. Línnahon ramassa son épée et se précipita sur lui. La lame lui traversa la gorge, mais le nain dut se protéger à son tour car Hoÿtak le fixait de ses pupilles démoniaques. Bientôt, ils furent l'un contre l'autre. La lame se rompit quand ils roulèrent ensemble ; la garde et une grande partie de l'acier étaient encore fichées dans sa gorge. Le nain donna un grand coup au quillon pour l'enfoncer un peu plus, mais cela ne fit qu'accentuer l'emprise de l'homme, qui n'avait de cesse de chercher ses yeux.

– Il veut s'emparer de son corps ! fit la fillette. Il faut intervenir, maintenant !

Florffinlën la relâcha. Toutes deux se mirent à courir dans l'eau, les mains tendues. Elles virent distinctement une forme verdâtre et préhensile ramper hors de la bouche de Hoÿtak. Línnahon secoua la tête pour échapper à son contact, mais quelque chose qui ressemblait à des panaches tentaculaires lui interdit tout mouvement.

La fillette et la naine lièrent leur magie. Et, des milliers de particules iridescentes allèrent percuter le corps du grand prêtre. Elles se rendirent compte de suite qu'il était abandonné de toute vie. La chose verte s'évertuait toujours sur la face du nain, qui donnait comme des signes de lassitude et d'abandon. Aaïla se mit à crier, d'une façon insensée, épouvantée.

Florffinlën s'agenouilla, touchée par la teneur de son timbre. Aussitôt, la créature quitta son emprise. Deux trous infimes se firent dans la masse vaporeuse. Ils se mirent à cligner, à s'ouvrir sur un autre monde, au bord duquel une ombre gigantesque se pressait. L'être brumeux se rapprocha, encore et encore de l'enfant qui criait, comme possédée.

Florffinlën chercha à la faire taire, mais elle ne pouvait ôter les mains de ses oreilles. Son cri l'aurait tuée. Il ne restait que son frère pour les sauver. Il bougeait à peine, là-bas. Elle se souvint de l'Yrladiss, des yeuses millénaires, de leurs jeux sans fin qu'ils avaient faits entre les fûts. Elle envoya tout l'amour qu'elle lui portait.

Finalement, il remua la tête, cherchant à éloigner l'ivresse de ses pensées. Il vit la masse verte qui commençait à se lier au corps de la petite. Il vit aussi la silhouette noire d'un grand fauve qui bondissait vers ce qui symbolisait son dos. La créature vaporeuse finit par relâcher Aaïla, qui retomba près de la princesse, essoufflée et hagarde.

Nahib, le chat étrange et facétieux du mage, était à la lutte avec ce qui restait du grand prêtre, sa quintessence maudite qui était devenue une porte au Dieu Noir.

Zar'ouath avait dit maintes fois que son chat disposait de plus d'une vie, qu'il était mort plus d'une fois, et qu'il avait dû chercher longtemps afin de le retrouver sur la terre. Le nain se promit d'aller le chercher, à son tour. Il se releva.

Il demanda pardon au chat pour ce qu'il allait lui faire et, il appela une de ces goules affamées qu'il avait découverte dans les fonds du *Cœur*. Ce fut plus l'âme du chat plutôt que l'essence d'Hoÿtak qui attira la créature, appât suprême, doux et tiède. Ses yeux sales s'allumèrent, tandis que sa bouche grandissait. Elle vola jusqu'au chat et la forme verte, qui avaient roulé dans l'eau du bassin. Elle tourna plusieurs fois autour des combattants. Le bas de son corps, traîne sale et cotonneuse, s'enroula à eux. Puis elle les avala et se tortilla sur place.

L'Œil de Hâân s'approcha une dernière fois par la forme béante et verdâtre. La princesse se mit aussitôt devant l'enfant, craignant une ultime ruse, mais la goule se mit à imploser, à se disperser en fumées évanescentes, avec tout ce qu'elle avait pu avaler.

Ils virent une petite bulle dorée qui s'envolait, indemne, l'âme du chat.

Elle virevolta, comme si elle leur faisait la nique, puis elle s'éloigna vers ils ne surent où. Línnahon était sûre de la retrouver, oui, il s'en faisait le serment, où qu'elle pût aller ! Il se demanda si elle se permettrait le luxe de changer de type de matou. Mais non, les chats noirs lui plaisaient, comme les perles se marient au velours.

Après que je fusse tombé, qu'elle m'eût tiré sous les ombres frangées et miroitantes de l'arbre, je ne sus trop ce qui se passa. Jusqu'au bord de l'âme, elle m'examina. Alors, je discernai sa peur de me perdre, ainsi que son amour.

Mon esprit se figea, je crois, tout entier, se réfugia aux matrices vermeilles d'une chrysalide. Les secondes s'écartèrent, essaimées par une volonté puissante pour suspendre leurs mouvances. Je n'eus plus notion qu'il y avait eu un Temps, auparavant. Le Temps, crus-je comprendre, était lié au corps. Je n'étais plus cela, plus tout à fait. J'étais une poussière indestructible, songeai-je, qui pouvait aller où elle l'entendait, dans quelque dimension qui lui plût, dès qu'elle le déciderait.

Pourtant, je n'ai pas cherché à sortir de ma douce torpeur, à utiliser ce luxe offert à mon essence. Je savais Aaïla près de moi.

– Orkose, d'après Hild.

ÉPILOGUE

LORFFINLËN PORTA L'ENFANT sur une incommensurable distance. Rien ne pouvait la fatiguer. Elle faisait partie de l'air, de l'éther, de ses foisonnantes rumeurs, lui permettant de se rendre où elle le voulait, où qu'elle le décidât.

Il n'y avait que le désert pour ramener le garçon à la vie, avait insisté la fillette. L'urgence qui nouait son timbre avait décidé Florffinlën de la mener sur-le-champ où elle le lui demandait ; Línnahon en eût été incapable attendu que sa magie se limitait à la terre, aux secrets du Nadir, guère à ceux de l'air. À son grand regret, au seuil d'Orkose, loin au-dessus de l'océan ils se serrèrent une dernière fois.

Le nain les regarda s'éloigner dans une nuit qui n'en était pas tout à fait une. Sa sœur brilla un long moment au lointain, traîne argentée, éphémère qui marqua son passage dans le dais vespéral. À la fin, il la perdit de vue, réduite à étoile infime égarée aux clignotements des autres. Alors, il s'assit sur la dernière marche, songeur, le menton dans une main.

Il pensa au chat, à Zar'ouath. Une forme élégante, blanche et vive passa dans son esprit. Kryon la jument galopait quelque part aux plaines de son pays libéré depuis peu de la folie du roi-morne. Savait-elle pour le mage ? Était-ce un galop de désespoir avant de se précipiter dans l'océan ou dans quelque gouffre sans fond ? Un galop dédicatoire, juste pour lui, comme on irait signer la terre, la marquer de son sang ? Avait-elle conjuré sa peine en quelque point reculé du Narönggath et venait-elle à sa rencontre ?

Il fouilla les poches de sa veste, trouva la petite fiole que lui avait donnée Pïl'k, c'est-à-dire Höytak. Il restait des cendres infimes du crin de la licorne à l'intérieur, qui brillaient. Pourraient-elles l'aider à guérir le *Cœur*, à l'ouvrir aux Nains et aux Hommes de bonne volonté pour en faire un haut lieu de joie, de partage de savoirs qui permettrait d'améliorer leurs sociétés et leurs cœurs ? Se faire apprécier de Kryon, afin qu'elle le portât pour retrouver Nahib. Et puis, surtout, que personne n'oublie Zar'ouath, le mage d'Alden qui avait tout donné de lui afin que le monde se retrouvât ainsi, libre, exempte de folie. Il était passé autre part, dans un autre lieu avec son amour, Elliador, sacrifiant celui d'avec son enfant. En pensée, il salua son impossible courage.

Aaïla se réveilla plusieurs fois entre les bras de Florffinlën, dans les draps de lumière que faisait fleurir sa magie délicate. Elles allèrent dans la nuit, rattrapèrent le jour qui frissonna bientôt au cœur du Grand Océan de l'Ouest pour flamboyer, en deçà.

L'enfant se demanda si les sirènes d'Irtys pouvaient les voir, si loin fussent-elles aux jardins abyssaux, tièdes et silencieux de leur royaume liquide. Curieusement, elle ne leur gardait aucune rancœur pour les épreuves terribles qu'elles avaient infligées à ses compagnons de la *Sayah*.

Lorsque les premières terres soulignèrent l'horizon, Aaïla ne perdit pas une mouvance du spectacle qui lui était donné de voir, avec la caresse du jour qui se levait.

Le désert n'était pas encore là, cependant elle le sentait, friselis étrange qui jouait de sa mélodie si particulière sur son esprit. Elle se rendit vite compte qu'il n'y avait plus ces nuages accumulés aux frontières du Royaume du Sud. Le panorama tout entier en était nettoyé. Dans les hautes sphères, les cycles avaient repris leurs cours. Hâân avait été repoussé pour un temps qu'elle ignorait. Mais il ne la menaçait plus. C'était le principal.

Elle effleura l'épaule de la naine. Florffinlën perdit un peu d'altitude puis imprima un angle léger à la direction qu'elle suivait jusque-là. Bientôt, le joyau iridescent qu'était le Temple-des-Sept-Vents se matérialisa sous elle, comme s'il sortait à l'instant de la nuit ou qu'il rejetait le drap terne qui l'avait dissimulé. L'œil du Soleil miroitait aux fenêtres de tourmaline, tandis que les rais obliques qui fusaient de lui dans toutes les directions, tissaient des résilles extraordinaires.

Sous l'injonction de l'esprit de l'enfant, la naine fit quelques boucles autour du haut mausolée de nacre et de verre. L'emprise obscure de Hâân avait disparu. Dans les larmes de Shââni qui murmuraient autour du grand nénuphar les écharpes d'écume n'étaient plus glacées. Les algues noires qui avaient un temps poussé et terni les fonds corallins s'étaient disloquées. Il n'y avait plus de créatures sans cesse affamées qui dérivaient au large.

Florffinlën serpenta entre les hautes arches du Pont-des-espérances, avant que de regagner de la hauteur. Çà et là, les voiles blanches de quelques bateaux qui sortaient du port de Polème papillonnaient aux grenats du matin.

Alors, la naine vit l'Yss'Bahâr', étendue colossale, sans limites, similaire à ce que la petite lui en avait montré dans l'observatoire de Færenär, ce jour funeste où Morlïnëne brûla tout entière, où les chairs des nains et des hommes se mélangèrent par la folie d'un roi perclus de rancœur.

Une haute chaîne de montagne au Nord-Est, ainsi qu'une autre moins imposante, au Sud, rompaient cette mer de sable. Florffinlën n'eut pas vraiment idée des distances, jusqu'à ce qu'elle fût à la verticale de la Route-des-Oasis. Elles étaient encore fort haut dans les airs, et ce qu'Aaïla avait appelé les monts Zilds et la Mer Immobile ne se voyaient plus. Il ne restait que la dent noire des rocs d'Arnt.

L'enfant posa son regard sur les ruines de sa cité, émue; tout avait commencé là, dans ce cercle de pierres mésestimées par les Silencieux. Elle demanda à Florffinlën de la laisser à quelques lieues au nord d'Ousse où elle reviendrait, dit-elle, avec Hild.

« Nous y sommes, murmura la naine, une main au-dessus des yeux pour se préserver de l'astre foudroyant qui lui mordait le visage. Ses joues, habituellement blêmes, commençaient à se pigmenter de rouge. Voilà ton pays, murmura-t-elle, faisant un tour sur elle-même.

Aaïla s'assit au bord de la dune où la princesse s'était arrêtée. Elle l'imita, la serra contre elle. Sous leurs pieds, la colline de sable s'incurvait, formant une sorte de petit vallon, à la base de quelques autres dunes.

L'enfant se laissa glisser sur le postérieur, suivie par la naine qui s'étonna de sa propre audace. Normalement, le sable eût dû les ensevelir. Pourtant, il n'en fut rien. Elles achevèrent leurs galipettes dans les grains roux et se retrouvèrent bientôt en face l'une de l'autre.

Elles souriaient, la nacre laiteuse de leurs dents attirant la lumière féroce du Soleil, qui cuisait leur corps. Ce qui naissait au fond de leur cœur s'éleva doucement, jusqu'à leur visage. Florffinlën avait envie de mettre ses larmes sur le compte du sable qui tournoyait en arabesques, et cherchait à l'aveugler. La fillette s'élança à son cou, nouant sa tête d'oiseau à la sienne.

– Ton pays est un beau pays. Mes frères devraient s'y rendre, afin d'ouvrir leur intérieur, de réveiller ce qui sommeille au fond d'eux. Il ne faut pas se contenter trop longtemps de ce que l'on est, auquel cas on perd le goût du plaisir et du merveilleux, on s'épuise et on meurt.

– Ils dorment tous en ce moment, chuchota l'enfant les yeux clos. Enfin, la plupart. Ils sont à l'ombre, offerts à la fraîcheur des pierres, dans les temples de granite. Elle desserra son étreinte. Il faudra que tu reviennes. J'ai tant de choses à te montrer !

Florffinlën posa une main sur la poche qui contenait l'étrange graine.

– *Vous* avez tant à me montrer, rectifia-t-elle.

Aaïla sortit ce qui avait la forme d'une perle. Un éclat passa sur sa surface patinée. Elle incurvant sa paume pour faire un pli dans le sable et là, elle déposa le petit objet dans cette trace, le recouvrit d'une fine couche roussâtre, née quelque part voilà des siècles par la friction du Soleil et des vents. Florffinlën sentit son *pouvoir* si curieux jouer tout près d'elle.

Entre deux battements de cils, la perle avait germé, un arbre au feuillage de cristal s'éleva au-dessus de leurs têtes, les flattant de sa douceur. La naine se releva. L'enfant ne comprit pas pourquoi elle n'attendait pas de voir la transformation.

– Ceci est votre histoire. Je n'ai pas à y imprimer mon souvenir, pas tout de suite. Je reviendrai. Je te le promets.

L'enfant déglutit, opina du chef. Elle comprenait ce qu'elle voulait dire. Une dernière fois Florffinlën se pencha sur elle, la couvant de son ombre et de son parfum suret. Le bout de ses doigts sous la lumière de son menton, elle embrassa ses lèvres et se redressa, des lueurs aux commissures de sa bouche.

– Elliador et Zar'ouath sont fiers de toi. Il faut que tu le saches. Ils voient souvent Gálwïn. Grand-père me parle, aussi. Tu pourras aussi communiquer avec eux lorsque les meurtrissures de ton cœur se seront cicatrisées. Le *pouvoir* te le permettra. Mais à présent, songe à Hild. Songe à ton cœur. Il est là pour toi.

Elle caressa une dernière fois l'arête de ses joues et glissa une broche au creux de ses mains – une spirale d'orpins de platine lovée à un chêne d'émeraude, la réunion symbolisé des Nymphes et des Nains.

– *Svirllånëne* ! Au revoir, petite sœur. » articula l'enfant.

Florffinlën fit une dernière boucle au ciel, rien que pour l'épater, puis s'en fut à une allure vertigineuse avant de disparaître.

Lorsqu'il se réveilla, la lumière du Soleil, même tempérée, l'aveugla. Il mit de longues minutes à distinguer quoi que ce fût autre que des formes floues dont l'identité lui échappait. Il n'entendait plus rien. Il était perdu dans un monde fantomatique.

Plus tard, il comprit. Il distingua la soie blanche qui l'avait recouvert et protégé, tout le temps de sa *cristallisation*. Étalée sous lui, elle composait un large drap lumineux sur le sable rouille. Il se demanda pourquoi il n'y avait pas une trace de sang, tant sur lui que sur l'étoffe déployée. Intrigué, il posa une main sur son ventre, souleva son vêtement à la recherche d'une blessure. Le souvenir de la douleur, de cette flèche décochée par Hoÿtak le hantait toujours. *Cependant il n'y a rien, plus rien ?*

Il leva son visage, aperçut la frondaison de l'arbre.

Était-il encore dans ce pays étrange ? Pourtant, il s'était cru réveillé, en pleine possession de ses moyens. Il inspira en profondeur. Le parfum des dunes remonta jusque dans ses pensées. *L'Yss'Bahâr' ? Aaïla ?*

« Aaïla ? fit-il en redressant le buste.

Cet endroit ressemblait tellement à son désert

Il voulut se mettre debout mais sa tête tourna. Il dut attendre sur les genoux, haletant, avant de pouvoir se lever. Il avait faim et soif. Qu'importait.

Il ramassa le morceau d'étoffe et le jeta sur sa tête pour se protéger des tournoiements de chaleur qui cherchaient à le renvoyer au sol. Il pivota sur ses talons et l'aperçut, enfin, endormie sur la crête d'une dune. Il n'en fut pas certain, il crut distinguer une forme allongée près d'elle.

Titubant, il gravit tant bien que mal le flanc de la colline de sable. À mesure qu'il se rapprocha, il se rendit compte qu'il y avait un fennec au pelage doré à côté d'Aaïla. Du sable roula sous le garçon. Il glissa un instant puis se rattrapa. Comme il se tenait à deux mains, l'étoffe lui échappa, s'envola en claquant. L'animal ouvrit ses yeux obscurs et se mit aussitôt sur ses pattes.

Ses oreilles pointues frémirent tandis que sa fine gueule s'entrouvrait. Puis, il sembla comme reconnaître le garçon et se mit sur son séant. Hild gagna du terrain de quelques pas supplémentaires. Le fennec s'écarta d'un mètre, fit plusieurs fois l'examen des ombres sous lui, puis ne changea plus de place. Hild lui sourit. Le fennec éternua, avant que de l'observer d'un air fort aristocratique. Alors, le cœur de l'enfant se gonfla.

Il rejoignit doucement Aaïla, toujours assoupie sur le côté. Ce fut étrange quand il fut tout près d'elle. Un nuage de fraîcheur l'entourait. Et, malgré la virulence du jour, pas même ses rayons puissants ne réussissaient à anéantir celui-ci. Hild souffla sur sa joue afin de la mener hors de son rêve. Elle ouvrit lentement les paupières puis le fixa, de ses pupilles couleur d'aigue-marine. Les fumées du passé se dissipèrent en elle tandis qu'elle comprenait que c'était bien lui, qu'elle n'était plus dans un songe à lui prodiguer tout son amour.

– Je crois que tu as un nouvel ami, murmura-t-il, redoutant que sa voix n'effraie le petit animal.

Le fennec dressa une oreille. Il savait que l'on parlait de lui.

– Ne trouves-tu pas qu'il a changé ? questionna la fillette.
– Qui ?
– Mais lui, le fennec !
– Le fennec ? Tu le connais ?
– Comme toi. C'est Nahib, je crois.
– Nahib ? Mais…
Elle mit un index sur ses lèvres. Une énergie fleurit dans l'espace réduit, délimité par leurs regards. La petite battit des cils.
– Je t'expliquerai, plus tard, dit-elle enfin.
Hild soupira.
– Comme tu voudras.
Elle soupira à son tour.
– Gros bêta. Tu n'aurais pas dû provoquer Hoÿtak de la sorte.
– Il est mort, non ? Dans ce cas j'ai bien fait. Cela me fera un souvenir de plus, et non des moindres, à conserver dans ma maigre *mémoire.* Il grimaça. Minduïn ne va pas en revenir, et il va me tirer les oreilles. Quand je pense à tout ce que j'ai perdu à cause d'Hoÿtak. Tout cela est perdu, à jamais. Et ça a tué la princesse Jade.
– Jade, murmura l'enfant, avant d'ouvrir grand les yeux. Mais tu peux recouvrer ta mémoire, celle que Minduïn t'a donnée.
– La recouvrer ? Il réfléchit, la regarda un instant de travers. Je me disais bien que tu pouvais faire cela, me la redonner. Il soupira. Je ne sais trop si je la veux, cette mémoire. Elle m'a souvent rendu malade, éloigné des autres. Tu connaîtrais un moyen ?
– Tu vois bien qu'elle te manque, déjà.
Le garçon la guigna, l'air rosse.
– Hild, qui t'a offert la mémoire ?
– La mémoire ne se donne qu'une fois, Aaïla.
– N'oublie pas le *pouvoir.* Il peut beaucoup. Je t'ai ramené du néant.
Le garçon déglutit.
– Est-ce une bonne chose de l'utiliser pour cela ?
Elle ouvrit ses bras, le fennec sautilla jusqu'à elle.
– Que veux-tu que nous en fassions ?
– Tu veux dire, du *pouvoir* ? Il est à toi. Je n'ai pas d'avis là-dessus.
– Il y avait des arbres ici, du temps d'Elliador et de Zar'ouath. Des ruisseaux serpentaient aux ruelles d'Ousse.
– Tu désires tant que le désert ne soit plus ?
– L'Yss'Bahâr' a toujours existé. Ses limites changent selon les âges, plus proches de nous, ou plus distantes, et elles changeront encore lorsque nous

ne serons plus. Elle le dévisagea. Un âge nouveau viendra, Hild, où des fontaines jailliront, des tours de verre et des ponts de fumée seront bâtis. Ousse renaîtra de ses ruines, et tout le restant du Royaume du Sud brillera avec elle. On se bousculera pour voir son marché !

– Mais les hommes ne sont pas ce que tu dis, Aaïla. La paix avec eux-mêmes, entre eux-mêmes, est de la poudre aux yeux. La paix ne dure qu'un temps qui précède et présage les tempêtes. Tu le sais.

– Ceux qui ne sont pas en paix avec eux-mêmes sont ainsi. Il suffira de les envoyer au désert, pour qu'ils affrontent ce qui se trouve au fond d'eux et le dominent.

Le garçon haussa les épaules, dubitatif quant à cette solution qu'il jugea un peu fadasse pour soigner les cœurs. Quand bien même cela fonctionnerait, il faudrait vider une bonne partie de l'Ousse flamboyante dont ils rêvaient pour « soigner » les gens. Il s'assit, plongea ses mains dans le sable et commença à faire des mouvements natatoires.

– Ce que je voudrais, c'est une rivière entre les dunes. Je me verrais bien dériver dans une barque, un peu comme celle d'Orkose. J'aimerais vivre sur une île.

– Hild, le petit bourgeois, le capitaine au long cours du pays des sables, releva Aaïla.

– Oh ! Ça va !

– Il faudra beaucoup d'eau pour que tu puisses disposer d'une île.

– Et des nuages, aussi, pour alimenter les sources.

– Les sources existent déjà, sous le désert.

Le garçon se souvint du temple du Sii'had, de ses bassins, de l'eau qui s'y écoulait sans fin, du tain particulier qu'avait sa surface sous les lueurs d'une lampe.

– Et si tout ceci n'avait été qu'un long rêve ?

– L'arbre n'est pas immatériel, lui rappela la fillette. Son feuillage tinte bien dans le vent.

Ils se turent de longues minutes, à l'écoute du désert. Parfois, ils percevaient des aboiements lointains, déformés par la chaleur, distendus par les couleurs de l'air. Les chants ineffables qui s'échappaient des frises pâles des temples étaient mêlés à cette voix unique.

La fillette bouscula le garçon d'un coup d'épaule pour le forcer à se lever.

– Allez, viens ! Minduïn nous attend, tous ceux qui nous aiment ! »

Ainsi prend fin le livre quatre
d'Aaïla, Orkose,
ainsi prend fin l'histoire d'Aaïla.

Table des matières

Aaïla
Livre quatre
Orkose

Index

F

G

H

T

Y

Z

www.ingramcontent.com/pod-product-compliance
Lightning Source LLC
Chambersburg PA
CBHW070631310726
48982CB00001B/256

* 9 7 8 2 9 5 4 8 6 2 3 6 1 *